U0077276

【臺灣現當代作家研究資料彙編】62

鹿橋

國立台灣文學館
出版

而「臺灣現當代作家研究資料彙編」叢書的出版，無疑正是重現這些文學巨星光芒的一面明鏡，透過相關資料的蒐集、梳理、彙整，映現作家的生命軌跡、文學路徑；評論者巧眼慧心的析論，則為讀者展開廣闊的閱讀視野，讓文本解讀的面向更加豐富多元。這不僅是對近百年來臺灣新文學的驗收或檢視，同時也是擴展並深化臺灣文學研究的嶄新契機。在此特別感謝承辦單位台灣文學發展基金會所組成的工作團隊，以及參與其事的專家、學者，當然更要謝謝長期以來始終孜孜不倦、埋首於文學創作的前輩作家們，因為有您們，才讓我們收穫了今日這一片臺灣文學的繁花似錦。

文化部部長　**龍應台**

館長序

作家站在文學與時代的樞紐，在時代風潮、社會脈動中，用文字鋪展出獨具個人風格的作品。透過心與筆，引領讀者進入真與美的世界，與充滿無限可能的人生百態。而作家到底是什麼樣的一群人？他們寫什麼？如何寫？又為何寫？始終是文學天地裡相當引人入勝的問題之一。此所以包括學院裡的文學研究者和文壇書市中的讀者書迷，莫不對「作家」充滿好奇與興趣，想要一窺其人生之路的曲折、梳理其心靈感知的走向、甚至是挖掘、比較其與不同世代乃至同輩寫作者的風格異同。這些面向，不僅關乎作家自身的創作經歷和文學表現，更與文學史的演進有密不可分的關係。

作為一所國家級的文學博物館，國立臺灣文學館除了致力於臺灣文學的教育、推廣，舉辦各項展覽，另一項責無旁貸的使命即是文學史料的蒐集、整理、研究，並將這些資源和成果與社會大眾分享，以促進臺灣文學的活絡與發展。懷抱著這樣的初衷，本館成立11 年以來，已陸續出版數套規模可觀的文學史料圖書，其中，以作家為主體，全面觀照其文學樣貌與歷史地位的「臺灣現當代作家研究資料彙編」系列叢書，可說是完整而貼切地回答了上述問題，向讀者提出對作家及其作品的理解與詮釋。

「臺灣現當代作家研究資料彙編計畫」啟動於 2010 年，先後分三階段纂輯、彙編、出版賴和等 50 位臺灣重要現當代作家研究資料專書，每冊皆涵蓋作家影像、生平小傳、作品目錄及提要、文學年表以及具代表性的評論文章和研究目錄。由於內容翔實嚴謹，一致獲得文學界人士高度肯定，並期許持續推展，以使臺灣作家研究累積更為深化而厚實的基礎。職是之故，臺文館於 2014 年展開第四階段計畫，承續以往，以經年的時間完成蘇雪林、張深切、劉吶鷗、謝冰瑩、吳新榮、郭水潭、陳紀瀅、巫永福、王昶雄、無名氏、吳魯芹、鹿橋、羅蘭、鍾梅音共 14 位資深前輩作家研究資料彙編。本計畫工程浩大而瑣碎，幸賴承辦單位秉持一貫敬謹任事的精神，組成經驗豐富的編輯團隊，以嫻熟縝密的工作流程，順利將成果呈現於讀者眼前；在此也同時感謝長期支持參與本計畫的專家學者，齊為這棵結實纍纍的文學大樹澆灌滋養。

國立臺灣文學館館長 **翁誌聰** 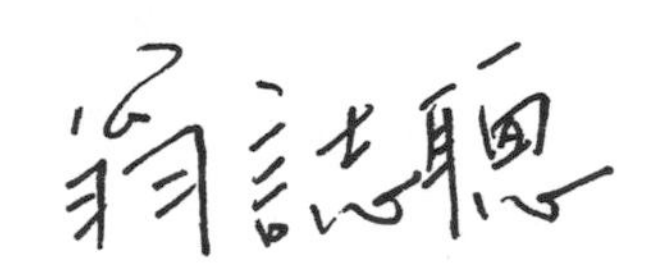

編序

◎封德屏

緣起

1995 年 10 月 25 日，在臺灣師範大學教育大樓的 201 室，一場以「面對臺灣文學」為題的座談會，在座諸位學者分別就臺灣文學的定義、發展、研究，以及文學史的寫法等，提出宏文高論，而時任國家圖書館編纂張錦郎的「臺灣文學需要什麼樣的工具書」，輕鬆幽默的言詞，鞭辟入裡的思維，更贏得在座者的共鳴。

張先生以一個圖書館工作人員自謙，認真專業地為臺灣這幾十年來究竟出版了多少有關臺灣文學的工具書，做地毯式的調查和多方面的訪問。同時條理分明地針對研究者、學生，列出了十項工具書的類型，哪些是現在亟需的，哪些是現在就可以做的，哪些是未來一步一步累積可以達成的，分別做了專業的建議及討論。

當時的文建會二處科長游淑靜，參與了整個座談會，會後她劍及履及的開始了文學工具書的委託工作，從 1996 年的《臺灣文學年鑑》起始，一年一本的編下去，一直到現在，保存延續了臺灣文學發展的基本樣貌。接著是《中華民國作家作品目錄》的新編，《臺灣文壇大事紀要》的續編，補助國家圖書館「當代文學史料影像全文系統」的建置，這些工具書、資料庫的接續完成，至少在當時對臺灣文學的研究，做到一些輔助的功能。

2003 年 10 月，籌備多年的「臺灣文學館」正式開幕運轉。同年五月《文訊》改隸「財團法人台灣文學發展基金會」，為了發揮更大的動能，開版次，重新撰寫提要。這是一個極其複雜的工程。還好有宇霈帶領認真負責的工作同仁，以及編輯老手秀卿幫忙，才讓整個專案延續了一貫的品質及進度。

成果

雖然過程是如此艱辛，如此一言難盡，可是終究看到豐美的成果。每位編選者雖然忙碌，但面對自己負責的作家資料彙編，卻是一貫地認真堅持。他們每人必須面對上千或數百筆作家評論資料，挑選重要或關鍵性的評論文章，全面閱讀，然後依照編選原則，挑選評論文章。助理們此時不僅提供老師們所需要的支援，統計字數，最重要的是得找到各篇選文作者，取得同意轉載的授權。在起初進度流程初估時，我們錯估了此項工作的難度，因為許多評論文章，發表至今已有數十年的光景，部分作者行蹤難查，還得輾轉透過出版社、學校、服務單位，尋得蛛絲馬跡，再鍥而不捨地追蹤。有了前面的血淚教訓，日後關於授權方面，我們更是如臨深淵、如履薄冰，希望不要重蹈覆轍，在面對授權作業時更是戰戰兢兢，不敢懈怠。

除了挑選評論文章煞費苦心外，每個作家生平重要照片，我們也是採高標準的方式去蒐集，過世作家家屬、友人、研究者或是當初出版著作的出版社，都是我們徵詢的對象。認真誠懇而禮貌的態度，讓我們獲得許多從未出土的資料及照片，也贏得了許多珍貴的友誼。許多作家都協助提供照片手稿等相關資料，已不在世的作家，其家屬及友人在編輯過程中，也給予我們許多協助及鼓勵，藉由這個機會，與他們一起回憶、欣賞他們親人或父祖、前輩，可敬可愛的文學人生。此外，還有許多作家及研究者，熱心地幫忙我們尋找難以聯繫的授權者，辨識因年代久遠而難以記錄年代、地點、事件的作家照片，釐清文學年表資料及作家作品的版本問題，我們從他們身上學習到更多史料研究可貴的精神及經驗。

但如何在規定的時間內，完成每個階段資料彙編的編輯出版工作，對工作小組來說，確實是一大考驗。每一冊的主編老師，都是目前國內現當代臺灣文學教學及研究的重要人物，因此都十分忙碌。每一本的責任編輯，必須在這一年多的時間內，與他們所負責資料彙編的主角——傳主及主編老師，共生共榮。從作家作品的收集及整理開始，必須要掌握該作家所有出版的作品，以及盡量收集不同出版社的版本；整理作家年表，除了作家、研究者已撰述好的年表外，也必須再從訪談、自傳、評論目錄，從作品出版等線索，再作比對及增刪。再來就是緊盯每位把「研究綜述」放在所有進度最後一關的主編們，每隔一段時間提醒他們，或順便把新增的評論目錄寄給他們（每隔一段時間就有新的相關論文或學位論文出現），讓他們隨時與他們所主編的這本書，產生聯想，希望有助於「研究綜述」撰寫的進度。

在每個艱辛漫長的歲月中，因等待、因其他人力無法抗拒的因素，衍伸出來的問題，層出不窮，更有許多是始料未及的。譬如，每本書的選文，主編老師本來已經選好了，也經過授權了，為了抓緊時間，負責編輯的助理們甚至連順序、頁碼都排好了，就等主編老師的大作了，這時主編突然發現有新的文章、新的資料產生：再增加兩三篇選文吧！為了達到更好更完備的目標，工作小組當然全力以赴，聯絡，授權，打字，校對，重編順序等等工作，再度展開。

此次第二部分第一階段共需完成的 14 位作家研究資料彙編，年齡層較上兩個階段已年輕許多，因此到最後的疑難雜症，還有連主編或研究者都不太清楚的部分，譬如年表中的某一件事、某一個年代、某一篇文章、某一個得獎記錄，作家本人絕對是一個最好的諮詢對象，對解決某些問題來說，這是一個好的線索，但既然看了，關心了，參與了，就可能有不同的看法，選文、年表、照片，甚至是我們整本書的體例，於是又是一場翻天覆地的大更動，對整本書的品質來說，應該是好的，但對經過多次琢磨、修改已進入完稿階段的編輯團隊來說，這不啻是一大挑戰。

1990 年開始，各地縣市文化中心（文化局），對在地作家作品集的整

目次

部長序　龍應台　3
館長序　翁誌聰　5
編序　封德屏　7
編輯體例　13

【輯一】圖片集
影像・手稿・文物　18

【輯二】生平及作品
小傳　43
作品目錄及提要　45
文學年表　53

【輯三】研究綜述
歷史在爭論中前進——鹿橋文學研究綜述　張恆豪　71

【輯四】重要評論文章選刊
再版致《未央歌》讀者　鹿　橋　91
《人子》原序　鹿　橋　105
《懺情書》前言　鹿　橋　109
《市廛居》前言　鹿　橋　115
懷舊的藝術家——鹿橋訪問記　胡有瑞　117

田園交響樂 李霖燦 131
鹿橋的《未央歌》 司馬長風 139
香格里拉之歌 林柏燕 143
——論《未央歌》的序及金童玉女
從浪漫到寫實 張素貞 157
——談《未央歌》的創作模式
與時代若即若離的《未央歌》 齊邦媛 169
未央的童歌 周芬伶 175
歌為誰未央 汪 楊 181
——評鹿橋的《未央歌》
《圍城》與《未央歌》中大學形象的比較 花曼娟 191
若苦能甘 王鼎鈞 197
——初讀鹿橋先生的《人子》
評《人子》 胡蘭成 207
一個荒誕、真摯的世界 翁文嫻 221
——讀鹿橋作品《人子》
談《人子》 周夢蝶 237
神祕的觸鬚 羊子喬 265
——論《小王子》與《人子》的寓言象徵
南方有佳人，遺世而獨立 王文進 273
——談鹿橋及其《人子》
君子儒的靈修內省 張素貞 283
——鹿橋的散文集《市廛居》
關於鹿橋的〈結婚第一年〉 魏子雲 293

鹿橋的〈邂逅三章〉 陳克環 297
——《當代中國小說大展》作品之一
鹿橋〈鴿鷹〉析論 常秀珍 303

【輯五】研究評論資料目錄

作家生平、作品評論專書與學位論文 319
作家生平資料篇目 321
作品評論篇目 333

輯一◎圖片集

影像◎手稿◎文物

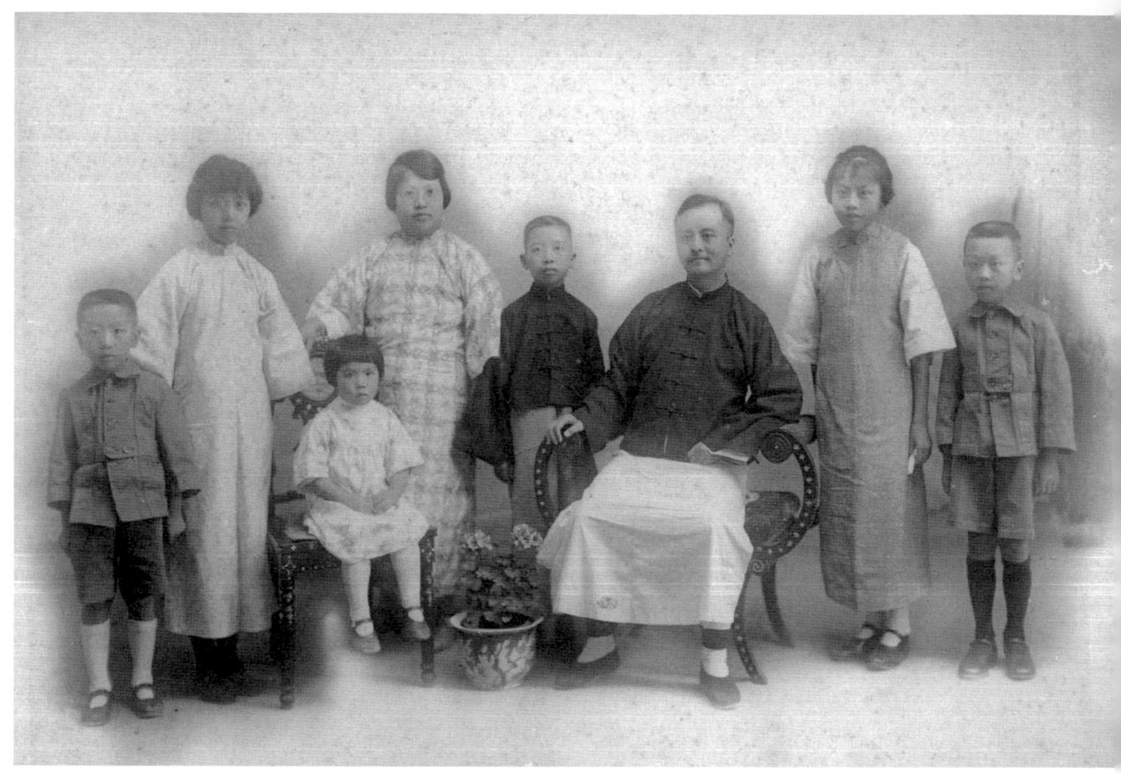

約1927年，鹿橋全家福。右起：鹿橋、二姊吳詠香、父親吳藹宸、兄吳威孫、母親楊魯璵、妹吳詠江、大姊吳詠裳、弟吳哲孫。（諶德容提供）

1930年代初期，鹿橋與兄吳威孫(右)、弟吳哲孫（左)合影。(謎德容提供)

1936年，17歲的鹿橋與友人陸智周結伴，自天津南下，展開徒步旅行。（吳昭屏提供）

1938年，鹿橋攝於雲南蒙自。（吳昭屏提供）

約1937年，鹿橋攝於西南聯合大學南院。（樸月提供）

1944年5月28日，鹿橋（前排右二）參加中央訓練團歌詠隊。前排左四為李抱忱。（樸月提供）

1945年6月9日，鹿橋於康乃狄克州新海文（New Haven, Connecticut）租屋處完成《未央歌》。（吳昭屏提供）

1951年2月，鹿橋於康州且溪（Cheshire）買下一塊荒地，開始搭建「延陵乙園」。（吳昭屏提供）

1951年12月1日，鹿橋與薛慕蓮結婚喜宴。（吳昭屏提供）

1953年，鹿橋夫婦與長子吳昭明。（吳昭屏提供）

1958～1959年，休假一年，全家環遊世界，並考察東方建築藝術。（吳昭屏提供）

約1959年，環遊世界途中，與妻兒攝於巴黎凱旋門前。（吳昭屏提供）

1960年代，鹿橋夫婦攝於「延陵乙園」夫妻石。（吳昭屏提供）

1967年，鹿橋夫婦與二姊吳詠香（中）合影。（吳昭屏提供）

1971年，鹿橋全家攝於「延陵乙園」。右起：長女吳昭婷、妻子薛慕蓮、鹿橋、次子吳昭屏、長子吳昭明、三子吳昭楹。（吳昭屏提供）

1979年3月24日，鹿橋夫婦於李抱忱宅作客。後排左起：胡華芝、樸月、薛慕蓮、鹿橋、文念萱、張琦華、劉明中；中坐者為李抱忱。（樸月提供）

1980年代，鹿橋於密蘇里州聖路易（Saint Louis, Missouri）居處的工作室閱讀來函。窗邊所掛的是以舊床單與親筆書法自製的窗簾。（吳昭屏提供）

1994年6月18日，鹿橋（中）與紀剛（左）、張系國（右）合影於麻薩諸塞州波士頓（Boston, Massachusetts）。（趙婷提供）

1996年7月，鹿橋為樸月（右）解說《未央歌》手稿。（樸月提供）

1998年8月2日，繪本《小小孩》之插畫家黃淑英（右）前往聖路易拜訪鹿橋夫婦。（黃淑英提供）

1998年12月2日，訪臺期間，鹿橋於飯店準備次日演講所需的幻燈片。攝於高雄麗景大飯店。（樸月提供）

1998年12月10日，《市塵居》新書發表會。右起：陸國民（《未央歌》附錄〈散民舞曲〉之作者）、樸月、鹿橋、薛慕蓮、陸國民妻子、張素貞。（樸月提供）

1998年12月10日，鹿橋與周夢蝶（右）合影於《市塵居》新書發表會。（諶德容提供）

1998年12月11日，鹿橋夫婦攝於臺北敦南誠品的咖啡廳。（樸月提供）

1998年12月13日，鹿橋夫婦與董彝九（二姊吳詠香的同學）、譴德容（吳詠香的學生）夫婦攝於臺北悅賓樓。前排右起：譴德容、鹿橋、薛慕蓮、董彝九；後排右起：董良碩、董良彥一家。（譴德容提供）

1998年12月18日，鹿橋於臺灣師範大學講演「鹿橋閒話」。（樸月提供）

1999年4月24日，鹿橋應邀出席美南華文寫作協會於德克薩斯州（Texas）「休士頓華僑文教服務中心」舉辦的「海華文藝季文學座談」，講演「利涉大川——挾泰山以超北海」。前排左起：應鳳凰、鹿橋、薛慕蓮、劉緯、陳李靜香、石麗東；後排左起：歐陽美倫、劉虛心、錢莉、鄭倩綺、廖秀董、姚嘉為、陸綺（前）、陳紫薇（後）、胥直平、陳瑞琳、潘郁琦、王法中、顏子元、成彥邦（後）、劉毓玲。（石麗東提供）

2000年7月30日，鹿橋攝於聖路易居處的書房「讀易齋」。（樸月提供）

2001年7月23日，陳子善（左一）、張鳳（右二）、廖炳惠（右一）前往鹿橋的波士頓新居拜訪鹿橋夫婦。（張鳳提供）

2001年8月5日，鹿橋攝於波士頓居處的書房。（于素花提供）

2001年12月1日，鹿橋夫婦金婚全家福。前排右起：吳岱安（吳昭楹之女）、吳岱蓮（吳昭婷之女）、吳岱香（吳昭楹之女）；中排右起：鹿橋夫婦、長女吳昭婷夫婦；後排右起：長子吳昭明、三子吳昭楹夫婦、次子吳昭屏夫婦。（吳昭屏提供）

鹿橋就讀，並作為《未央歌》一書重要背景之西南聯合大學。
（謝宗憲提供）

1952～1965年，鹿橋定期在每年六月的第一個星期六，於「延陵乙園」
舉辦「乙園文會」。（吳昭屏提供）

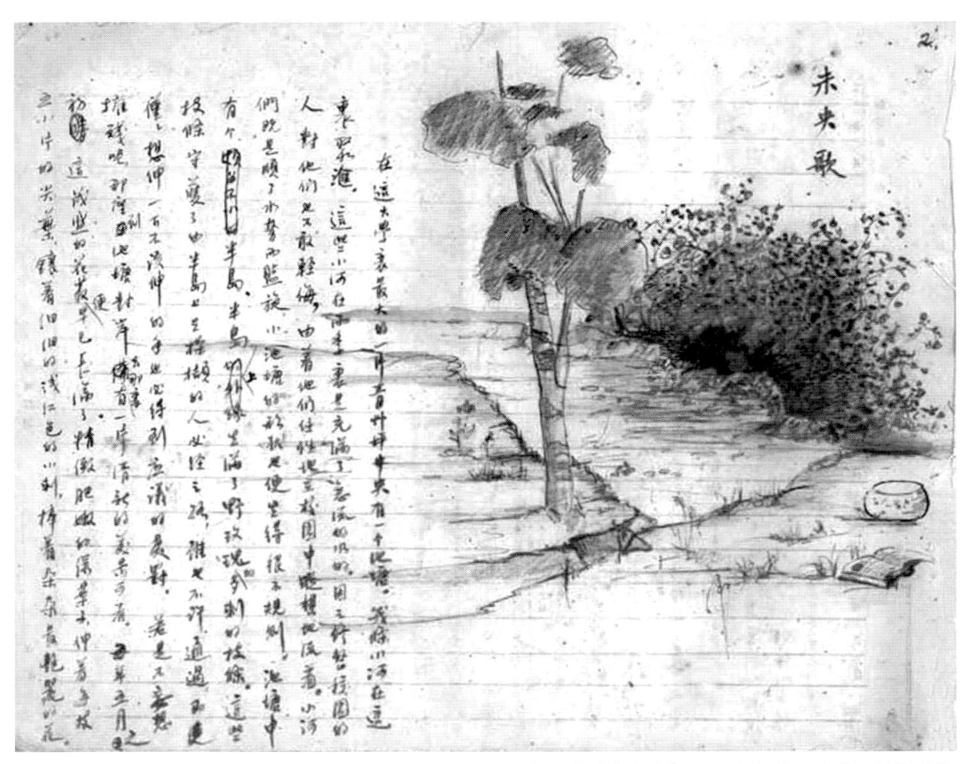

鹿橋親繪《未央歌》封面與手稿。（吳昭屏提供）

薄暮青山路又斜
倘佯湖畔少人家
浮生若夢的不差
聽我歌聲隨流水
到山崖

夕陽已落西山下
艸地供臥何需大
蒼天覆我如青瓦
后土載軀是我家
心中常泰緣無債
袋內缺財不用花
浪跡天涯不識愁
真樂本在也
何用詫

山徑昏暗無人跡
山鳥歸林野空寂
且縱歌聲穿林去
埋此心情青松底
長棲息

鹿橋贈雷戊白《未央歌》題辭墨寶。（雷戊白提供）

Washington
WASHINGTON · UNIVERSITY · IN · ST · LOUIS
Arts and Sciences

簡介

鹿橋 本名吳訥孫 一九一九年生於北京。在天津南開中學求學時代多次、或偕伴或獨自長途徒步旅行以認識都市以外之大中華。一九四二畢業於昆明西南聯合大學留校為助教一年。一九四五考取自費留美入耶魯大學研究院、一九五四年得博士學位專修美術史。歷年任教於舊金山州立大學、耶魯大學一九八四年自密蘇里州華盛頓大學以麻林可德、優異校座教授榮休。學術論文多以英文出版或譯成德、意、日文。中文文學著作有未央歌、人子、懺情書等（名列美國名人錄、世界名人錄）Marquis. Who's Who in America / Who's Who in the World

因有三個基金會資助，名稱皆長，且是英文，從簡也好。

Nelson I. Wu
Edward Mallinckrodt Distinguished
University Professor Emeritus
6306 Waterman Avenue
St. Louis, Missouri 63130
(314) 725-7227

鹿橋簡介手稿。（樸月提供）

鹿橋
6306 Waterman Avenue, Saint Louis, Missouri 63130 U.S.A.
314-725-7227

樸月：

今天已起始收拾這裏（乙園）的冬草衣服送出去洗，去看了一位八十七歲的老朋友。昭明和他的女伴昨天已去婷那裏。且溪南園的房子修整工作才剛開始，許多步驟在拆了之後才能進行裝修。啓南精舍的住客女兒今天是十歲生日，我們送了一籃水菓，但是未去茶會。老朋友艾爾帶了兒子下午來鋸一棵大樺木，把樹幹截成柴木，枝葉堆在石牆邊給鳥及小獸作隱藏的地方。在鹿邑我寫字錄杜詩鏡銓（選錄）、在這裏剛起始錄孝經。這信用的是鹿邑園景里的信紙。我祖上在南宋住在河南固始。河南省有鹿邑。我在蘇州里的鹿邑是另有來源，不用細表。心情恬適，寫一短傳真。明日有五十七年未見老友、未央歌中同學來訪，然後一、二日就去昭婷那裏轉鹿邑了。

一九九七、五月廿九日

1997年5月29日，鹿橋致樸月信函。（樸月提供）

汪洋杜斷腸
幽谷清如洗
忘情故多情
人子平地起
靈妻何惶惶
花豹自歡喜
宮堡直雲霄
皮貌參差是
鷂鷹泣夷猶
獸言親切語
明還不汝還
渾沌旋未已

右人子吟未定稿書贈
宗憲賢弟 並答贈我黃俞跋
錄音帶之雅
鹿橋 已巳

鹿橋以《人子》書中12篇篇名所作之〈人子吟〉墨寶。（謝宗憲提供）

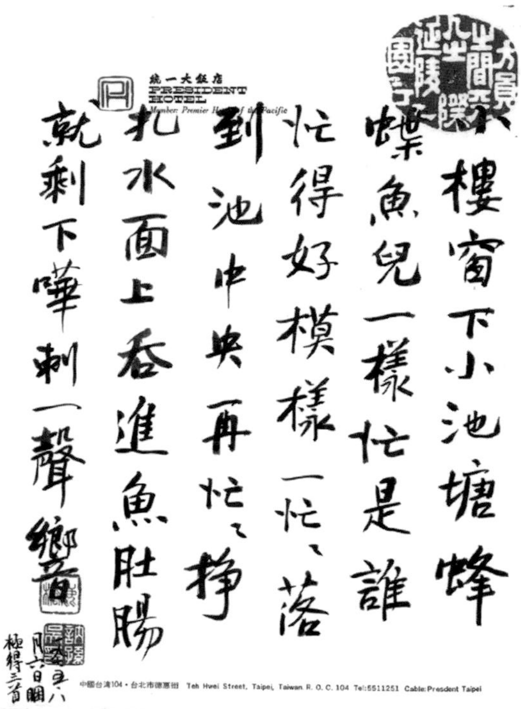

鹿橋雜詩〈小樓窗下〉墨寶。（樸月提供）

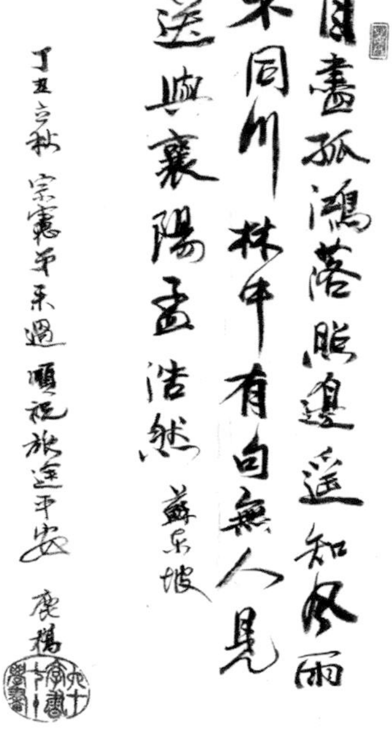

鹿橋手書蘇東坡〈郭熙秋山平遠〉墨寶。（謝宗憲提供）

鹿橋自製窗簾。書法與圖畫皆親手書繪。（雷戊白提供）

輯二◎生平及作品

小傳◎作品◎年表

小傳

鹿橋（1919～2002）

鹿橋，男，本名吳訥孫，英文名 Nelson Ikon Wu，另有筆名呂黛。籍貫福建福州，1919 年 6 月 9 日生於北京，1945 年赴美留學後定居美國，2002 年 3 月 19 日辭世，享壽 83 歲。

西南聯合大學外文系畢業，美國耶魯大學藝術史碩士、博士。大學期間曾任昆明廣播電臺播音員，赴美後歷任聯合國即席口譯員、美國舊金山州立大學東方藝術史教授、耶魯大學藝術系教授、日本京都大學客座研究員、古根漢獎學金（Guggenheim Fellowship）與傅爾布萊特研究獎學金（Fulbright Research Scholarship）講座學者、華盛頓大學藝術系教授兼考古藝術史系主任、日本東京大學客座教授等，為國際知名的東方藝術史教授。1971 年於聖路易市創立「亞洲藝術協會」（Asian Art Society），1984 年自華盛頓大學以「傑出特級終身教授」（Professor Emeritus）頭銜退休，1998 年華盛頓大學與聖路易美術館聯合成立「吳訥孫亞洲藝術及文化紀念講座」（Annual Nelson I. Wu Memorial Lecture on Asian Art and Culture）以表彰其學術成就。曾獲 New Haven Art Festival 文學獎、日本蘆屋市書道協會書法獎、「愛德華・麻林可德優異校教授」（Edward Mallinckrodt Distinguished University Professor of the History of Art and Chinese Culture）頭銜、美中西區華人學術研討會「傑出學人獎」、「聖路易當代之寶」（Saint Louis Living Treasures）獎章，名列《美國名人錄》（Marquis, *Who's Who in*

America)、《世界名人錄》(Marquis, *Who's Who in the World*)。

鹿橋創作文類以小說為主，兼及散文、論述與兒童文學。代表作長篇小說《未央歌》描寫抗戰期間西南聯大校園內，年輕學子友愛情誼、追尋理想與探索自我的發展過程。異於多數抗戰文學作品，刻意略去戰時的苦難與動亂，呈現出「活潑、自信、企望、矜持」的樂觀風格與童話般的浪漫情調；並以「新文言」書寫，結合白話與文言，行文簡明、注重典故、聲韻和諧、用字優美，可見作者古典文學造詣之深厚。故司馬長風評為：「民族風格的圓熟和煥發。從某種意味說，《未央歌》使中國小說的秧苗，重新植入《水滸傳》、《紅樓夢》和《儒林外史》的土壤，因此，根舒枝展、葉綠花紅，讀來幾乎無一字不悅目、無一句不賞心。」其在臺發行再版超過三十次，曾獲《中國時報》讀者票選為「我們都是看這些書長大的——四十年來影響我們最深的書籍」民國 40 年代部分第一名，亦曾入選香港《亞洲周刊》「二十世紀中文小說一百強」排行榜第 73 位。

此外另有短篇小說集《人子》以 13 則寓言故事揭示人生歷程，融會儒釋道思想，蘊含其對宇宙存在、生命意義的體悟。詩文合集《懺情書》為其少時思想脈絡、情感變化的紀錄及創作練習。散文集《市廛居》則為中晚年之作，從日常細節著手刻畫美國的生活風情，以豐厚的中國哲學思想為根柢，比較東西方文化差異，抒發自我的內省。至於學術論文則多以英文寫作，後譯為德、義、日等多國語言。

鹿橋是位集感性創作與理智研究於一身的作家及學者，自言「左手寫詩篇右手寫論文」。在文藝創作方面，力求真誠表達所思所感，重視情感與抽象之美；在學術論文方面，能融會各國文化，將歷史、哲學思想等結合藝術，開創新的研究方向。經由傳統教育涵養出的中國學人風骨，與天真率性的才情人格，成就對生命的態度與信念，體現於日常行止及作品之中。正如唐德剛所言，是位「百分之百的恂恂儒者，謹言慎行的謙謙君子」，其「言出於口，文發於筆，都是一字千鈞的。」

作品目錄及提要

【論述】

George Braziller 1963

Otto Maier 1963

Rizzoli 1965

CHINESE AND INDIAN ARCHITECTURE: The City of Man, the Mountain of God, and the Realm of the Immortals
New York, U.S.A：George Braziller
1963 年 6 月，16 開，128 頁
The Great Ages of World Architecture

London, England：Prentice-Hall International
1963 年，16 開，128 頁
The Great Ages of World Architecture

Ravensburg, Deutschland：Otto Maier
1963 年，16 開，124 頁
Grosse Zeiten und Werke der Architektur
Hertha Kuntze 譯

London, England：Readers Union
1964 年，16 開，128 頁
The Great Ages of World Architecture

Milano, Italia：Rizzoli
1965 年，16 開，140 頁
Le Grandi Civiltá Architettoniche

London, England：Studio Vista
1968 年 1 月，16 開，128 頁
The Great Ages of World Architecture

本書探討古代中國和印度建築空間，表現「天人之際，方圓之間」的文化思維。全書計有：1. THE SQUARE AND THE CIRCLE；2. THE INDIAN MOUNTAIN OF GOD；3. THE CHINESE CITY OF MAN；4. OUTSIDE THE SQUARE AND INSIDE THE CIRCLE: Garden, the Realm of the Immortals 四章。正文前有 Nelson I. Wu, “Introduction”。正文後有“Plates”、“Map”、“Notes”等六篇、Nelson I. Wu, “Acknowledgments”。

1963 年 Prentice-Hall International 版：（今查無傳本）。
1963 年 Otto Maier 版：本書為德文譯本，正文與 1963 年 George Braziller 版同。正文前“Introduction”改為“Einführung”。正文後“Plates”、“Map”合併為“Tafeln”，“Acknowledgments”改為“Dankadresse”移至正文前。
1964 年 Readers Union 版：（今查無傳本）。
1965 年 Rizzoli 版：本書為義大利文譯本（今查無傳本）。
1968 年 Studio Vista 版：（今查無傳本）。

【散文】

市廛居

臺北：時報文化出版公司
1998 年 12 月，25 開，314 頁
新人間叢書 29

本書為作者唯一一部散文集，輯錄作者撰寫 1978 至 1979 年間旅居美國聖路易的見聞，並省思中國傳統文化的文章。全書分「市廛居」、「利涉大川」及「人物憶往」三輯，收錄〈市隱記情〉、〈「一個土豆，兩個土豆」〉、〈可憐的鷂鷹〉、〈路邊買一枝粉紅玫瑰〉、〈圍桌閒話〉、〈唯美主義與美育〉、〈市隱與客居〉、〈「怎奈終年客途裡！」〉、〈美國的女主人〉、〈從頭說起〉、〈靜閟的鄉間〉、〈乙園泉石〉、〈三類接觸〉、〈在歌聲裡「協」調〉、〈伏案之餘〉、〈圓餅小店〉、〈農家情操〉、〈「物盡其用」的三種態度〉、〈徽州饅頭劍橋魚〉、〈市隱記情外一章〉、〈利涉大川〉、〈四海為家〉、〈他鄉與故土〉、〈「客星容易落江湖」〉、〈落江湖，落江湖！〉、〈海客談瀛洲〉、〈鄉音、官話、國語〉、〈來學與往教〉、〈人生代代無窮已〉、〈歷史沒有「假如」，未來有無限「可能」〉、〈束髮受教〉、〈天安門外的凶吉〉、〈解放北京〉、〈二十一世紀的國都〉、〈憶《未央歌》裡的大宴——少年李達海〉、〈委屈、冤枉，追慰一代才女張愛玲〉共 36 篇。正文前有鹿橋〈前言〉、〈戊午舊序〉。

【小說】

延陵乙園 1959

臺灣商務 1972

臺灣商務 1975

明天出版社 1990

黃山書社 2008

未央歌

香港：美國康州且溪延陵乙園 Yenling Yeyuan, Cheshire, Connecticut, U.S.A.；人生出版社（自印）
1959 年 6 月，25 開，626 頁

臺北：臺灣商務印書館
1967 年 12 月，25 開

臺北：臺灣商務印書館
1972 年 10 月，25 開，634 頁

臺北：臺灣商務印書館
1975 年 11 月，25 開，655 頁

濟南：明天出版社
1990 年 10 月，32 開，800 頁
孔范今主編

合肥：黃山書社
2008 年 1 月，32 開，699 頁

長篇小說。本書以抗戰時期的昆明為背景，描寫西南聯合大學中年輕學子的校園生活、友愛情誼與青春理想。全書共 18 章。正文前有鹿橋〈前奏曲〉、〈緣起〉、〈昆明西南聯大回憶圖〉。正文後有鹿橋〈尾聲〉、〈謝辭〉；附錄〈校歌〉、〈紀念碑〉、〈碑文〉、鹿橋〈出版後記〉。
1967 年臺灣商務版：（今查無傳本）。
1972 年臺灣商務版：正文與 1959 年延陵乙園版同。正文前新增鹿橋〈再版致《未央歌》讀者〉。原附錄〈出版後記〉移至正文後。附錄刪去〈校歌〉、〈紀念碑〉、〈碑文〉三篇。
1975 年臺灣商務版：正文與 1959 年延陵乙園版同。正文前新增鹿橋〈八版贅言〉、〈六版再致《未央歌》讀者〉、〈再版致《未央歌》讀者〉。原附錄〈出版後記〉移至正文後。附錄刪去〈校歌〉、〈紀念碑〉、〈碑文〉三篇，新增陸國民〈散民舞曲〉、〈〈散民舞曲〉簡介〉二篇。

1990 年明天版：更名為《中國現代文學補遺書系——小說卷八》。正文與 1959 年延陵乙園版同。正文前刪去〈昆明西南聯大回憶圖〉一篇。正文後刪去附錄〈校歌〉、〈紀念碑〉、〈碑文〉三篇，新增宋遂良〈我讀《未央歌》〉、編者〈後記〉兩篇。
2008 年黃山書社版：正文與 1959 年延陵乙園版同。正文前新增鹿橋〈八版贅言〉、〈六版再致《未央歌》讀者〉、〈再版致《未央歌》讀者〉。原附錄〈紀念碑〉、〈碑文〉兩篇合為〈國立西南聯合大學紀念碑〉一篇，移至正文前；〈出版後記〉移至正文後。附錄刪去〈校歌〉一篇，新增陸國民〈散民舞曲〉、〈〈散民舞曲〉簡介〉二篇。

遠景 1974

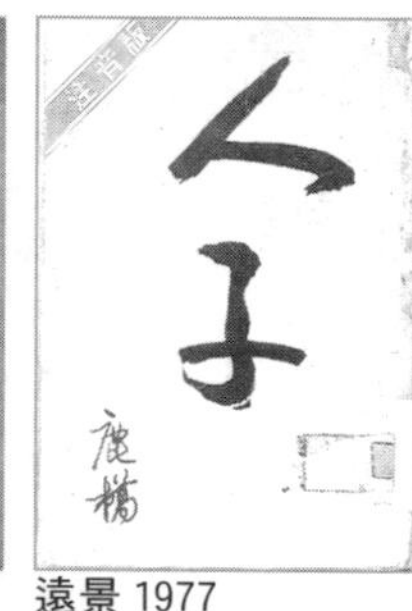

遠景 1977

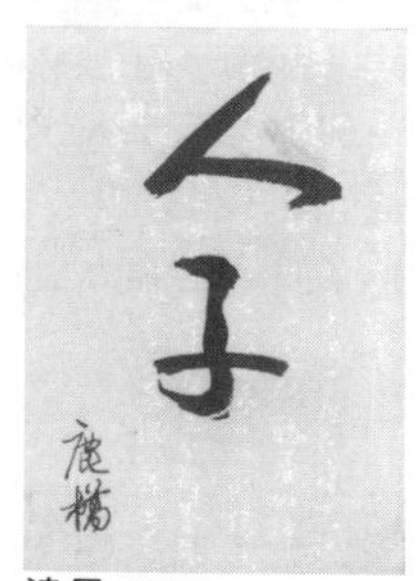

遠景 1982

人子

臺北：遠景出版社
1974 年 9 月，32 開，270 頁
遠景叢刊 6

臺北：遠景出版社
1977 年 3 月，32 開，299 頁
遠景叢刊 66

臺北：遠景出版公司
1982 年 3 月，32 開，260 頁
遠景叢刊 66

短篇小說集。本書為作者 1930 至 1970 年代間構想的寓言故事集，寄寓作者對人生各時期的感悟，自言為「寫給從 9 歲到 99 歲的孩子們看的故事」。全書收錄〈汪洋〉、〈幽谷〉、〈忘情〉、〈人子〉、〈靈妻〉、〈花豹〉、〈宮堡〉、〈皮貌〉、〈鷂鷹〉、〈獸言〉、〈明還〉、〈渾沌〉、〈不成人子〉共 13 篇。正文前有鹿橋〈楔子〉、〈前言〉，正文後有鹿橋〈後記〉。
1977 年遠景版：正文與 1974 年遠景版同，唯每字旁加註注音。正文前〈楔子〉、〈前言〉改為〈前言〉、〈原序〉。
1982 年遠景版：正文與 1974 年遠景版同。正文前〈楔子〉、〈前言〉改為〈前言〉、〈原序〉。

【合集】

懺情錄

臺北：晨鐘出版社
1970 年 10 月，48 開，152 頁
向日葵文叢 22

本書集結作者 19、20 歲間的創作底稿。全書收錄散文〈在西山看見了「藍」〉、〈晚經〉、〈你不能恨我〉、〈我恨你，我恨我自己〉、〈快樂在失而不在得（一）〉、〈快樂在失而不在得（二）〉、〈懺情書〉、〈我心傷悲〉、〈無鄉愁者的悲哀〉、〈游子心情〉、〈強詞奪理〉、〈成年的心〉、〈有這巧針線嗎〉共 13 篇；新詩〈苦行與妖精〉、〈掘壕者之歌〉、〈猜〉共三首；小說〈永遠〉、〈逃命記〉、〈狼〉共三篇；翻譯〈夕陽山徑之歌——戲譯“When It’s Twilight on the Trail”〉一篇。正文前有鹿橋〈前言〉。

懺情書

臺北：遠景出版社
1975 年 9 月，40 開，260 頁
遠景叢刊 22

本書集結作者 19、20 歲間的散文、新詩、小說等創作底稿與日記。全書分兩部分，「藍紋」收錄散文〈在西山看見了「藍」〉、〈晚經〉、〈你不能恨我〉、〈我怨你，我怨我自己〉、〈快樂在失而不在得（一）〉、〈快樂在失而不在得（二）〉、〈懺情書〉、〈我心傷悲〉、〈無鄉愁者的悲哀〉、〈遊子心情〉、〈強詞奪理〉、〈成年的心〉、〈有這種巧針線嗎？〉共 13 篇；新詩〈苦行與妖精〉、〈掘壕者之歌〉、〈猜〉、〈沙洞〉共四首；小說〈永遠〉、〈逃命記〉、〈狼〉共三篇；翻譯〈夕陽山徑之歌——戲譯“When It’s Twilight on the Trail”〉一篇。「素材」收錄作者 1939 年初 20 天的日記〈同學與兄弟〉、〈採買監廚〉、〈遠人來信〉、〈健身運動〉、〈航校學生〉、〈兄弟深談〉、〈同窗姊姊〉、〈生病住院（一）〉、〈粥與葡萄乾〉、〈生病住院（二）〉、〈夢中辯論會——懺情〉共 11 篇，文前有〈關於「黑皮書」〉。正文前有鹿橋〈前言〉。

鹿橋全集

臺北：臺灣商務印書館
2007 年 5 月，25 開

共四冊。正文前有王學哲〈《鹿橋全集》出版緣起〉。

未央歌

臺北：臺灣商務印書館
2007 年 5 月，25 開，862 頁

長篇小說。全書共 18 章。正文前有鹿橋〈八版贅言〉、〈六版再致《未央歌》讀者〉、〈再版致《未央歌》讀者〉、〈前奏曲〉、〈昆明西南聯大回憶圖〉、〈緣起〉、〈國立西南聯合大學紀念碑〉。正文後有鹿橋〈尾聲〉、〈謝辭〉、〈出版後記〉；附錄陸國民〈散民舞曲〉、〈〈散民舞曲〉簡介〉。

人子

臺北：臺灣商務印書館
2007 年 5 月，25 開，227 頁

短篇小說集。全書收錄〈汪洋〉、〈幽谷〉、〈忘情〉、〈人子〉、〈靈妻〉、〈花豹〉、〈宮堡〉、〈皮貌〉、〈鷂鷹〉、〈獸言〉、〈明還〉、〈渾沌〉、〈不成人子〉共 13 篇。正文前有鹿橋〈前言〉、〈原序〉，正文後有鹿橋〈後記〉。

市廛居

臺北：臺灣商務印書館
2007 年 5 月，25 開，346 頁

本書分「市廛居」、「利涉大川」及「人物憶往」三輯，收錄〈市隱記情〉、〈「一個土豆，兩個土豆」〉、〈可憐的鷂鷹〉、〈路邊買一枝粉紅玫瑰〉、〈圍桌閒話〉、〈唯美主義與美育〉、〈市隱與客居〉、〈「怎奈終年客途裡！」〉、〈美國的女主人〉、〈從頭說起〉、〈靜閟的鄉間〉、〈乙園泉石〉、〈三類接觸〉、〈在歌聲裏「協」調〉、〈伏案之餘〉、〈圓餅小店〉、〈農家情操〉、〈「物盡其用」的三種態度〉、〈徽州饅頭劍橋魚〉、〈市隱記情外一章〉、〈利涉大川〉、〈四海為家〉、〈他鄉與故土〉、〈「客星容易落江湖」〉、〈落江湖，落江湖！〉、〈海客談瀛洲〉、〈鄉音、官話、國語〉、〈來學與往教〉、〈人生代代無窮已〉、〈歷史沒有「假如」，

未來有無限「可能」〉、〈束髮受教〉、〈天安門外的凶吉〉、〈解放北京〉、〈二十一世紀的國都〉、〈憶《未央歌》裡的大宴——少年李達海〉、〈委屈、冤枉，追慰一代才女張愛玲〉共 36 篇。正文前有鹿橋〈前言〉、〈戊午舊序〉。

懺情書

臺北：臺灣商務印書館
2007 年 5 月，25 開，188 頁

本書分兩部分，「藍紋」收錄散文〈在西山看見了「藍」〉、〈晚經〉、〈你不能恨我〉、〈我怨你，我怨我自己〉、〈快樂在失而不在得（一）〉、〈快樂在失而不在得（二）〉、〈懺情書〉、〈我心傷悲〉、〈無鄉愁者的悲哀〉、〈遊子心情〉、〈強詞奪理〉、〈成年的心〉、〈有這種巧針線嗎？〉共 13 篇；新詩〈苦行與妖精〉、〈掘壕者之歌〉、〈猜〉、〈沙洞〉共四首；小說〈永遠〉、〈逃命記〉、〈狼〉共三篇；翻譯〈夕陽山徑之歌——戲譯“When It’s Twilight on the Trail”〉一篇。「素材」收錄作者 1939 年初 20 天的日記〈同學與兄弟〉、〈採買監廚〉、〈遠人來信〉、〈健身運動〉、〈航校學生〉、〈兄弟深談〉、〈同窗姊姊〉、〈生病住院（一）〉、〈粥與葡萄乾〉、〈生病住院（二）〉、〈夢中辯論會——懺情〉共 11 篇，文前有〈關於「黑皮書」〉。正文前有鹿橋〈前言〉。

【兒童文學】

格林文化 1998

小小孩／黃淑英圖

臺北：格林文化出版公司
1998 年 12 月，23.5×35 公分，30 頁
格林名家繪本館

臺北：格林文化出版公司
2000 年 4 月，23.5×35 公分，30 頁
格林名家繪本館

本書為短篇小說集《人子》中的〈明還〉篇，以「圓」、「缺」相映的意象，描繪一個擁有超凡能力卻不為世人所理解的小小孩。全書收錄〈小小孩〉一篇。正文後有〈作者簡介〉、〈繪者簡介〉。

格林文化 2000

2000 年格林文化版：正文與 1998 年格林文化版同。

文學年表

1919年	6月	9 日，出生於北京，籍貫福建福州。祖父吳弼昌為清朝縣官，父親吳藹宸為外交官，母親楊魯璵。
1926年	本年	隨家人至福州老家省親數月，於家塾中念書。
		祖父吳弼昌逝世。不久，革命軍誓師北伐，經家人決議，與兄吳威孫、弟吳哲孫三人被託付給家塾一位老師，前往福建鄉下避戰禍。
1927年	本年	隨家人遷居天津，插班就讀漢口道生幼稚園，不久即退學。後跳級入小學就讀四年級。
1930年	本年	就讀天津公學（今天津市耀華中學）一年級。
1931年	本年	轉學至天津南開中學，就讀初中二年級，國文課師從鄭菊如研讀中國古籍。
1934年	本年	高中二年級，國文課師從葉石甫研讀先秦諸子。
1935年	5月	參加由李抱忱指揮的北京故宮太和殿前露天大合唱。
	本年	高中三年級，國文課師從孟志蓀研讀《詩經》、《楚辭》及漢、魏晉以來的中國文學傳統。
1936年	秋	南開中學畢業，得獎學金保送燕京大學生物系。
	10月	計畫徒步旅行，深入尋訪中國土地與文化，因而休學一年。
	11月	與友陸智周結伴，自天津出發南下旅行，經河北、山東、江蘇、浙江、安徽等地。
1937年	6月	與陸智周在徽州分手，獨自前行至南京，因盧溝橋事變爆發，中止走了約 7500 公里路的旅程，由漢口搭船返行。

	本年	就讀長沙臨時大學生物系一年級。
1938 年	2 月	隨長沙臨時大學遷移，自長沙經粵漢鐵路赴廣州，乘船抵香港，再轉乘輪至越南海防，自海防經滇越鐵路前往雲南昆明。
	4 月	長沙臨時大學更名為西南聯合大學。
	10 月	就讀大學二年級，分組英文課師從錢鍾書。
1940 年	1 月	以短篇小說〈我的妻子——結婚第一年〉一文投稿上海《西風》雜誌舉辦的全國性徵文，獲正獎第八名；張愛玲以〈我的天才夢〉獲名譽獎第三名。1941 年《西風》集合得獎作品，以《天才夢》為名出版。
	秋	考入昆明廣播電臺擔任播音員。
1941 年	秋	休學一年，赴香港省親；後轉入文學院。
1942 年	本年	西南聯合大學外文系畢業，留校任助教一年。
1944 年	春	參加教育部第一屆自費留學考，考取第 17 名。
	本年	在四川重慶接受出國前的軍事訓練，為中央訓練團黨政班第 31 期第六中隊隊長。閒暇時開始書寫〈未央歌〉，兩個多月完成前十章。 與朋友組成雕龍文藝社。
	12 月	31 日，飛越「駝峰」（喜馬拉雅山脈），翌日抵達印度，旅行一個月後，由孟買搭船繞澳洲赴美國。
1945 年	3 月	就讀耶魯大學（Yale University），由藝術心理學轉攻藝術史，後改念建築學。
	4 月	續寫〈未央歌〉後七章。
	6 月	9 日，〈未央歌〉於康乃狄克州新海文（New Haven, Connecticut）租屋處完稿。
1946 年	本年	每兩星期至紐約市（New York City）打工一天，以中文翻譯、配音及講解美國娛樂電影及新聞短片，也拍攝大西洋城

<table>
<tr><td></td><td></td><td>（Atlantic City）選美的紀錄片。
於紐約社會研究新學院（New School for Social Research in New York，今 New School）研究院選修藝術心理學及藝術哲學課程，至 1947 年止。</td></tr>
<tr><td>1948 年</td><td>本年</td><td>參加貴格教會（Quaker）於緬因州（Maine）舉辦的八周人文討論會。</td></tr>
<tr><td></td><td>12 月</td><td>聖誕節時，於李抱忱家結識自衛斯理學院（Wellesley College）到耶魯大學過節的薛慕蓮。</td></tr>
<tr><td>1949 年</td><td>本年</td><td>取得耶魯大學藝術史碩士學位，留校任助教並繼續攻讀博士學位。</td></tr>
<tr><td>1950 年</td><td>本年</td><td>母親楊魯璵逝世於英國。</td></tr>
<tr><td>1951 年</td><td>2 月</td><td>應「且溪國際問題研究社」之邀至康州且溪（Cheshire）講演「中國的山水畫」，結束後和與會者閒談，經當地人介紹購入一塊荒地，開始經營「延陵乙園」。</td></tr>
<tr><td></td><td>9 月</td><td>西南聯合大學同窗李達海來訪「延陵乙園」。</td></tr>
<tr><td></td><td>12 月</td><td>1 日，與薛慕蓮結婚，定居密蘇里州（Missouri）。</td></tr>
<tr><td>1952 年</td><td>6 月</td><td>開始於每年六月的第一個星期六邀請耶魯的藝文人士於「延陵乙園」集會，發表作品並相互品題，是為「乙園文會」。</td></tr>
<tr><td></td><td>本年</td><td>長子吳昭明出生。</td></tr>
<tr><td>1954 年</td><td>本年</td><td>以博士論文“Tung Ch‘i-ch‘ang: the man, his time and landscape painting”（董其昌的傳記、時代及山水畫）取得耶魯大學藝術史博士學位；奉清華大學校長梅貽琦之命任教於舊金山州立大學（San Francisco State University），創辦東方藝術史課程。
考取聯合國即席口譯員。
與唐德剛、周策縱、周文中等人創白馬文藝社，導師為胡適。</td></tr>
</table>

		長女吳昭婷出生。
1955 年	本年	返耶魯大學藝術系任教。
1956 年	本年	次子吳昭屏出生。
1958 年	本年	三子吳昭楹出生。
	秋	獲耶魯大學 Morse Fellowship 及美國學術研究聯合會（American Council of Learned Societies）補助，休假一年，舉家六口環遊世界，並從事東方藝術史方面的課題研究；以京都為基地，遊歷東南亞、近東、埃及、土耳其、希臘、西歐、英國、愛爾蘭等國，1959 年回到美國。
	冬	年底，旅行至香港時，經王道先生及沈醒園夫人協助，登記成立人生出版社。
1959 年	6 月	長篇小說《未央歌》以「美國康州且溪延陵乙園 Yenling Yeyuan, Cheshire, Connecticut, U.S.A.；人生出版社」的名義，於香港自印出版 1100 本。
	秋	完成環球旅行。返美後應聘華盛頓大學（Washington University，今 Washington University in Saint Louis）藝術系，教授藝術史與中國文化。
1960 年	本年	獲 New Haven Art Festival 文學獎。
1963 年	6 月	*CHINESE AND INDIAN ARCHITECTURE: The City of Man, the Mountain of God, and the Realm of the Immortals*（《中國與印度建築——人的城，神的山，永恆的仙境》）由 New York, U.S.A.: George Braziller 出版。
	本年	*CHINESE AND INDIAN ARCHITECTURE: The City of Man, the Mountain of God, and the Realm of the Immortals* 由 London, England: Prentice-Hall International 出版。 Hertha Kuntze 譯 *Architektur der Chinesen und Inder: Die Stadt der Menschen, der Berg Gottes und das Reich der Unsterblichen*

		（德文版《中國與印度建築——人的城，神的山，永恆的仙境》），由 Ravensburg, Deutschland: Otto Maier 出版。
1964 年	本年	*CHINESE AND INDIAN ARCHITECTURE: The City of Man, the Mountain of God, and the Realm of the Immortals* 由 London, England: Readers Union 出版。
1965 年	6 月	最後一次舉辦「乙園文會」，與會者多達七百餘人。
	8 月	25 日，父親吳藹宸逝世於北京。
	秋	休假時與家人抵達日本兵庫縣蘆屋市，暫居兩年。
	本年	任日本京都大學客座研究員，擔任古根漢獎學金（Guggenheim Fellowship）與傅爾布萊特研究獎學金（Fulbright Research Scholarship）講座學者。 於蘆屋市舉辦「蘆屋文會」。 *L'architettura Chinese e Indiana*（義大利文版《中國與印度建築》）由 Milano, Italia: Rizzoli 出版。
1966 年	本年	評論 Andrew Boyd, *Chinese Architecture and Town Planning: 1500 B.C.-A.D. 1911*，以英文名「Nelson I. Wu」發表於瑞士阿斯科那（Ascona）*Artibus Asiae*, vol. 28, n. 1。 獲蘆屋市書道協會書法獎。
1967 年	3 月	14 日，應臺灣大學歷史系教授許倬雲之邀，舉辦臨時座談會講演《未央歌》。
	12 月	長篇小說《未央歌》由臺北臺灣商務印書館出版。
	本年	返美後舉家搬遷至密蘇里州聖路易（Saint Louis），續任教於華盛頓大學。
1968 年	1 月	〈再版致《未央歌》讀者〉發表於《東方雜誌》復刊第 1 卷第 7 期。 *CHINESE AND INDIAN ARCHITECTURE: The City of Man, the Mountain of God, and the Realm of the Immortals* 由

		London, England: Studio Vista 出版。
	11 月	11 日，在加州大學柏克萊分校（University of California, Berkeley）演講，遇見張愛玲。
	本年	榮獲「愛德華・麻林可德優異校教授」（Edward Mallinckrodt Distinguished University Professor of the History of Art and Chinese Culture）頭銜。
1969 年	本年	擔任華盛頓大學考古藝術史系主任，隔年卸任。
1970 年	10 月	詩、散文、小說合集《懺情錄》由臺北晨鐘出版社出版。
1971 年	本年	在聖路易市創立「亞洲藝術協會」（Asian Art Society）。
1972 年	春	休假期間赴香港，於廣播中講演中國人在空間觀念裡對自我的看法。
	3 月	26 日，抵臺灣，為故宮博物院寫董其昌山水畫論文“The Evolution of Tung Ch‘i-ch‘ang’s Landscape Style as Revealed by His Works in the National Palace Museum”。
	4 月	12 日，應臺灣大學歷史系學會成員之邀於校園中舉辦臨時座談會。
		16 日，赴日本各地旅行。
		暫時返美，寫探討晚明哲學、文學與美術潮流的短文。
	6 月	12～16 日，參加夏威夷大學哲學系（Department of Philosophy of the University of Hawaii）於夏威夷檀香山（Honolulu, Hawaii）舉辦之王陽明逝世 500 周年紀念專題研討會 *Wang Yang-ming: A Comparative Study*，講演“From Iconoclasm to Reconstruction: Late Ming and Early Ching Landscape Painting”。
	10 月	長篇小說《未央歌》由臺北臺灣商務印書館出版。
	本年	任日本東京大學客座教授一年。
1973 年	1 月	“Intellectual Movements Since the Teachings of Wang Yang-

ming: Parallel but Nonconcurrent Developments”發表於檀香山 *Philosophy East and West*, vol. 23, n. 1-2（1 月～4 月）。

10 月 19 日，新詩〈厭倦了禮儀的繁縟〉發表於《中國時報》第 12 版。

偕夫人在日本旅行研究，與胡蘭成同行，並寫信致張愛玲，由胡蘭成寄信。

1974 年 5 月 9 日，〈寫在《人子》前面〉、短篇小說〈人子——一、汪洋〉發表於《中國時報》第 12 版。

16 日，短篇小說〈人子——二、幽谷〉發表於《中國時報》第 12 版。

23 日，短篇小說〈人子——三、忘情〉發表於《中國時報》第 12 版。

30～31 日，短篇小說〈人子——四、人子〉連載於《中國時報》第 12 版。

6 月 6～7 日，短篇小說〈人子——五、靈妻〉連載於《中國時報》第 12 版。

13～14 日，短篇小說〈人子——六、花豹〉連載於《中國時報》第 12 版。

20 日，短篇小說〈人子——七、宮堡〉發表於《中國時報》第 12 版。

27 日，短篇小說〈人子——八、皮貌（美貌）〉發表於《中國時報》第 12 版。

28 日，短篇小說〈人子——八、皮貌（皮相）〉發表於《中國時報》第 12 版。

7 月 4～7 日，短篇小說〈人子——九、鷂鷹〉連載於《中國時報》第 12 版。

11～12 日，短篇小說〈人子——十、明還〉連載於《中國

		時報》第12版。
		25～26 日，短篇小說〈人子——十一、獸言〉連載於《中國時報》第12版。
	8月	1～2 日，短篇小說〈人子——十二、渾沌〉連載於《中國時報》第12版。
		8 日，短篇小說〈不成人子〉發表於《中國時報》第 12 版。
	9月	11 日，〈尋覓一個門徑——寫在《人子》出版前〉發表於《中國時報》第12版。
		短篇小說《人子》由臺北遠景出版公司出版。
1975年	2月	26～28 日，短篇小說〈邂逅三章〉連載於《中國時報》第12版。
	9月	14～18日，〈黑皮書〉連載於《中國時報》第12版。
		16日，〈解鈴引〉發表於《聯合報》第12版。
		19 日，〈底事春來偏有恨，隔簾花影又一年——從「藍紋」、「黑皮書」到《懺情書》〉發表於《中國時報》第 12 版。
		短篇小說〈結婚第一年——我的妻子〉發表於《皇冠》第259期。
		詩、散文、小說合集《懺情書》由臺北遠景出版公司出版。
	11月	長篇小說《未央歌》由臺北臺灣商務印書館出版。
	本年	來臺參加國家建設委員會，加入農林建設研究組。
1976年	春	"The Chinese Pictorial Art, Its Format and Program: Some Universalities, Particularities and Modern Experimentations"發表於香港 *Renditions*（《譯叢》）第6期。
1977年	3月	短篇小說集《人子》注音版由臺北遠景出版公司出版。
	秋	受邀隨美國人文界 11 人訪問團赴中國考察，研究繪畫及考

古材料為期一個月，其間與西南聯合大學的學姊祝宗嶺（《未央歌》角色「伍寶笙」的原型）於北京重聚。

1978年　3月　赴印度洋南方塞席爾共和國（Republic of Seychelles）參加世界情勢研討會，談個人對宇宙人世的看法。

7月　20 日，偕妻自聖路易前往麻薩諸塞州劍橋（Cambridge, Massachusetts）探望子女兼度假一個月。

29 日，工作之餘有感市隱之樂，動筆將暑假期間所見所聞寫成《市廛居》中「市隱記情」的篇章。

8月　1 日，開始寫作藝術史論文〈董其昌與明末清初之山水畫〉，1979 年譯成日文收入《文人画粋編——中国篇 5（徐渭・董其昌）》，由東京中央公論社出版。

10月　13 日，〈市廛居〉、〈市隱記情〉發表於《中國時報》第 12 版。

19 日，〈「一個土豆，兩個土豆。」〉發表於《中國時報》第 12 版。

26日，〈可憐的鷂鷹〉發表於《中國時報》第12版。

11月　9日，〈圍桌閒話〉發表於《中國時報》第12版。

16日，〈唯美主義與美育〉發表於《中國時報》第12版。

24日，〈市隱與客居〉發表於《中國時報》第12版。

本年　任華盛頓大學年度 Eliot Honors Convocation Speaker。

1979年　2月　25日，〈萬物之逆旅〉發表於《中國時報》第12版。

3月　8日，〈靜悶的鄉間〉發表於《中國時報》第12版。

15日，〈乙園泉石〉發表於《中國時報》第12版。

22～23日，〈三類接觸〉連載於《中國時報》第12版。

29～30 日，〈在歌聲裏協調〉連載於《中國時報》第 12 版。

春　休教授年假，來臺暫居六個月。

	4月	5～6日，〈圓餅小店〉連載於《中國時報》第12版。 10日，〈靜止了的指揮棒——與保哥的最後一段相聚時刻〉以本名「吳訥孫」發表於《中國時報》第12版。 12日，〈農家情操〉發表於《中國時報》第12版。 14日，〈悼亡友——觸媒顧樑〉以本名「吳訥孫」發表於《中國時報》第12版。 26日，〈「物盡其用」的三種態度〉發表於《中國時報》第12版。
	5月	10日，〈徽州饅首劍橋魚〉發表於《中國時報》第12版。 21日，〈鹿橋旁白〉發表於《臺灣時報》第12版。 25日，〈市隱記情外一章〉發表於《中國時報》第12版。
	秋	「延陵乙園」失火。
1980年	2月	2日，〈連山斷處大江流——陳其寬畫筆下的中國情操〉發表於《中國時報》第8版。 開始重建「延陵乙園」。
1981年	秋	“The Juggler”（英文版〈明還〉）以英文名「Nelson I. Wu」發表於香港 *Renditions*（《譯叢》）第16期。
1982年	3月	短篇小說集《人子》由臺北遠景出版公司出版。
1984年	本年	自華盛頓大學以傑出特級終身教授（Professor Emeritus）頭銜退休。
1985年	2月	28日，獲頒「聖路易當代之寶」（Saint Louis Living Treasures）獎章。
1987年	本年	接受聖路易公共電視臺（PBS）「當代之寶」（Living Treasures）專訪，為受訪三人之中唯一的華人。
1988年	4月	21日，〈乙園・丁卯・夏日山居〉發表於《中國時報》第18版。 28日，〈乙園・丁卯・夏日山居——「逐子女而居」〉發表

		於《中國時報》第18版。
	5月	5日，〈丁卯苦旱〉發表於《中國時報》第18版。
		13日，〈乙園・丁卯・夏日山居——尋人啟事與書中人物〉發表於《中國時報》第18版。
		19日，〈乙園・丁卯・夏日山居——舊知新識〉發表於《中國時報》第18版。
	6月	4日，參加美中西區華人學術聯誼會（Midwest Chinese American Science & Technology Association）於加利福尼亞州洛杉磯（Los Angeles, California）The Stouffer Concourse Hotel舉辦之第五屆「美中西區華人學術科技研討會」（Midwest-America Chinese Science and Technology Conference），講演"Untraditional Modern Path to Forbidden City"。
		5日，"Untraditional Modern Path to Forbidden City"以英文名「Nelson I. Wu」發表於 *St. Louis Post-Dispatch*, p.3E。
1989年	6月	7日，〈一條又長又坎坷的路——天安門廣場的未來〉發表於《中國時報》第23版。
	12月	行政院文化建設委員會與《中央日報》合辦「現代文學討論會」，探討《未央歌》、《人子》兩部作品。鹿橋因夫人不良於行以及不願接觸政黨，婉謝出席，委由前經濟部長李達海代表參加。
1990年	9月	28日，《未央歌》獲《中國時報》「開卷」版讀者票選為「我們都是看這些書長大的——四十年來影響我們最深的書籍」民國40年代部分第一名。
		30～10月1日，〈心許〉連載於《中華日報》副刊。
	10月	孔范今主編《中國現代文學補遺書系——小說卷八》，收入長篇小說《未央歌》，由濟南明天出版社出版。

1991年 1月 5日，〈利涉大川〉發表於美洲版《時報周刊》。
12日，〈四海為家〉發表於美洲版《時報周刊》。
26日，〈他鄉與故土〉發表於美洲版《時報周刊》。
2月 2日，〈「客星容易落江湖」〉發表於美洲版《時報周刊》。
3月 1日，〈落江湖，落江湖！〉發表於美洲版《時報周刊》。
15日，〈海客談瀛洲〉發表於美洲版《時報周刊》。
4月 5日，〈鄉音、官話與國語〉發表於美洲版《時報周刊》。
〈來學與往教〉發表於美洲版《時報周刊》。
5月 10日，〈人生代代無窮已〉發表於美洲版《時報周刊》。
17日，〈歷史沒有「如果」，未來有無限「可能」〉發表於美洲版《時報周刊》。
24日，〈束髮受教〉發表於美洲版《時報周刊》。
6月 〈天安門外的凶吉〉發表於美洲版《時報周刊》。
〈解放北京〉發表於美洲版《時報周刊》。
〈二十一世紀的國都〉發表於美洲版《時報周刊》。
本年 托人轉交長篇小說《未央歌》予錢鍾書。
1995年 3月 2～9日，〈憶《未央歌》裡的大宴——少年李達海〉連載於《中國時報》第39、34版。
冬 與闊別50年的雋（《懺情書》中女主角之一）取得聯繫。
11月 26～27日，〈往事只模糊——委屈，冤枉，追慰一代才女張愛玲兼及往事、心事一籮筐〉連載於《聯合報》第37版。
12月 6～7日，〈有關張愛玲〉連載於《聯合報》第37版。
1996年 2月 15日，〈亦蝨亦蚤〉發表於《聯合報》第33版。
本年 年底，檢查出罹患直腸癌。
1997年 本年 於美中西區華人學術聯誼會（Midwest Chinese American Science & Technology Association）第14屆年會獲頒「傑出學人獎」，講演「同舟同車三世修——從中國人的生活經驗看現代科技，談可能、或然、必然，但沒有偶然」。

名列《美國名人錄》（Marquis, *Who's who in America*）及《世界名人錄》（Marquis, *Who's who in the world*）。

1998年　10月　29日，華盛頓大學與聖路易美術館（Saint Louis Art Museum）聯合成立「吳訥孫亞洲藝術及文化紀念講座」（Annual Nelson I. Wu Memorial Lecture on Asian Art and Culture），每年秋天邀請一位東方藝術文化領域的相關人士演講，並於大學及美術館內舉行展覽等活動。

11月　28日，應歷史博物館館長黃光男之邀來臺演講，共停留24天。

12月　1～3日，應邀出席歷史博物館與高雄師範大學共同舉辦之「中國文學與美學學術研討會」。

2日，於高雄師範大學文學大樓小劇場講演「從建築空間認識中國建築之中心思想」。

9日，〈閒話市廛——《市廛居》出版前言〉發表於《中國時報》第37版。

10日，應邀出席時報文化出版公司舉辦的《市廛居》新書發表會，主持人為莫昭平，與會者有周夢蝶、李模、張素貞、陳其寬夫婦等藝文界人士，董彝九與諶德容夫婦、雷穎夫婦、陸國民夫婦等好友。

11日，應邀出席格林文化於臺北敦南誠品舉辦的《小小孩》新書發表會，主持人為郝廣才，與會者有魏子雲、黃淑英、黃舒駿等，黃舒駿並現場彈唱〈未央歌〉。

15日，應邀至臺北第一女子高中演講。

17日，參觀清華大學，於清蔚園與讀者進行「即時網路筆談」。

18日，於臺灣師範大學誠101教室講演「鹿橋閒話」，主持人為張素貞。

19 日，於歷史博物館遵彭廳講演「『龍的傳人』怎麼『傳』？」，主持人為黃光男。

《市廛居》由臺北時報文化出版公司出版。

插畫家黃淑英取材短篇小說集《人子》之〈明還〉篇，繪製兒童繪本《小小孩》，由臺北格林文化出版公司出版。

1999 年　4 月　23～25 日，應邀出席美南華文寫作協會於德克薩斯州（Texas）「休士頓華僑文教服務中心」舉辦之「海華文藝季文學座談」；24 日，講演「利涉大川——挾泰山以超北海」。

6 月　長篇小說《未央歌》入選香港《亞洲周刊》「二十世紀中文小說一百強」排行榜第 73 位。

2000 年　2 月　5 日，〈孝——心境，行為與儀禮〉發表於《中國時報》第 7 版。

4 月　黃淑英繪製兒童繪本《小小孩》，由臺北格林文化出版公司出版。

6 月　10 日，參加美中西區華人學術聯誼會於聖路易雙樹大旅館（Doubletree Hotel）會議中心舉辦之「千禧年年會」，講演「親切談《人子》，話別聖鹿邑」（鹿橋將「聖路易」譯作「聖鹿邑」）。

7 月　癌症舊疾復發，決議遷居麻州波士頓（Boston）與女兒比鄰而居。

2001 年　春　癌症病情惡化。

本年　偕妻子薛慕蓮重訪聖路易兩周，與當地華文寫作協會及藝文人士聚會。

2002 年　3 月　中旬，要求住進醫院。

19 日，上午 7 時 42 分，因直腸癌病逝波士頓，享壽 83

歲。

2003年　10月　30～11 月 2 日，兒童繪本《小小孩》由無獨有偶工作室劇團改編為人偶劇，於國家戲劇院實驗劇場公演。

2004年　5月　11日，下午，妻子薛慕蓮逝世於波士頓。

2007年　5月　「鹿橋全集」之長篇小說《未央歌》、短篇小說集《人子》、《市廛居》與詩、散文、小說合集《懺情書》由臺北臺灣商務印書館出版。

2008年　1月　長篇小說《未央歌》由合肥黃山書社出版。

參考資料：

- 鹿橋，〈再版致《未央歌》讀者〉，《未央歌》（臺北：臺灣商務印書館，1982 年 3 月）。
- 鹿橋，〈六版再致《未央歌》讀者〉，《未央歌》（臺北：臺灣商務印書館，1982 年 3 月）。
- 鹿橋，《市廛居》（臺北：時報文化出版公司，1998年12月）。
- 謝宗憲，〈鹿橋年表〉，樸月編著，《鹿橋歌未央》（臺北：臺灣商務印書館，2006年2月）。
- 樸月編著，《鹿橋歌未央》（臺北：臺灣商務印書館，2006年2月）。
- 洪潔芳，〈真善美的追尋——鹿橋文學作品研究〉（政治大學中國文學系國文教學碩士論文，2007年）。
- 國家圖書館——臺灣期刊論文索引系統網站、中國文化研究論文目錄網站。

輯三◎

研究綜述

歷史在爭論中前進

鹿橋文學研究綜述

◎張恆豪

一、鹿橋的內在心靈和文學現象

一說到《未央歌》，自然會想起鹿橋，它們二者早就難分難離。《未央歌》是青年的鹿橋青春心靈的一個投影。鹿橋出身禮樂書香世家，人生旅程順遂，在美國長期專研中國的美術與文學。崇尚自然，嚮往田園，但願避開政治的塵網，渴盼在濁世中能還璞歸真。當鹿橋身處在美國資本主義的大廈叢林中，他的內心深處卻是長住著陶淵明、蘇髯公、倪雲林這些古代的精靈，誠如其所願，大隱隱於市，這是我們所知道的。

二戰剛結束，鹿橋即負笈離開動亂的家園，再回首已是 1950 年代後紅色的中國，他已不想歸去。1960 年代，《未央歌》正在臺灣盛行，卻是威權又戒嚴的年代，鹿橋人生的步履也無意駐足。夜闌人靜，輾轉難眠，身在美國的鹿橋不知是否想過？一生如此醉心於中國文化，文化的根應該是離不開它的土壤和人民吧？當他撰述博士論文，深入董其昌的書畫世界時，他敏感的心靈應該也跳脫不了濃郁鄉愁中那些故園的山水吧？

胡有瑞善於觀人，她說鹿橋是懷舊的藝術家。或許鹿橋在俗世中他是幸福的，但在懷舊的心態下，是否摻雜著不足為外人道也的矛盾、孤寂的因素？這是我不知道的。

鹿橋本名吳訥孫，1919 年出生於民國初期的北京官宦世家。1942 年西南聯大外文系畢業，後來赴美，在耶魯大學專攻藝術史，後來改念建築系。1954 年取得耶魯大學藝術史的博士學位，先後在舊金山大學、耶魯大學任教，1959 年應聘到華盛頓大學藝術系，教授藝術史與中國文化。他的博士論文係研究中國明代的書畫大家董其昌。

《未央歌》這部小說，鹿橋起稿於他西南聯大剛畢業不久的 1944 年的年初，至 1945 年在美國完稿，是他 25 歲的少作。這部長達五十多萬字的長篇小說，1959 年由他自己登記的人生出版社，在香港自印 1100 本發行，直到 1967 年，《未央歌》才正式由臺灣商務印書館出版。

小說之名，何以稱為「未央歌」？依鹿橋的解釋是說「未央」一辭，係源於出土的漢磚上面所寫的「千秋萬世，長樂未央」的意涵。

此一小說的背景，是放在抗戰時期的西南聯大，在未受到戰火波及的大學校園中，圍繞在藺燕梅、伍寶笙、余孟勤、范寬湖、童孝賢這幾個青年學生的故事。全書以樂觀浪漫的情調，描寫他們對於理想的追尋，對於信念的堅持，正因瀰漫希望的色彩，作者確信人類只要發揚至情至性，彼此群策群力，共同戮力，人間的桃源將可實現。

小說除了描繪男女之愛情，更細緻刻畫人間可貴的友情。鹿橋坦言，《未央歌》的思想層面，深受中國儒家哲學的薰陶，為了呈現愛情與友情之珍貴，在情節布局無不巧思獨運，鹿橋說其中頗受《儒林外史》的抽象結構的影響。

《未央歌》固然有其優點和特色，但它是鹿橋 25 歲的少作，思想上難免有其局限。然而，最受人非議的，以抗戰為背景的磅礴史詩，卻絲毫嗅不出戰火蹂躪的煙硝氣味，作品中的西南聯大，宛如二戰末期遠離人間苦難的世外桃源一般。在書出版後，文評界固然有人讚賞，但也引來撻伐之聲。給予正面肯定的，如司馬長風、李霖燦、張素貞、齊邦媛……等人，而批判的聲浪，則有尉天驄、林柏燕、何懷碩、江漢（齊益壽）……等人，特別在 1970 年代中葉鄉土文學論戰如火如荼的時期，《未央歌》也常被拿來作為批判的祭旗。小說固然在坊間書市長銷熱賣，擁有海外內熱情的讀者，但它在文評界和文學史的境遇，卻是見仁見智，褒貶不一，頗具有爭議性。

有趣的是，在學者的眼中對於《未央歌》的文學史定位也各異其趣。不同的史觀，自然會有各異的歷史定位。例如周芬伶便將《未央歌》的小說類型，放在和無名氏《塔裡的女人》、司馬中原《啼明鳥》、華嚴《智慧的燈》、於梨華《燄》、瓊瑤《幾度夕陽紅》、朱天心《擊壤歌》、《方舟上的日子》——這系列的情節模式。

楊照則是將《未央歌》的定位，擺在 1950 年代末期臺灣大眾文學中以抗戰為背景的脈絡，與徐訏《風蕭蕭》、王藍《藍與黑》……這些小說等量齊觀。

司馬長風則將《未央歌》列入中國新文學的歷史範疇，將它與巴金的《人間三部曲》、沈從文的《長河》、無名氏的《無名書》，並列為中國抗戰及戰後時期四大長篇小說的巨峰。

時間仍悄悄在前行，歷史也不斷在演變，這些無論是有趣的現象，或是有意義的爭議，都值得我們細心再觀察。

至於《人子》，也如同《未央歌》一般，鹿橋有意避開現實的時勢，以〈汪洋〉、〈幽谷〉、〈忘情〉、〈人子〉等 12 則生命成長的寓言，精微凝練地寓涵宇宙眾生的智慧和禪機。

鹿橋的〈原序〉說道：

> 其中包括在印度、日本幾次旅行，及在美國讀書、執教各時期，現在寫出來發表的次序則是依了人生經歷的過程來排列：從降生、而啟智、而成長，然後經過種種體驗才認識逝亡。最後境界則是在有限的人生中只可模擬、冥想而不可捉摸的永恆。

從 1974 年起，《人子》各篇以短篇小說的形式，一則一則在《中國時報》刊載，其間引發熱烈回響。1977 年再由遠景出版公司出版，在書市的反應也相當暢銷。然而文評界的爭論卻也很兩極。

王鼎鈞肯定的說，《人子》「隱隱有一股潛力，一團酵素，以人為本，以人為尊」。

胡蘭成則以為鹿橋的文學，是具有黃老的根柢而走儒家的路，《人子》是世界性的智慧結晶，在驚歎鹿橋的奇才之餘，推崇他是最有可能獲得諾貝爾文學獎的華人作家。

王文進則暗讚鹿橋，說世上有些人只一味在時代中看到苦難，而有人卻始終能在苦難的時代中激起倔強而堅定的美的信仰。

然而，反彈的、批判的聲音也振振有詞。何懷碩說：「依我的看法，它表達了當代人人感受到的失望、徬徨、文明的虛無感；它所以不成為悲觀與沉痛，是因為作者借著一種虛矯的『超越』，加上遠離現實人生的浪漫幻想，作為思想重擔上最風流瀟灑而便宜的解決的『捷徑』。」

江漢也認為：「從《未央歌》到《人子》，我彷彿看見一株斷掉根的花草，莖葉由萎靡而枯槁。從《未央歌》到《人子》，我彷彿看見一條到死亡之路。」

綜觀這些爭論，從生命純粹的信仰，到現實中實際行動的實踐，是隱逸遁世的人生理想？還是被指為逃避現實的浪漫幻想？往往也只是一線之隔，何況一落入到現實人生，不免利害糾葛，是虛矯的超越？還是純真的超脫？可說事未易察，理未易明。在苦難的時代堅持美的信仰，何其崇高的至情至情，然稍有閃失，偶有差池，也往往被世人譏為孤芳自賞的自了漢罷了。因而，這些信仰理念的爭執，一時之間，也自是不容易釐清。

1975 年鹿橋又由遠景出版了詩、散文小說合集的《懺情書》，此書是依據 1970 年由臺北晨鐘出版社刊行過的《懺情錄》再做增補。不僅書名改了，內容也增加一首新詩〈沙洞〉及 11 篇日記，詳情可參見汪黛妏所編撰的鹿橋〈作品目錄提要〉。這是鹿橋青年時期 19 到 20 歲的創作文字。在〈前言〉他說：「《懺情書》是為了給今日那個年紀的年輕人交換寫作經驗才印的，所以是一本為了少數，又特殊的讀者而出版的書。」

《懺情書》在文評界較少受到討論，它是鹿橋早期作品的合集，大概只有 2012 年梁素萍的碩論才將它列為研究的對象。

1998 年，鹿橋的第四本創作集《市廛居》，由臺北的時報文化出版公司出版。內容包括「市廛居」，書寫鹿橋夫婦輪流在四個子女家中作客的見聞和思考，誠如〈前言〉所說，談論的是 1978 到 1979 年的事。「利涉大川」共有 14 篇，則帶有「憶往」的意味，敘述的是鹿橋從童年到為人爺爺的人生種種經驗，如同《人子》一般，字裡行間充滿了對人世的省思、對人性的體會。放在殿後的「人物憶往」，一是回憶少年的李達海，一是追慰才女張愛玲。

這本《市廛居》和同年由臺北格林文化出版公司出版的兒童繪本《小小孩》，在文壇受到的重視和關注，顯得冷清許多。多少年後，大家津津樂道的猶然是《未央歌》與《人子》，它們仍是文學史上爭議的焦點。

鹿橋於 2002 年 3 月 19 日，在美國的波士頓病逝。生前他希望能將《未央歌》、《人子》、《懺情書》、《市廛居》四部作品，授權給臺灣商務印書館出版「鹿橋全集」，此一計畫，直到 2007 年 5 月才得以實現。

至於鹿橋《未央歌》在中國大陸出版的經過，也值得一提。依汪楊的〈歌為誰未央——評鹿橋的《未央歌》〉一文，得悉《未央歌》首次在中國發行是 1990 年，收編在《中國現代文學補遺書系》中，屬於學術圈的內部發行。2008 年按照鹿橋的遺願，合肥的黃山書社以繁體字橫排方式，出版單行本，此為《未央歌》正式在中國公開出版的開始。

二、《未央歌》受肯定的聲音

綜觀鹿橋的研究文獻，據文訊雜誌社所編撰的「鹿橋研究評論資料」看來，共有 311 筆，依其性質，大致可分為鹿橋的書序（自述）、訪談、他述、作品綜論、單本析論、單篇析論、比較研究、文學年表，以及研究專書、學位博碩論文等類。從實質內容而觀，論文討論的對象，大多集中在《未央歌》、《人子》這兩部作品；《市廛居》除了報章的新書報導或介紹外，只有張素貞的評論和梁素萍的碩論有所涉及；《懺情書》也僅有梁素萍的碩論談到；鹿橋最晚出版的小說繪本《小小孩》則迄今尚未有人討論。

項青（應鳳凰）所編著的《見仁見智談《人子》》，由臺北的廣城出版社刊行於 1975 年 10 月，共收錄八篇分析詮釋《人子》的專文，內文有 157 頁。樸月編著的《鹿橋歌未央》，2006 年 2 月由臺北臺灣商務印書館出版，內容可分六部分：「鹿橋的小傳、年表和家譜」、「幸會鹿橋——文友家人談論鹿橋其人其文」、「《未央歌》人物寫實」、「《未央歌》書評」、「來鴻去雁」、「翰墨因緣」，共有 497 頁。

《見仁見智談《人子》》，焦點自然在《人子》一書，《鹿橋歌未央》，焦點集中在《未央歌》，這兩部專書，各有用心，也各具特色。我以為可作為《人子》、《未央歌》的導讀之書，引導讀者進入鹿橋的堂奧，也可當作鹿橋研究的入門之鑰，提供評論鹿橋文學的參考資料。

本彙編為了呈顯當前鹿橋研究的全貌，以有別於這兩部專書，原先採擇了多篇批判性觀點的選文，以期呈現正反兩邊立場、較為多元化的角度，但最後因版權授權的問題，選進彙編的是下面這 23 篇大作，儘管如此，為了宏觀全局，我的綜述仍以原先的計畫為準。

1.鹿橋〈再版致《未央歌》讀者〉（作者自述）

2.鹿橋〈《人子》原序〉（作者自述）

3.鹿橋〈《懺情書》前言〉（作者自述）

4.鹿橋〈《市廛居》前言〉（作者自述）

5.胡有瑞〈懷舊的藝術家——鹿橋訪問記〉（訪談）

6.李霖燦〈田園交響樂〉（他述）

7.司馬長風〈鹿橋的《未央歌》〉（單本析論）

8.林柏燕〈香格里拉之歌——論《未央歌》的序及金童玉女〉（單本析論）

9.張素貞〈從浪漫到寫實——談《未央歌》的創作模式〉（單本析論）

10.齊邦媛〈與時代若即若離的《未央歌》〉（單本析論）

11.周芬伶〈未央的童歌〉（作品綜論）

12.汪楊〈歌為誰中央——評鹿橋的《未央歌》〉（單本析論）

13.花曼娟〈《圍城》與《未央歌》中大學形象的比較〉(比較研究)
14.王鼎鈞〈若苦能甘——初讀鹿橋先生的《人子》〉(單本析論)
15.胡蘭成〈評《人子》〉(單本析論)
16.翁文嫻〈一個荒誕、真摯的世界——讀鹿橋作品《人子》〉(單本析論)
17.應鳳凰記錄、整理〈談《人子》〉(單本析論)
18.羊子喬〈神祕的觸鬚——論《小王子》與《人子》的寓言象徵〉(比較研究)
19.王文進〈南方有佳人，遺世而獨立——談鹿橋及其《人子》〉(單本析論)
20.張素貞〈君子儒的靈修內省——鹿橋的散文集《市廛居》〉(單本析論)
21.魏子雲〈關於鹿橋的〈結婚第一年〉〉(單篇本析論)
22.陳克環〈鹿橋的《邂逅三章》——《當代中國小說大展》作品之一〉(單篇析論)
23.常秀珍〈鹿橋〈鷂鷹〉析論〉(單篇析論)

鹿橋的成名作《未央歌》，1959 年在香港自印，由人生出版社刊行，初版附有作者在日本京都所寫的〈出版後記〉，這篇彌足珍貴的原始文獻，目前已難尋覓。不得已之下，只好以〈再版致《未央歌》讀者〉替代。我之所以不厭其煩蒐入鹿橋這四篇的序言，目的無他，由此或可窺出鹿橋的真性情、創作的原意、成書的背景，特別是有關他的思想理念、他的文學教養和受到的影響。這對於受到闡釋學派和現象學派影響的研究者，希望推尋作者的原意，追溯作者的時代背景，了解作者的秉性思維，這些外緣資料想必會有所助益。

譬如說，他現身說法：

《未央歌》既是一本重情調及風格的書，裡面的角色及故事又多是為了方便抽象地談一種理想而隨筆勢發展的，因此自始至終雖然寫的都是這個「我」，反而全書精神是真正「無我」的。沒有各別的我，只有那個樂觀的年月中每個年輕人的面面觀。單就這一點說，《未央歌》就與《紅樓夢》完全異曲也異趣。

鹿橋又說：

說到這裡，我一定要聲明我最私淑的兩部舊小說是《水滸傳》與《儒林外史》。我在《未央歌》裡屢屢暗示我多年來細讀這兩部書之樂。我像小孩遊戲那樣，把這兩部書給我的影響作成暗號留在《未央歌》裡，表示我對這兩部書多感激。

鹿橋再說：

是我主張、提倡，力行實驗我所謂「新文言」的一篇試作。文言是中國文學的寶貴的遺產，不是包袱，各國文字也都有它的文言。我不愛辯，且容我簡單說一下。《未央歌》每在情感一上升的時候文字就往新文言方向走。到了第 13 章，全書最短的一章，文字還是可以上口，可是離口語就越來越遠，或化成散文詩，或是帶了韻。文言一時與一時不同，也不必同。可是或優或雅、或激昂或流鄙，都不可躲懶。

從《未央歌》的情調與風格，所受的影響，直到小說語言，以他所謂「新文言」來實驗，這些夫子自道的關鍵語辭，無論您同意與否，皆是深入探討《未央歌》的第一手外緣資料。

胡有瑞〈懷舊的藝術家——鹿橋訪問記〉，胡女士是資深的文化記者，1975 年她趁著鹿橋伉儷來臺參加國建會之便，貼身訪問了鹿橋本人。訪問中健談的鹿橋，意興遄飛，談及他有寫日記的習慣，日記不僅記事，也記思想，日記成就了他的《人子》。鹿橋特別提及他的少年回憶、文學啟蒙，他的創作觀、人生觀，當然會談到重要話題《未央歌》與《人子》，本文自也是鹿橋研究的關鍵註腳。

李霖燦〈田園交響樂〉一作，李霖燦與鹿橋，皆為專研亞洲藝術史的知名學者。他們不僅所治學的藝術專業相同，而且彼此的生命志趣也極為相近。李教授這篇散文，沒有繁複結構，也無濃麗辭藻，以清淡雅趣的筆觸，配合行雲流水的節奏，感性地寫出彼此惺惺相惜的田園之夢，更理性地道出大雅與小雅的義理之辨。此篇以他述的觀點，提供了我們對於鹿橋的內心願景有更深的理解。

司馬長風的〈鹿橋的《未央歌》〉，此文對於《未央歌》的小說風格，稱許它是中國抗戰時及戰後時期，長篇小說的四大巨峰之一。司馬長風認為《未央歌》在藝術成就上，是代表民族風格的圓熟煥發，是部可歌的巨篇史詩。它使得中國小說的秧苗，重新植入《水滸傳》、《紅樓夢》和《儒林外史》的土壤而生根茁壯，開枝散葉，「讀來幾乎無一字不悅目，無一句不賞心」。

這或許是司馬長風的獨具慧眼，也或是他主觀的偏愛。他提出的只是文學的意見，卻缺乏冷靜的分析、強力的論證，和有說服性的比較，來進一步證明他的史觀，殊為可惜。

張素貞的〈從浪漫到寫實——談《未央歌》的創作模式〉，此文有觀點、有舉例、有辯證。張教授認為《未央歌》帶有理想主義和浪漫色彩，映現了許多積極超越愁苦的時代特色，在小說技巧上，別具匠心的布局、精潔的對話、善用雙關語的修辭、人物性格的象徵化，刻畫戰時青年對理想的追尋，對友情的珍惜，對人生真善美的追求，因此能成為一代又一代，歷久不衰的暢銷書。張素貞在此肯定的，是《未央歌》仍具有相當程度的思想性和上乘的藝術性，唯美的、浪漫的、理想的色彩和情調，則是《未央歌》與眾不同的特色。此外，更提及《未央歌》採納部分舊小說的格局，並且融匯個人獨創性的模式，以形成別具一格的小說。這是篇四平八穩的學院論文，在肯定《未央歌》的進程上，觀點的提出與確立，具有它的建設性。

齊邦媛的〈與時代若即若離的《未央歌》〉，齊教授與張素貞都前後兩次撰文，極力維護鹿橋文學的精神和價值。她們兩位都順應著鹿橋序言所說的創作原意，全然沉浸在小說所營造的樂觀、喜悅、進取的情調和氣氛，因她相信作者交代的誠意，以為讀者不能用「歷史時代觀」稱它為抗戰小說。在閱讀進行的過程，齊教授也不免質疑：「為何會如此全無憂患意識呢？是誰在投彈，炸的又是誰？既是中國人，又是大學生，怎會有如此怪誕冷酷的戰爭觀」？

然而，她終究被小說高明的藝術魅力感染了，也被作者想用「風快刀割開戰亂世界而獨留理想世界」的思維邏輯折服了，因而齊邦媛有了如此結論：

> 《未央歌》既是寫這樣一個校園上的故事，而昆明也確實倖免戰爭蹂躪，它所要保持的在那個幸運的地方曾經有過的「一種又活潑、又自信、又企望、又矜持的樂觀情調」也就無可厚非了。書中最真實，也較有深度的，是一些學生們的會話。如朱石樵、宴取中、伍寶笙、余孟勤和童孝賢（小童）間對話很傳神地反映了 40 年前的大學生的思想內容：他們對國家、學校、課業的看法；對人生的困惑與探討；窮困中自娛的生活情趣……，種種都有他們的看法，雖然是「大學二年級」（Sophomoric）的論點，卻有一種深度，一種從容，這種深度和從容必然是校園的理想風格的產物。這自然、自由、自在；如雲、如海、如山的氣度，對流亡無家，正在成長年齡的青年人該有極大的引導作用吧。這種幸運當然遠比一切外在的影響深遠。這也許就是它生存之道之一。

《未央歌》最被論者批判的，莫過於它的「有意回避了現實的苦難」（尉天驄之語）、「沒有反映那個艱苦壯烈的大時代普遍存在的精神特質」（何懷碩之語），齊邦媛以她親歷過抗戰的切身經驗，也以她對小說解析的洞察力，以為昆明在當時確實倖免於戰火蹂躪，而要保持民情上樂觀自信的情調，這一小說的設定是可以言之成理的，它並非是刻意的逃避戰亂苦難。這是此篇論述柔中帶剛的著力點，在維護《未央歌》的進程中，可說又下了一城。

汪楊的〈歌為誰中央——評鹿橋的《未央歌》〉，論者是中國大陸的學者，他認為鹿橋筆下的西南聯大，與他所理解的歷史真實面貌雖有落差，但鹿橋本身有種「掙」的感悟，小說的原意，即想在戰火漫天之中，仍有不受波及的淨土，對於人世間依然有愛與善的「保真」，此為《未央歌》引人嚮往的勝處。

花曼娟的〈《圍城》與《未央歌》中大學形象的比較〉，花曼娟也是中國的學者，文學比較的兩部作品，都是華文文學中的名著，論者引用了不少外緣資料來談論錢鍾書、《圍城》、《未央歌》以及西南聯大，對於文本的內在解析反而不多。不過，她論證與比較的脈絡相當清晰有力，論述的語言文字亦精練流暢，由於錢鍾書與鹿橋的個性不同，《圍城》與《未央歌》的主題也大異其趣，自然會有迥然不同的大學視野。《圍城》表現了現代人的生存困境，具有哲學的深度；而《未央歌》洋溢著青春理想，為我們編織了精神上的世外桃源。結論精采有趣，足見論者的慧眼與巧思。

三、《人子》豐富了文學花園

至於《人子》，我以為是鹿橋成熟期的作品，可視之為「成長寓言」，亦是難得一見的「哲理小說」，文壇的評價譽多毀少，至今仍是傳誦的作品。在此彙編中，則蒐入了王鼎鈞、胡蘭成、周夢蝶、翁文嫻、羊子喬、王文進六家的論述，他們都相當肯定《人子》的文學價值、思想內涵和道德寓義，也各以個人的學養、智慧和人生經歷，對於《人子》的 13 篇寓言，提出各種不同的詮釋，有的是解讀，有的是創作，有的是衍伸，有的是比較，彷如心靈對話，多見機鋒，足可顯現《人子》豐實的內涵，和隱藏其中的多義性。

若是論及《人子》對於臺灣文學的貢獻和影響，誠如周芬伶所言：「《人子》在 1970 年代的臺灣文學可謂異數，在一片鄉土寫實運動中，它走向寫實的另一端；卻豐富了文學花園，與馬森的《腳色》、張曉風的《武陵人》、《哭牆》闢出哲理小徑；其後是陳冠學、李永平、王幼華。在西方哲理小說又現熱潮，米蘭昆德拉小說盛行之際，我們的哲理小說迄未留下空白。」我也認為《人子》在文學史上的重要性，更甚於《未央歌》。

《市廛居》是鹿橋第四部出版的作品。這部散文集，出版迄今，文評界討論的甚少，張素貞的〈君子儒的靈修內省——鹿橋的散文集《市廛居》〉，是唯一較為完整深入的評論。她建議讀者採取細品慢賞的方式，較能心領神會其中的涵義。此文以「盡物之性」、「體貼人情」、「農家情操」、「朋而不黨」、「腳底事、天下事」這五個角度，分析詮釋文本，可說敏銳而中肯，其中不乏創見。張教授是國內少數關心鹿橋文學的學者，前後兩次為文討論鹿橋的作品，與編著《鹿橋歌未央》的樸月，以及第一個撰述鹿橋小傳與年表的謝宗憲，都可說是鹿橋研究的有心之人。

鹿橋在尚未寫作《未央歌》之前，1939 年時曾以其本名吳訥孫參加過上海《西風》雜誌創刊三周年的徵文，同時參加的尚有後來在文壇上大放異采的張愛玲，這是早已為人所熟稔的文壇掌故。魏子雲的〈關於鹿橋的〈結婚第一年〉〉一作，即是針對這段往事的背景和入選作品，做了點睛式的解說，頗富有參考價值。

蒐入彙編裡最後兩篇的壓軸評論，都是以鹿橋的單篇作品做分析解讀，陳克環以闡釋學的方式，針對〈邂逅三章〉的結構、語言、主題做了精闢的導讀；常秀珍則是以《人子》裡〈鷂鷹〉為對象，運用西方哲學理論（以恩斯渥斯、馬斯洛的學說為主）解析，並時有衍伸。兩位論者至少隔了一個世代，運用的研究方法雖然不同，但結論的觀點都同樣精采。

四、《未央歌》受批判的觀點

在鹿橋文學的研究資料中，大多數都是肯定鹿橋的文學成就，尤其項青與樸月先後所編的評論專書，以及十篇的學院學位論文，全是正面的觀點。在這一境況下，評論系統那些異質的、批判的觀點，便格外引人注目。在眾聲諠譁，多元交響的讀者反應世代，一個負責的編選者，站在文學史的高度，在反應正面的觀點，實有必要對於這些批判的聲音也做一概述。

林柏燕的〈香格里拉之歌——論《未央歌》的序及金童玉女〉一文，則是從鹿橋的生平背景，再進入作品的內在，掌握到文學的外緣與文本的內涵。這位文評家針對此一高知名度的暢銷書，特別提出幾點嚴正的評論，與前述正面的肯定，足以形成強烈的對照，林柏燕的觀點，頗值深思。他說：《未央歌》在小說結構上的支離破碎：

> 從「論文」與「詩篇」交揉不調所出現的敗筆，也可看出作者在論文與詩篇的陷阱裡，忽右忽左，忽文忽詩地蹦跳，因此整個小說的結構，顯得有點支離破碎，中氣不足。在生活上，他們有登山遊水的情調，卻沒有真正多姿多采的深度。他們的「思想」也沒有溶化在「生活」中，生物系用來實驗的幾對荷蘭鼠，哲學系的尼采，心理系的佛洛伊德跟他們的生活也扯不上關係，在小說上也全是懸空的「論文」而已。

《未央歌》的現實感與時代感都相當薄弱：

> 嚴格說，作者並沒有把握背景與時代的企圖。他不但沒有把握昆明，也沒有真正把握西南聯大。在時間上，《未央歌》寫的是起初兩年，就無法代表稍後複雜動盪的聯大。以人才濟濟的師資陣容而言，《未央歌》也顯得空洞。全書不過心理系和生物系的主任和一個顧先生。師生之間的接觸寫得既不深也不廣，也看不出聯大有什麼集體精神，只是幾個金童玉女，在校園中一角談情說愛罷了。這些也都沒有什麼，最令人痛惜的是：作者把外面的世界「隔」得太開、太乾淨了。

《未央歌》的理想與精神，則是蒼白而嬌弱：

> 最後，個人要說，《未央歌》的「金童玉女」、「才子佳人」，有個別的友情之美與愛情之美，作為整個小說之美，是一種假美。作為小說的理想與精神，是蒼白而嬌弱的。作為「音樂」，《未央歌》有如一首世外桃源的「香格里拉」；作為文學，它卻唱得荒腔走調；畢竟余孟勤那支有「論文味」的口琴，伴奏不出什麼澎湃的小說樂章。

林柏燕並未貼著鹿橋的創作心聲去研讀，而是以自我一貫的現實主義論調去針砭，他不願隨眾人叫好起舞，首先對於《未央歌》在思想性與藝術性上的蒼白無力提出責難。不少論者對此書不表示意見，他是第一個公開批判的聲音。

何懷碩的〈笑談《人子》〉，則是從另一種文學觀點，批判《未央歌》。他受到恩格斯、盧卡奇所提出寫實主義中「典型環境」及「典型人物」理論的影響，他認為：

> 《未央歌》在現代中國文學中沒有地位，是它缺乏文學作品最重要的典型的普遍性與特殊性的統一。《未央歌》所描寫的是抗日戰爭中西南聯大的青年生活，它沒有反映那個艱苦壯烈的大時代普遍存在的精神特質，儘管它在表現兒女私情上精彫細鏤方面下多少功夫。沒有在普遍中表現特殊，在特殊中蘊涵普遍，在世界上汗牛充棟的小說與故事都難以逃避秋扇見捐的命運。

這位藝術評論者，對於多數人喜愛的《人子》，提出嚴厲的批評：「作者既不真正在接觸思想的問題，只是在編織幻美的故事，故以荒誕的構想為磚石，堆砌了《人子》表面的高華。」何懷碩落筆很重，直言不諱，此為意識形態的批評？抑是美學、哲學上的真知灼見？一切就留待歷史的公評。

江漢的〈鹿橋在彈什麼調子？〉，當年此文發表於具有統派左翼色彩的《夏潮》。江漢係從批判寫實的社會意識，強烈指責《未央歌》脫離現實世界，以向壁虛構的美，以不食人間煙火的情調，將抗戰時期在昆明的一所流亡大學，寫成無限風光的世外桃源，對於國難深重與物價飛騰殊少著墨，卻興味於一次又一次的愛情遊戲，可說是自我陶醉的逃避主義文學，與感時憂國的中國文學精神背道而馳。同時，江漢對於《人子》亦無好評，直指此書「竟是並不含蓄地在宣揚坐以待斃的哲學，在宣揚奴隸萬歲，自由該死的思想哪！」拋開某些情緒性字眼，江漢痛斥《未央歌》脫離現實充滿逃避主義，確實也反應了某部分人的觀點。林柏燕的評論發表於 1975 年的《中華日報》副刊，何懷碩的評論發表於 1976 年的《中央日報》副刊，江漢的評論發表於 1977 年的《夏潮》，都代表了 1970 年代中葉臺灣鄉土文學論戰時期另一股強烈批判的聲浪。

周芳伶的〈未央的童歌〉，則是在肯定《未央歌》、《人子》是不錯的青少年讀物之餘，也以文學論文學的觀點，從主題思想的現代性與進步性角度，犀利地指出《未央歌》的題旨與語言，難脫「思想陳舊」和「文體蕪雜」之缺憾，周教授精闢地點出此書在思想上的局限性：

> 奇妙的是它的核心價值多是古中國的詩書禮樂之教化，有的加以希臘哲人追求均衡健康之美，有的加以耶穌教會聖潔之美，很少與當時的主流價值相呼應。它們就像志怪在魏晉，章回在明清，看起來既陳舊又特異，都是知識分子在亂世中的逃世文學、復古文學。不管是援儒入道，或援儒入禪，《未央歌》的思想或文體是這系列作品最保守的。

周教授深諳中國文學史和臺灣文學史流變的脈絡，她的學術立場嚴正，她的批評語氣中肯，在《未央歌》完成歲月超過半世紀的 2002 年，她以學者兼作家的身分，提出小說在歷史定位上的局限和缺失，自有其探驪之見。

洪醒夫的〈森林與樹——談《人子》〉，洪醒夫特別以小說作者切身的立場，對於《人子》的章法結構與藝術品質，提出質疑與憂心。他以為《人子》的章法企圖打破長短篇的結構限制，使二者合而為一，分開來是許多獨立的短篇，合起來又是一部完整的長篇。鹿橋的巧思雖有創意，但同具文學創作身分的洪醒夫細讀苦思之後，卻以為其「結構行不通」，他舉了一些例證，以為此書的章法有不少問題。尤有甚者，洪醒夫認為《人子》這種世界性的題材，而以東方的哲學思想作視點，鹿橋卻刻意避免東方的地理背景與人文背景：「文學作品一旦遠離土地與人群，就變成傳達哲學理念的工具了。哲學的成分越多，藝術的成分就越少，對於人類來說，藝術比哲學更富有同情與體諒。」

這是距今四十年前，洪醒夫以「邊疆」筆名，發表在《書評書目》24期的一篇短文。他純粹從創作的美學著眼，以為《人子》的哲學說理性壓過藝術的感染性，《人子》雖值一讀，卻不是成功的作品。在文評界多數看好《人子》的文學價值中，洪醒夫與江漢、何懷碩等人獨排眾議，他們的異見也同等值得尊重。

五、結語：鹿橋研究的生態正在改變

從接受美學和讀者反應的結果論看來，鹿橋文學的評論，至今已累積311 筆的研究成果，比起其他的文學同儕，真不可謂多。筆者從其中挑選了 18 篇評論，再加上鹿橋的序文與專訪，總共選文 23 篇，期望能盡量呈現各種面向，包涵多元觀點，囿於個人偏見，難免有所遺珠，尚請方家見諒，希望此一彙編，或可窺見鹿橋文學研究的一個縮影和焦點。

綜觀評論鹿橋文學的觀點，堪稱各有攻防，褒貶互見。鹿橋的《未央歌》，是具有民族風格圓熟的純文學？還是才子佳人言情的大眾文學？是逃避現實的小說？還是與抗戰時代若即若離的小說？或許見仁見智，很難有定論。

然而，回顧整個文學史對於鹿橋的撰述，則可說是極為冷漠。在司馬長風的《中國新文學史》，對於《未央歌》極為推崇。除此之外，以臺灣為名的文學史，從葉石濤《臺灣文學史綱》、古繼堂《臺灣小說發展史》、彭瑞金《臺灣新文學運動四十年》、王德威編著《臺灣——從文學看歷史》、陳建忠、應鳳凰等人所撰《臺灣小說史論》、楊照《霧與畫——戰後臺灣文學史散論》，到陳芳明《臺灣新文學史》、宋澤萊《臺灣文學三百年》，都隻字未提這部小說，勉強只能在楊照的臺灣戰後大眾文學史中找到幾行的敘述。此一情況，不知是有意的默視？還是無心的遺漏？其實，他們的沉默以對也是一種史觀。因此，鹿橋文學至今在臺灣文學史的位置，不免仍是孤寂的。

但值得一提的是，當不少作家的重要作品早已絕版、早就在書市缺席時，鹿橋的商務版全集，以及繪本《小小孩》，至今仍在海內外的書市熱賣流傳，仍擁有不少死忠的書迷。據汪黛妏所編撰的鹿橋文學年表，可知 1990 年的 9 月 28 日，《未央歌》一書被《中國時報》「開卷」版讀者票選為「四十年來影響我們最深的書籍」民國 40 年代部分的第一名。1999 年的 6 月，《未央歌》入選香港《亞洲周刊》「二十世紀中文小說一百強」排行榜第 73 位。這些榮耀，在在都顯示於海內外的華人圈中，《未央歌》仍擁有眾多的知音。

尤其，學院裡的研究景況，最近十年來也在改變之中，自從 2003 年常秀珍的碩論〈鹿橋《人子》研究〉出現之後，迄 2014 年為止，已經相繼有馬琇芬（國內第一篇的博論）、胡德蕙、洪潔芳、李志中（中國大陸第一篇的碩論）、宋孟津、楊晴琦（中國大陸第二篇的碩論）、梁素萍、楊佳穎等十篇研究所的博碩論（詳見此書「研究評論資料目錄」），足見此一研究生態，隨著時空的流轉，正在改變之中，這不可不說是種可喜的現象。

歷史的終極裁判，就有如一位飽經滄桑的智慧老人一般，他的篩選雖很緩慢卻極為謹慎，而在這多變的時代，歷史的臧否與定位，更絕非一成不變，文學史正也是如此。隨著時空環境不斷的演變，人們的心態與觀點，也在調整也會產生變化。文學史絕非定於一尊，它會不斷修正、補充、改寫，甚至重述。長遠以觀，更會有各種不同立場、不同觀點的文學史不斷的出現，歷史在爭論中航行。期盼本書能忠實地反應各家多元的觀點，至於《未央歌》與《人子》在文學史的評價與定位，一切就留待睿智的史家再去仲裁吧！

2014、深秋

輯四◎

重要評論文章選刊

再版致《未央歌》讀者

◎鹿橋

八年前《未央歌》開始排版的時候，我正因為研究工作在東亞及東南亞一帶旅行。到現在那種雙重生活在記憶裡還很清新：《未央歌》的校樣一包一包地由人生出版社的醒園夫人從香港分批給我沿站寄到印度，我隨收隨校。每到了有郵局的城鎮就把已校對好了的寄一批回香港去打紙型。我這邊呢，火車到了要考察的地方就下車去訪尋古寺廟、山洞，攝影，記筆記。回到火車上就校閱《未央歌》。印刷樣張的紙稀薄得半透明，火車行走時風又大，那一場校稿功夫真不算小，幸喜吹破的張數不多，也沒有從車窗給風帶走的。

開始印刷要出書的時候我在日本京都。那篇〈出版後記〉就是在京都寫的。寫好寄去香港，印在初版《未央歌》最後面，算是交代了一下這本書出版經過，並且向讀者們介紹一下那一次旅行中認識的幾位愛護《未央歌》的新朋友。

《未央歌》從完稿到出版，其中在我手裡先壓了 14 年。許多朋友的鼓勵終於結束了這個隱藏時期，又是由許多朋友幫忙，這本書才在 1959 年問世。我當時心上想得很清楚：一部文藝作品必須自己去創它的天下，求它自己的評價。它得去受一段時間的考驗。同時我也是為我論文式的那一半生活忙得不得了，覺得已經為這詩篇的一半盡了我的力，於是躲懶地在〈出版後記〉結尾說：

> ……原來還想借機會也點明一些書中埋藏的多少暗比、隱喻的。現在想

想這種對文藝作分析、探索的態度又是太「論文」式而不「詩篇」性了，所以就此結束這篇後記，放《未央歌》自去這生、化轉變的大千世界裏浮浮沉沉罷。

我到底不是個忍心人，因為這最後的一句話後來這幾年頗有不少難題。我勉強自制地做了八年旁觀者看《未央歌》鼓勇泅泳於這時代的湍流之中。有時真忍不住要寫信去謝一篇盛讚的書評，有時難抑止不回答一封隔洋寄來的長信。可是我把剪報同信件只是珍藏著，沒有回覆。香港報上有一次說我是久居日本的華僑——想必是因為〈出版後記〉是在京都寫的關係——我也由它去。

在這一段時間內，老朋友、老同學們讀過原稿的，與我可以說是在一個小世界裡，《未央歌》書的新讀者在另一個小世界裡。現在這一段考驗的時間過去了——新的考驗又開始了。

從現在起讓我們互通訊息，讓我們討論這本書也討論我們這大時代的文化藝術問題，讓每個小讀者世界中的朋友彼此認識，也讓兩個讀者世界中的朋友彼此通消息。我的新讀者們，讀這次再版的朋友們，你們可知道那些鼓勵我再版，再版了好買一本收藏的讀者要比你們年長八歲到十歲？這年歲較長的一代又比我在西南聯大那些同學們小上差不多 20 歲！你們再算算看，書中那些師長們及以師長們作藍本移改配合所寫成的可敬愛的先生們，今天尚健在的都已是七十開外的人了！

寫到這裡，我何必再畏縮，讓我告訴你們，書中的董常委自然是聯合大學三位常務委員會的合相，而且是依了梅貽琦月涵常委的神情身量寫的。《未央歌》出書之後，我一家六口路過臺灣去歐洲，正在臺北市收到香港航空寄來的第一本新書。我們捧了書到金華街清華大學辦事處去呈給梅先生。一路上說得高興，沒人注意一歲半的小昭楹，他靜靜自得地用新書磨牙，把書啃去了一角兒！那一天跟梅先生談得好不開懷！可是這一次再去臺灣，就只有在金華街月涵堂瞻仰梅先生的遺容，在新竹謁梅園的新墓了！

《未央歌》是獻給我最親愛的父母親的，現在我的雙親都已故去了！

朋友，《未央歌》還是未央，書裡書外的人物個個盡其在我地一陣陣後浪推前浪！

有一位新讀者最近來信說：

> 自從得同學介紹，在港購得《未央歌》一本（好不容易）後，一直心儀其作者。此書傳閱同學間，幾至散爛，大家都認為此書應為大學生必讀，能喜愛此書者方以為友……

想想罷：我們多幸運！該多麼感到鼓舞！我們彼此雖多半沒有見過面，可是在書中如聚一堂，就如在昆明城北的「新校舍」一樣。我們散在世界各處，我們年歲上下相差有半個世紀，也連鎖著天上人間！我們自覺有個性、有理想，自許有判斷，也樂觀。可以為友的人遙遙可以互相鼓勵。前浪後浪推擁裡，時代潮流混亂中，隱約依了這些弄潮兒的英姿、部位，也可以看出一些新世紀的秩序來罷？

這件做朋友的事裡面確有一段理由，且留在後面慢慢講。現在讓我先推心置腹，一總把八年來要談的幾個題目選出少數幾個重點簡單說一下，算是向所有好心問訊的朋友作個統一的回答。同時也把自初版到再版中間一些瑣碎的事記錄一下，好看出些來龍去脈。還有就是這次既然要打通一氣連絡同好，我們自然要公平。我這次在臺北時應臺灣大學歷史系之召公開講了一次《未央歌》，那麼我告訴一部分朋友的話應該讓別人也聽聽，也參加點意見。以下分段略談的幾點多半是就那天講演後記錄下來的筆記加上回憶寫的。我當初要「詩篇」與「論文」兩種生活在少年學習時分別養育生長。現在在中年為事業努力時我要這兩方面合併纔好體驗人生。若不是因為這個新看法，我也許到今天還是一任《未央歌》去浮沉，覺得沒有我的責任。現在我百忙之中開了幾個夜車來思索這個問題，自己也感到獲益不少。

在我這次又因為研究工作回到了東亞之前，這七八年裡關於《未央歌》的事我都不大清楚。我只知道市上原版書不久就賣完了。兩種影印的翻版書也好幾年都不容易找了。這兩種翻版裡的一種叫作《未央曲》的有人寄給我留作紀念，另外一種分裝成上下兩冊的叫作《星月悠揚》，是這次到了香港見到老同學宏孝，才由她找出來贈我。兩本書除了把原版改頭換面外並且截頭去尾，前面少了〈獻辭〉、〈前奏曲〉、〈緣起〉、〈昆明西南聯大回憶圖〉與〈楔子〉，後面截掉了〈尾聲〉、〈謝辭〉，弄得這書大章法的結構都連痕跡也看不出來了。至於所有附錄中的材料如〈校歌〉、〈紀念碑〉、〈碑文〉及最後的〈出版後記〉跟版權頁上印的我的幾個通訊地址更不用說都取消了。

少了首尾這幾段自我內心傾吐出來的文字，真叫我看了這被割裂的《未央歌》傷心。去了附錄裡的材料，就如同撤去了《未央歌》的背景史料，也都令人惋惜。這次見到醒園夫人，她又告訴我市上還有過第三種。封面與原版一樣。可是我們趕緊去找，到現在沒有收買到，所以內容如何還不知道。

再回過頭來說我這次應新認識的臺大歷史系許倬雲教授之邀去講《未央歌》的事。這個講演當然不在我來臺灣工作範圍之內，可是我們臨時一高興就添了這麼一個節目。那時候我剛到臺灣不久，剛聽見朋友們說這本書難找、難借。在東海大學據莊慕陵老先生告訴我，有時候簽名排次序的學生要等兩個半月才能輪到看圖書館所藏的一本《未央歌》。這些話雖然說得熱鬧，我們心上其實很沒有把握。不過既然訂了日期，到時候只要有三五個人到場也一定要講。3 月 14 日那天去開會的路上，我們還不能想像會有甚麼人來聽。誰知《未央歌》的朋友們口口相傳，開會時講堂裡人都滿了，還有站著的。我們大家都很興奮。同學們書還是真看得熟，舉例時，書中人物，提名道姓一點也不費事。到場的人從年輕的大學生到當年西南聯大的教授都有，可以說是三代友朋初次聚首。

會後兩個星期之內，我又得別處許多朋友督促，已決定要設法再版了，所以從香港回臺灣的時候，就把當年存在康宏家的原版紙型帶到臺灣來。康宏一家四口在香港住兩間小房，可是他們心中之有條理就如他們雖小而不亂的住所一樣。當年寄存紙型時，他家的一對小兒女現在都已經就業了。康宏的夫人做了一桌鎮海小菜，三杯酒後主人指了桌下用小凳子架起為了防潮的一個木箱說：「連孩子們都時時記得，房子若是失火，第一先要背了《未央歌》的紙型逃！」

我們那天是五個人吃飯，我們豈是只五個人！凡是愛護《未央歌》的朋友不是都會覺得親切地在一起，一同看了康宏一家人也一同望了桌下的那一只木箱嗎？

我又回到臺灣之後，就像有個《未央歌》通訊網那樣，上次在臺大講演的事已傳到別的城鎮去了。來訪的年輕朋友所問我的問題，以及敦促我趕快再版的理由都與臺大同學同一聲口。我這時才感覺到這個朋友的圈子實在大，才感覺我對《未央歌》責任未完。

我幾年來感覺有好幾個關於《未央歌》的問題都不容易回答得滿意。對陌生人我只有說《未央歌》是一部以西南聯合大學及昆明為背景的小說，描寫抗戰時期年輕學生的生活跟理想的。凡是讀過《未央歌》的朋友從旁聽了這話一定都會替我難受，也替《未央歌》叫屈。

大凡一部小說若是講個故事，那麼可以用人物、地點、情節搭成格局間架。可是《未央歌》另外有更重要的任務，它要活鮮鮮地保持一個情調，那些年裡特有的一種又活潑、又自信、又企望、又矜持的樂觀情調。那情調在故事情節人物個性之外，充沛於光線、聲音、節奏、動靜之中。要寫出這個來，故事不但次要；太寫實了、太熱鬧了反而會喧賓奪主，反之一個情調可以選多少不同的故事來表達。故事困於時代、地點、人物，往往事過境遷顯得歷史氣味太重，很是陳舊。情調由文字風格來傳達，往往可以隔了時代，因一代新讀者自身經驗及想像力而更替長新。我這不是說《未央歌》有多少文學價值，只是說一個一般的道理，及寫《未央歌》時心上所期冀要表達的那份黃金也似的美好，身心發育時的生活。

抗戰時期大家都感到世事變得特別加快（其實比現在慢得多！），寫這種小說更怕為身邊的變化帶著跑得喘不過氣來。戰時跑得最快的是物價，與日常生活最難分開的也是物價。為了一定要另創一個比較永恆的小說中的世界，我想只有用風快的刀一下把兩個世界割開。《未央歌》的世界裡貨物用品有質無價。全書沒有一次提到錢的數目。可是我想無人覺得有甚麼勉強的地方。這就是刀快可以不見血的好處。否則這麼一本以情調風格來談人生理想的書為通貨膨脹記起流水賬來，文字還乾淨得了麼？人物性情還能明爽麼？昆明的陽光還會耀眼麼？雲南的風雨還能洗脫心上無名的憂傷麼？

在這個風格中及理想裡，《未央歌》裡的地方、情節、人物就分外美。盡情地美，不羞不懼地美，又歡樂地美。有人說世上那有這麼美的？可是懂得《未央歌》的人抽不出時間來回答，因為他們忙著愛美忙不過來。也就因為這樣，他們無言的回答比語言更有效。我們樂觀得忘了愁苦，健康得忘了創傷。經人提起時再回頭查看，愁苦的經驗早已無影無蹤了，創傷早平復了。於是又高高興興地去忙，去向更高的理想奔走。

上次在〈出版後記〉中提到的暗比、隱喻，這次還是不能都說出來。可是因為詢問書中人物都是怎麼來的的人太多了，這兩件事要併在一起略為說一下。新一代的讀者容易把書中人物單個想像成特殊人格。老同學一見面就脫口猜謎。這次在香港宏孝不及寒暄就嚷：「你那個伍寶笙一看就是祝宗嶺！」伍寶笙當然是照了宗嶺寫的！書出來還間關越海地請我父親親自交到她手中一本，謝她五年友愛中的深情及自然流露的智慧。可是新舊朋友都多少為故事所掩，沒有看出《未央歌》所寫的心情是寄託在許多人的身上的。最明顯的是在四個人身上；這四個人合起來纔是主角。這主角就是「人」。是你，是我，是讀者，也是作者。這重點又是在年輕的一對上、在生長變化上、在我們不能忘記的、一生受用不盡的，那年輕的理想上。

因為描畫單個的角色時，許多很重要的性格、想法、口氣、動作都不能盡情羅列，同時所要寫的這種情操又是在生長變化中才看得出生機無限，我才把一個人分成四個人來作主角，這主角才有機會施展出混身解數！配角們都是間接地配合這個綜合的主角。我生怕同學們只從表面聯想到認識的人，而忘了這些人共同的理想，所以才用雙重關係把這四個人聯繫在一起。伍寶笙是理學院的，童孝賢與她同在生物系。余孟勤是文學院，藺燕梅也是，可是她在外文系。她一陣因為愛求學而愛慕余孟勤，可是嫁給他的，是誰也覺得合適的伍寶笙。小童追隨著兩位愛護他的年長同學，卻得到了藺燕梅的默許。從先進到後生，兩對年輕男女代表一個奮力上進的學生的四部分。彼此互相為至友、為畏友，有愛有怨、有笑有淚，可是一夥兒美麗地長大了，後浪推前浪地！

書中這個「我」，小的時候就是「小童」，長大了就是「大余」。伍寶笙是「吾」、藺燕梅是「另外」一個我。一個年輕人生長進步真不容易啊！可是又多值得興奮！事後又多值得回味！

在名字上留痕跡這件事《未央歌》一動筆時就開始了。在〈楔子〉裡（翻版書我所見到的兩種都沒有〈緣起〉跟〈楔子〉），雲老派的親信去送風水先生回沙朗的，本來叫作李發，是紀念我在呈貢的一家姓李的好友。可是沒寫幾頁就回過頭去給改成了「薛」發，為了好與他挑的一箱子書一同預兆後來辦「學」的事。

中國思想界說保守確很保守，可是說活潑也很活潑。儒道兩家早就互相切磋，到了晚明連釋教、禪宗加在一起，真是波濤洶湧地好看。這正如那時期的山水畫一樣，局外人還在指指點點說中國山水畫幾百年都是因循抄襲呢，幾齣精采好戲就在不注意中都已演過去了而全未看見。真是「兩岸猿聲啼不住，輕舟已過萬重山」！錢牧齋說得最親切：「本朝理學大儒往往假禪附儒移頭易面。」《未央歌》本著進取樂觀精神，及與自然接近所得的活力，正是主張援儒入禪，也援儒入道的。書中幾個和尚繼風水先生和雲老而來的，先是解塵（誰又敢說解塵不是雲老呢？）、後來是幻蓮及履善。幻蓮常常由學生們給他借圖書館的書來讀，年輕一代的和尚在世事緊急時又入世來做個出家的同學。他提筆直書寫字贈給 70 歲的履善，提醒他：「莫忘自家腳跟下大事」！履善就憑了他的名字他也忘不了腳跟底下大事呀！何況他天天打草鞋「一生也不知道打了幾萬雙」呢！（頁413）

如此這般地《未央歌》就展開了，為了地理上象徵的關係，把與天人交通的或玄理與智理交通事，都移到北方玄武的方向，因而鐵峰庵，而長蟲峰而去沙朗的大道風水先生之見首不見尾，都在北方。為了這個緣故我把幾座廟宇挪動了些地位。至於從蟄伏到飛升的事都要到南方朱雀的方向去，不能親身去也要由一封信代表自己去。於是他們就到車里、到文山、到馬關去走一遭。小童走得最晚，恐怕也去得最遠，到現在也許還沒有回來呢！

這些文字有它精密費心思的地方、更不少順手拈來的樂趣，讀者千萬別太死心眼兒追究，入了魔道迷途我不管救。若跑到滇南去尋《未央歌》故跡，找不見文山的大教堂可別怨我。若是居然找出謎底來，不用告訴我，可千萬不要告訴別人。

現在說明了幾件重要的文字裡的過節兒，就如同解扣兒似的，一個鬆了，別的也容易了。《未央歌》既是一本重情調及風格的書，裡面的角色及故事又多是為了方便抽象地談一種理想而隨筆勢發展的，因此自始至終雖然寫的都是這個「我」，反而全書精神是真正「無我」的。沒有各別的我，只有那個樂觀的年月中每個年輕人的面面觀。單就這一點說，《未央歌》就與《紅樓夢》完全異曲也異趣。《紅樓夢》沒有談這個抽象的我，可是是一個我的回憶。處處是各別的我。《紅樓夢》裡面人物「自我」的成分極重，寫得極下力，比情節都出色，而又是寫得極成功的。

我常想新文藝小說往往免不了被人拿來比《紅樓夢》，這裡面也有一段近情的道理。中國舊文學寫男人範圍大又入微，又變化多。女人則往往寫到幾種類型而已。突出與深入的都不多。從《史記》到《聊齋》多半是這種情形，例子真是舉不勝舉。可是《紅樓夢》一部大書把女人寫到入微，範圍也廣，變化曲折無不佳妙。新小說寫新社會怎麼能不寫女人？不是新作家比舊文學家會寫女人，而是新社會裡的女人突出得多，既然看得清楚，觀察的角度多，她們活動的範圍廣，寫出來自然也就突出多了。批評家沒看到這一點，於是就跳不出與《紅樓夢》相比的這條老路來。

說到這裡，我一定要聲明我最私淑的兩部舊小說是《水滸傳》與《儒林外史》。我在《未央歌》裡屢屢暗示我多年來細讀這兩部書之樂。我像小孩遊戲那樣，把這兩部書給我的影響作成暗號留在《未央歌》裡，表示我對這兩部書多感激。金聖歎說《水滸傳》得力於《史記》，這話是不錯的。《水滸傳》描畫精細時便極精細，放手時又不著一塵乘風而去，如驚翔白鷺不著半點泥水。金聖歎更不斷指出《水滸傳》裡面各種抽象的章法，我是越讀越覺得他說得有道理。這種章法恐怕不是讀《紅樓夢》哭情節、歎身世、咏詩文的人肯苦求領略的。這種章法上抽象之美頗近乎音樂。而《儒林外史》裡這種抽象結構更是全書不懈。《儒林外史》影響《未央歌》的地方太多太明顯了，不用指明了。

我們的時代到底不是《水滸傳》、《儒林外史》，也不是《紅樓夢》的時代。舊的章法，描畫、種種技術可供學習，可是今日的心理，今日思想時所用的文字，今日對話時所發的語音，各種身分不同的聲口，都不是那麼便宜可以向古人借貸或是由外國進口的。我們又生在五四之後，在白話文運動中生長，被迫接受一個很貧乏的新文藝的試驗室！《未央歌》是我主張、提倡，力行實驗我所謂「新文言」的一篇試作。文言是中國文學的寶貴的遺產，不是包袱，各國文字也都有它的文言。我不愛辯，且容我簡單說一下。《未央歌》每在情感一上升的時候文字就往新文言方向走。到了第 13 章，全書最短的一章，文字還是可以上口，可是離口語就越來越遠，或化成散文詩，或是帶了韻。文言一時與一時不同，也不必同。可是或優或雅、或激昂或流鄙，都不可躲懶。抄襲古文言就不免有代今日情操繳械的危險，全限制用白話口語更是故自菲薄，苛令新文學不得飛騰！

新文言要經過時間淘揀，那些被引用的，被摹仿的，上人口的，記在心的，為人背誦的就會合成洪流，另展一片新山水。五四運動以來可稱好的新文言實在不少。這條大路已經明白地擺在我們眼前，邁開大步走罷！

古典文學，外國名著，各地方言，各行術語，我們都應該採用。心上情感的波濤也要有海洋這樣廣而厚的水來響應震盪！

這件事這次在好幾個地方同許多年輕朋友談過。在國外二十幾年沒想到國內發音變了這許多。喜歡讀《未央歌》的朋友能把書中句子背給我聽，可是我聽的卻不是當初寫這書時我耳中的聲音。我們幾個朋友談了談，覺得也許應該灌製幾段唱盤，若是贊成的人多，說不定我就做他一個試試。一小本選讀，一個唱片，大家都是一家骨肉，只當是一封錄音的家信來聽，就如同這篇序就是一封信來讀一樣。我一向深信不但文學應該「聽」得見，連思想心聲都是也聽得見的。這些聲音在品質與特徵上彼此都不同。不忠實地採用這聲音的寶藏，卻不顧與古文言文或日用口語的距離，硬把我們的思想翻譯成半文半白的文字真是罪過。看的人不免要再翻譯回去！在這一點，《未央歌》只是盡力的做了一番試驗，慚愧距想像的成績太遠。

可做的事情實在太多了。我們雖然還看不見一個澎湃的新文藝潮流。可是已經覺出來，非努力產生一個不可了。因為借貸及進口這種便宜辦法太不經濟，也太浪費寶貴精力了。一個創作及批評的交流也許明天就會到來。就據我親眼所見，親身所歷，在建築，在繪畫，在文學，在音樂，在論文這好幾方面都有長足的新發展，還沒有為大多數人察覺就是了。快樂的朋友，時代的弄潮兒，帶了下一個轉變而來的急溜恐怕速度比你所經過地都還要快！不要被沖散了，不要失去聯繫。一定要彼此鼓勵。

中國文化，不只是文學藝術，自從受西方影響衝激以來，一連打了好幾個漩渦。一個潮流在打漩渦的時候，聲浪也許很震人，氣勢也許很激昂，可是從歷史來看是在左旋右轉，依了衝激合流以前所賦予的方向在打圈兒還沒有向新路上發展。多少才華不是成了古典回憶的流芳，就是淪為西洋經驗的重演，都不是今日我們所希望的。我們必須分辨得出漩渦與前途，大著膽子，睜著眼睛，冒了危險，爽直地，渴慕地向著善、愛著美。一面試驗著新生活，一面構造新倫理道德的間架。別人問我們千古大問題，我們自然不能一口氣答得出來。可是只要邀他一起努力，在不放鬆我們時代及歷史的責任時，我們也就以行動表示了自己的立場了。

在漩渦裡容易想起許多現成的說法：甚麼真、善、美是一回事啦，美是有文化條件的啦，真也是很難說的，甚麼都是相對的啦，可是不要忘記，我們可以創造文化條件，我們事實上無時無地不在分別善惡。

在漩渦裡還有人垂著長長的頭髮，帶著蒼白的臉色。哀怨的眼光中有說不出的憂情。在挫折中已養成悲劇的嗜好，咀嚼不盡那裡又酸又甜的詩意。可是不要忘記猛抬頭還有進取時雄壯的樂章待唱！

20 世紀的西方影響比 19 世紀的更叫我為中國文化傳統覺得可惜。我不怨這個潮流的本源，只要是源流就有動力。可是我不贊成為這一支文化動向跑龍套。就小說與電影兩項表現來說，其中的一副猙獰地獄相是西方過去一場經驗的瘡疤，是今日生活營養失調的病症。文化發起地帶起了帶頭作用，可是波紋所及的地方也有自己的源流，不必重演這些壞經驗。何況人家有的已經又跟我們東方學了乖、又改了方向另覓新路徑了呢！效顰捧心已失之誠實，執迷不醒更常常弄假成真。

今日中西文化之辯已是半歷史性的爭執。而過去與未來之分是我們實際的課題。許多學者愛說中國過去閉關自守、妄自尊大，四海之內只有中國。今日中國不過是許多國家之一，那些舊日的辦法觀念就都沒有意義了。這話前一半不錯，我們都是多數之中的一個，可是後一半話，在新世界裡倒很要仔細考慮。

中國人在天圓地方的結構之下、在自然的大圈子裡面劃出人的方的世界，一規一矩，給幻想、神奇與理智儀節以互不妨礙而互相激勵的發展生生無盡。人在中央，以惻隱之心、忠恕之道調節他的世界。「不語怪力亂神」也不受「原罪」的迫害。他在家族與社會裡找感情的坐標點，在歷史上追求他的評價，在他人的心目中照著自己一舉一動的影子。在這種情形下演化而出的大同思想，會是狹義的一個中國的麼？誰不可以到這個世界中來，面南正坐、想人生個體的崇高理想與群體的永恆協調？這種觀念裡的「人」，正是與《未央歌》裡面抽象的「我」是一樣：是「人人」，不但是今日各國各地的人，而且是近人，而且是近人、古人，及將來的人。這個大同世界理想中的國度，是宇宙的「中國」。

多少神話、宗教傳說裡面的主角都是那些傳統在所謂閉關建設的時候，歌頌自己的英雄而形成的。可是文化何嘗一日閉關？人何嘗一日無理想？又何嘗一日不是歷史上的英雄？

今日我們可做的事，該做的事，要趕快小心準備又努力不屈不撓，要做的事實在太多了！

這次文化合流衝激出的漩渦實在太多了，也太洶湧了。兩種文化都有源遠流長的潛力，合流改向也特別湍急。可是一旦自拔奔波出去，必是其疾如駛，大夢一醒，過去周折就都渺茫了！朋友，我們千萬不要在文化劇臺上跑龍套隨人粉墨一場！不要忘記，過去固然輝煌，將來更無限浩蕩！

在這種興奮的心情裡，我在四月初由臺灣又回到日本來。這次在香港經人生出版社的王道先生及醒園夫人一再鼓勵，亞洲出版社的張國興同李大纓二先生給我各種再版手續上的方便，更有商務印書館王雲五老伯賞識，及兩位新朋友徐有守、金耀基二先生慨然接過去出版發行的事務，要看《未央歌》的人就又有這書可看了。

這次印書用的是原版紙型，只改了幾個排版的錯誤。為了許多讀者表示一切設計、尺寸、封面要與原版一樣！我們決定盡量不改。原來一種封面用的墨綠色紙與書的內容調和，可是紙質太鬆太不經久，另一種淺一點的又不對題。原版精裝本更有三種不同裝訂法，這次商務印書館要另選合宜的紙料及裝訂，我也同意了。

每回臺灣來一次就得與查勉仲先生在一起話舊論新。舊師長已不多了。我就一古腦兒把敬愛的心情都放在他老人家身上。從他的關切裡重溫做學生的日子。

在臺灣又看見了久別的顧獻樑和李達海兩位同學，得以向他們先透露《未央歌》浮沉了八年之後要再登前程的消息。讀過原版的人都知道，當年若不是獻樑一再敦促，我是不會把這部稿子拿出來出版的。達海是我西南聯大的同屋，也許有一天我把那時寫的稿子也選出一部分來出版。看見達海，那種甚麼事都不難的生活態度就又有伴了。

於是這篇再版致讀者的信又是因緣注定在日本寫了！我愛這蘆屋川上山明水秀，可是我別處還有研讀我們先哲思想、宣揚文藝教化，鼓吹休明的事情要做，不久就要離開這裡了。無論我們相距多遠，共同推波驅浪前進的時候會見到的。若是那時忙得騰不出手來握一下，咱們就打一聲忽哨，破破沉寂。

鹿橋　丁未年 5 月 22 日丑時
　　　於日本　蘆屋川　上

——選自鹿橋《未央歌》

臺北：臺灣商務印書館，2007 年 5 月

《人子》原序

◎鹿橋

1936 年的春天，說來幾乎已經 38 年了，高中快畢業的時候，我為這本書埋下了這一粒種籽。

天津南開中學實在是一個好學校，我們那時在各科門都有真正的好先生。現在我自己已經在大學及研究院執教不止三十年了，今天要以這本書來禮敬當年在南開中學的兩位國文老師：葉石甫先生同孟志蓀先生。

在這以前，我 11 歲的時候，更有一位鄭菊如老先生授我中國古籍，鄭先生上課之外常常帶我出去到市街上散步，或是下小館兒。我就坐在桌邊，一面聽他說古話今，一面看老先生自斟自飲。

這三位老師每位只教了我一年：鄭先生教我時是在天津公學，那時我讀初中一。第二年我轉學南開。後來一直到高中二，我才上葉先生的課，葉先生講先秦諸子。高中三，孟先生才教我。孟先生授我《詩經》、《楚辭》及漢、魏晉以來的中國文學傳統。

前後短短三年，我從三位老師所受的益處至今受用不盡。因為得了他們給我的教育，在我心目中，中國的文學及哲學思想一直是一個活鮮鮮的、有生機的整體。不是歷史陳跡，更不僅是狹窄的學術論文研究對象。歷史的經驗，同人生的迷惘以及理想，都是合則雙美，離則兩傷，因此，古往、今來，都同時在我的心智活動中存在。

今天，我動筆要把近四十年來，斷斷續續構想的一串兒寓言式的小故事寫下來時，我不僅懷想那時的師長，也憶起當年的同窗好友，更無一刻不惦念這光輝無限的文化的命運。

「人子」這個書名是最近起意動筆時才採取的。書中第二篇，〈幽谷〉的原稿是我 34 年前一本未完稿中的一個小故事。那時我自西南聯合大學休學到香港去陪伴剛自海外回國的父母親。多年來生活在學校裡，成天想念家裡的溫暖，到了父母身邊又忘不了學校裡的友情，天天寫不完那些給同學的信！

這些信，也是信也是稿子。於是才想起要蒐集，才把後來又寫的當稿子選了，往一個本子裡抄，並隨手借取杜甫名句為它起了一個名字，叫作「邊秋一雁聲」。那時第二次世界大戰戰鼓正急，行人、魚雁，兩樣都多艱苦。我希望把稿子存起來，將來有機會再改寫。

不久，我又回昆明去讀書去了，「邊秋一雁聲」才收了三、四篇也就停了。可是這一篇〈幽谷〉中的情景，這些年中不曾在心上消失過。今天自回憶中把它改寫出來排在前面，為《人子》故事作個引子，一面紀念我早年人生旅途中的同伴們，一面希望《人子》的讀者能把這些小故事當一個朋友自述心境的書信來讀。

〈汪洋〉本身又有它的來源。這題意起自 38 年前，高中快畢業的時候，由孟志蓀先生命題所作的一篇自述的文章裡。因為我的先生們一向獎勵心智生活中的真摯，我就放手寫了一篇很大膽的文字。寫時自感痛快，可是交卷以後不免有些忐忑，想也許會受責罵。可是那一番思索及寫作的經驗使我在思想上進了一步，已不能再退後，也就把心一橫，等待老師的反應。孟先生不但沒有責罵我，反而懇切地嘉許我坦率的態度。今天，我以〈幽谷〉來引領讀者進入《人子》的世界，又先以〈汪洋〉為題來回憶幼年時對人生的一種不甘自我限制的心情。所以〈汪洋〉又是自人生經驗轉入文學經驗的引子。

最近因為〈六本木物語〉快要與讀者見面了，覺得在心理上應該把這新作與《未央歌》隔開一個距離，免得讀慣了《未央歌》的朋友不能接受〈六本木物語〉的新情調。因此，我暫把〈六本木〉放在一邊，先把《人子》寫出來發表。

這裡所收的文字，除了〈汪洋〉、〈幽谷〉及〈忘情〉三篇得題比較早以外，其餘的題意都是近三十年內陸陸續續偶然體會到的。早則差不多與《未央歌》同時，晚則直到目前。

其中包括在印度、日本幾次旅行，及在美國讀書、執教各時期，現在寫出來發表的次序則是依了人生經歷的過程來排列：從降生、而啟智、而成長，然後經過種種體驗才認識逝亡。最後境界則是在有限的人生中只可模擬、冥想而不可捉摸的永恆。

鹿橋

1974年3月21日於康橋

（載5月9日《中國時報》）

——選自鹿橋《人子》

臺北：臺灣商務印書館，2007年5月

《懺情書》前言

◎鹿橋

《懺情書》不是供獻給大多數的讀者看的。這裡沒有伍寶笙，只有我和她的化身，殊青絮絮不停地說話。這裡也沒有小花豹，卻跳出一條蒼狼，一口把我另外一個筆名：鹿樵，咬死了。自這一個觀點來說，出版這本小書的心情與出版《未央歌》或《人子》時的心情完全不同：通過那兩本書，我希望能夠與許多讀者接觸；印行《懺情書》只是為了與少數喜歡文藝的年輕朋友談起話來方便。這裡面所收的文字多半是我 19 到 20 歲那年寫的。最晚的兩篇成於大學畢業之後，放在這裡好襯托出來其餘各篇中那種成年以前的心境與情操。那種又倔強、又執拗的情操，把人生經驗擒捉過來，交付給至真無私的感情來審判、發落！

因此，《懺情書》是為了給今日那個年紀的年輕人交換寫作經驗才印的；所以是一本為了少數，又特殊的讀者而出版的書。話雖然是如此說，我可是一點也沒有甚麼教人怎麼寫作的意思。我自己從來不相信寫作可以教，也從來不愛看談論寫作的文章，當然不會做這種事。年輕的朋友問起寫作的經驗，我總是說：寫作沒有一定的法則，各人有各人合適的方式。不過做準備的時候，除了勤讀好書之外，要勤思、勤寫。換一句話說，就是寫作不在談，在寫。這裡所整理出來的文字，就是我當年所想的，跟所寫的。

《懺情書》的材料採自兩本稿本：「藍紋」同「黑皮書・三」。這兩個名字都是順手拈來的。「藍紋」就是用藍墨水寫的文字，「黑皮書」是因為這種筆記本子的書皮是黑顏色的。「藍紋」裡收了些半生不熟的文稿，除了

〈掘壕者之歌〉一篇在一個似乎是叫作《抗戰文藝》的雜誌上發表過之外，其餘的在寫時都沒有發表的意思。「黑皮書」有許許多多本，是我記雜感的日記，平時都是慎密收藏難得給好朋友看一頁半頁，更不用談發表了。兩個本子事實上都是一樣的黑書皮、藍墨水字，沒有分別，只是與從前毛筆，或綠墨水、紫墨水的稿子有分別而已。這些順手給稿本起的名字，也就是那麼一回事罷了。

《未央歌》、《人子》好像是上了桌子的菜，這裡的文字還都是廚房裡剛動手，或是尚未盛出來的喫食。拈來偷嚐嚐，也不致喫壞肚子，可是別嫌味道不對口。發表的作品好比一盤紅燒魚；「藍紋」就是那去了鱗，填了薄薑片，浸了料酒的鯉魚，或是黃花魚。「黑皮書」就是那剛自菜市場上選來的河魚或海魚。至於那象徵真經歷、真人生的活魚呢？它始終未曾離開時間的洪流，一直在宇宙的汪洋裡，同一切經驗一樣與宇宙永在。用甚麼釣鈎，或是漁網；文字、音樂，或是舞蹈，都捕捉不了的。

我的生活，你的生活，全人類的生活，所有的生物、礦物的存在，都同在一起。你不甘心，你生氣，都沒有用，還是分他們不開！

說到這裡就容易了。《懺情書》就是我準備後來寫作的一個練習簿，也可以說是《未央歌》同《人子》的一個素描小冊子。其實後來動筆寫《未央歌》的時候，心上也只是試一試寫一個長篇。再進一步說，直到今天，我每次提筆仍是一片試驗的情緒：總是高高興興地，覺得好玩兒才寫，沒覺得有太大的關係。別人批評了，我常常覺得他十分有理。寫得不好，下次再試。

有人告訴我，他喜歡看呢，我也就喜歡起來，就想多找些出來或是再多寫一點給他看。不過若是督促我多寫或是快寫，我就怕寫得潦草，就憂鬱起來，就連思路也乾枯了。

平時我心境好時，寫起來成篇下去，很少修改，寫得飛快。

那麼當年我所想的跟所寫的都是甚麼呢？我所想的跟我的經歷、同所讀的書有很密切的關係。那時，同今日，我一直覺得甚麼經驗都有他可寶貴的一面，不論適意與否；無論甚麼學識，尤其是自然科學，都有應該知道的成分，都比專攻文學能助思想。「藍紋」中所寫的是挑選過了的，所要試燒的一盤菜不是大雜燴，是紅燒魚。是鯉魚、不是黃花魚；是河魚、不是海魚。

「黑皮書」的範圍廣些，考慮的問題多些，「藍紋」談的是情。

我自小很重情感，上了學了又發現家庭之外的友情。跟許多同時代的人一樣，我們不能明白為甚麼，男孩子同男孩子之間就是友誼，同女孩子之間就是戀愛。若是不肯接受這個，那就不能有來往。

在那個年歲，戀愛實在有些準備不足，結婚更談不到。可是不但是同學們的父母、家人、保護人把這樣的男女同學關係看成天經地義，就是一班同學們自己也接受這種看法。大家整個不分析自己的情感，鬧得兩個人初一見面，便如火車的掛鈎一樣，若不是沒有擺好，撞了個火花迸裂也掛不上；就是一撞就鈎上，分也分不開，無論性情，興趣合適不合適，只要一個是男的，一個是女的，就鈎在一起，天南地北，走他一生。

很多，很多人就這樣也過得很好。（也許還是不及父母之命、媒妁之言妥當。）不過也有很多實在是一同受罪，沒有怨言的。若是有怨言，或是抗議了，所得的幾乎只有批評，沒有同情。

我那時覺得友情美極了，戀愛想必是更美。但是在不能確知之前不願冒冒然走進去。戀愛兩個字好像帶著極高的電壓，把附近的大氣都電化了！我知道我還受不起那麼大的電能，不敢去引它，可是偶爾有對象可以在說話或寫信、寫文章時用上這兩個字，那觸覺就簡直是神聖的，是天堂的！

這種力量叫我一直對我的女朋友們十分敬重，她們也都重視我。我深信我們的關係有這麼美好，因為我們一直都是好朋友，從她們的愛護裡，我快樂地長大。我也愛護她們。

可是那時一般的情形卻不是如此。越是貪慕一個人，越在談話中要挑剔那個人的短處，更不用說吐露自己的真情了。其實多一半的時候，自己也鬧不清自己的真情是甚麼。寧可在同性的同學中亂講亂鬧，見了自己想見的人，就連一句話也說不出來了。

所以那時候我們男女同學間的空氣實在有些緊張。有勇氣的，或是無知的，或只是高高興興地去接觸，來往的，常常要令人不敢正視，或是受到批評。至於敢公開的說他們是朋友，不但不準備結婚，而且有別的朋友，那就真的要被人認為「不好」了。因為那時「做做朋友」就是「快訂婚了」的意思。而訂婚、結婚則是好的。這些都是我到今天都不願意多談的話；也許已經說得太多，也許說得不公平。總之，既不願說，必不能說得得體。

我願意想，願意說，願意寫的是那時的愛慕的心境，那對美好事物的驚羨，那些令我屏息感歎的情景，容貌。那忘不了的用情的深思，體貼的細微，都是那麼好，那麼無私的！

可是我們都倔強地，又任性執拗地，管自己所做所思都稱為「不好」。這「不好」也就是〈快樂在失而不在得（二）〉裡的：「『你的不好我全喜歡』的『不好』」，也就是：「你說你『不好』，我看也許我比你還『不好』的『不好』」。

從這樣爭著說自己不好的對話中，我們可以想見多少勇敢，又是多少不平啊！

那時空氣中很多陰雲，恐怕今天也不是完全消散了。我們有時用更醜惡的字眼描寫自己，說自己是惡棍、殘酷，甚麼的。今天知道當年那無知又無罪的情形，看了那些抗議性的自責字眼兒，不免提筆給塗改了許多。人老了總是以變慈愛了才正常。

我今日的寧靜與安詳是很應該的，因為一直到我後來成年之前，我受了我的女朋友們多少好處，她們給了我多少信心，跟用不盡的同情和愛！不但夠我一生去愛別人，並且這愛是越分越多的。所以雖然後來生活不那麼簡單了，也還能本著真情在困難中找答案。於是：「在學生生活才結束了不久的時候，那種又像詩篇又像論文似的日子所留的印象已經漸漸地黯淡下來了」的時候，就被一股無名的力量，催著去寫《未央歌》了。

為了保持與異性的友誼，那時覺得守貞是先決條件。這種想法今天看起來不免有些奇怪，但是當年是十分真摯的。這裡面的矛盾與困惑成了《懺情書》中重要的素材。而那時那種天真的固執與倔強，更把這看法昇華成一種新倫理，所以在《未央歌》裡那一吻才變成那麼重要。又因為在這些「不好」的青年人中間，彼此的要求更高，也更難滿足。也就因為這個緣故，至情的人才看來似乎殘酷地無情，才渴望可以忘情，然而又做不到。

《人子》中的〈忘情〉就是人生中辦不到的。在這《懺情書》的〈你不能恨我〉一篇中就有幻想中仙女、天使向新生嬰兒獻禮的一幕。而《懺情書》中的〈永遠〉則分別在《人子》的〈獸言〉同〈宮堡〉中再現。旅途中的老人，居住原地的女孩，及那女孩所有女性的共同意念，都得自當年的試驗。〈渾沌〉中不同的故事起源於〈晚經〉的構想。文字方面的試驗也是還待繼續發展。在《懺情書》裡試過用第三人稱敘述，用第一人稱獨白，又試散文，又試韻文。又用第一人稱，片面對話，寫了〈逃命記〉，那篇又要惹事，又偏說是逃命的既矛盾又不能自圓其說的「不好」的年輕人的荒謬的邏輯！

想到這裡不免思念起舊朋友來。我與李漪果然自那天車站一別再也沒見面。她後來有一首詩：「遠山如黛柳如煙，瀲灩陂塘弄碧天，底事春來偏有恨？隔簾花影又一年。」那時我們分開很遠，我有一個用女人聲口寫文章的筆名叫作呂黛。我想她詞中第一句有影射這筆名的意思。我們大家常常互看文字，有時還加批語。今天若遇見，一定還是如同當年一樣，賭氣或笑語。也會如當年一樣不談婚嫁。

雋的名字是她自己取的，友麋的名字是我給取的，因為我要她做我的朋友。她們兩個都長得很美，所以後來我也逃得急。兩個人都影響了後來筆下的藺燕梅。大宴在這裡提到時都是用他的外號。他的外號特別多！煤球、球子、球頭，都是他。

伍寶笙是《懺情書》裡的殊青，「黑皮書」裡的宗嶺、嶺子。最近還間接得到她的消息，看見她一張相片。她還是做她的生物試驗。

我的許多朋友都是這麼好。我在心上常常想念他們，我想著他們就也學著乖。那些從前的「不好」，也就都變成又乖又好了。

鹿橋

1975年8月29日

——選自鹿橋《懺情書》

臺北：臺灣商務印書館，2007年5月

《市廛居》前言

◎鹿橋

三十多年來，就像是這書中〈圍桌閒話〉那樣，我的讀者們每在報紙、雜誌上看見我的文字，所得的感覺竟如在神話中看見我們廚房的桌子變大、變長，慢慢升空，伸延出去，一聲不響地，到了他們面前，將他們也攪入這「閒話」中，與熱鬧裡了。

《市廛居》所談是 1978 到 1979 年的事。「利涉大川」14 篇未竟稿，陸續在 1992 年刊出。兩篇悼亡、憶舊，最晚。〈憶《未央歌》裡的大宴——少年李達海〉是 1994 年。悼念「一代才女、張愛玲」是 1995 年。[1]

不是我長期的讀者們，自然不明白「鴿鷹」何以「可憐」；更不會在〈一個土豆，兩個土豆〉篇尾有——又看見「小童」的歡喜。

但是我們歡迎你也到我們桌上來。《市廛居》為你打開這個門。這書中的言論，少則三、五年，久則二十年出頭，所盼望及所憂慮的，常令人回頭細想：覺得竟是「臆則屢中」。

環境無情地被破壞、生活素質之低落、物資之橫遭浪費，而終了發現犧牲的是自己。也許在那一剎那窺見了「情」。憐惜自己的一點情。

因此也憐惜別的生命、人的生命、災難中無告的老弱的生命。因為心中有情，眼睛也看見了是非。本來只看見他人的錯誤，現在也看見了自己的罪過。

然後，對於「物」也有情了。

[1]編按：鹿橋，〈往事只模糊——委屈、冤枉，追慰一代才女張愛玲〉，《聯合報》，1995 年 11 月 27 日，第 37 版。

《市廛居》中，飛機頭等艙客未喫完的牛扒，就成了物資、價錢、倫理生活中的一個命題。有意志上的勇氣，才敢「小氣」，而達到「大方」。

我與慕蓮現在在臺北。三天前從洛杉磯飛來的路上，機上的晚餐十分豐盛。慕蓮盤中一整塊大鮭魚完全喫不下。就如「市廛居」裡「物盡其用」[2]幾次的思量，我們想也像那次不能喫完的美味牛扒，可以容我們用袋子裝了帶到旅館，夜晚工作時餓了喫。但是這次規矩不同，這家航空公司不供給紙袋、並且不許帶走。我們心上想念那些一年又一年洄游減少的鮭魚。

這次來臺灣是歷史博物館召我來在高雄的一個學術研討會上講演。在此以外，我是來「看」、來「聽」；盡可能不要變成「被看」、「被聽」的一趟旅行。

但是這些年來，臺灣生活之糜廢，物資以錢值來定去留。人也隨之被分別為任用或裁除，愛養或揚棄了。我不免又要寫，又要把我們的桌子寫到四面八方讀者的眼前了。

1998年，11月30日於臺北福華大飯店。

——選自鹿橋《市廛居》

臺北：臺灣商務印書館，2007年5月

[2]編按：鹿橋，〈「物盡其用」的三種態度〉，《中國時報》，1979年4月26日，第12版。

懷舊的藝術家
鹿橋訪問記

◎胡有瑞*

「我喜歡穿舊衣服。」

那天，當我見到鹿橋時，他正穿著一襲淺藍色已泛白的舊西裝上衣；衣服雖舊，神采卻好。

就這樣淡淡的一句話，隱隱中，似乎蘊含了太多、太多的情愫。

望望坐在一旁的吳太太（鹿橋原名吳訥孫），我真的很能領悟鹿橋那份念舊和懷國的心意。

矮小的吳太太，梳著一個髻，一襲式樣寬大而古雅的旗袍，那份樸實，那份嫻靜，說真的，在現實生活中這份寧靜和端莊是多麼的少啊！

他們夫婦，真是相敬如賓，一個輕言，一個細語，在他們眉宇之間，洋溢著溫馨、祥和與詩意。捧著自己一本本的手稿，鹿橋用緩緩的語調低低的說著，流暢的北平腔，淳厚、標準，他的手一頁頁的翻著，於是，一個個湮遠如詩的故事，就這樣流瀉而出。

「我是左手寫詩篇，右手著論文；也可以說，一手中文，一手英文，左手出世，右手入世。」

短短的自白，卻很能道盡鹿橋的生活詳態。

心路歷程的記載

多麼令人驚訝，一本又一本的日記，全用秀麗的字體清楚地記載著他

---

*胡有瑞（1942～2013），江西南昌人。散文家。發表文章時為《中央日報》採訪組副主任。

的思想、見聞和經驗，而這些，就是他一個又一個小說故事的源頭。

他是位愛旅行的人，隨著旅行箱走的，必定是一枝筆，一本簿子，於是，一個個中國方體字，就組合了他的心靈思想。

在一本題名為「黑皮書」的日記簿上，他這樣寫著：「記日記是為了改進為人，看日記是為了改進日記，這兩件事要並行，否則皆無效。」

我覺得，他是位仔細而又有恆的人，也許，這是由於他對寫作的瘋狂喜好，才使得他，每天、每天，都耐煩而興趣盎然地寫下他心路的歷程。

「黑皮書，我一共有二十七本。」

這是用黑皮封面訂成的本子，他用沾水鋼筆橫著寫，從他帶來的複印本看來，字跡清晰，好有條理，才一展讀就很想繼續地捧著。

「我從小就記日記，還記得，從十一歲開始記的，是用毛筆寫的，字比較大，一共留存了二十幾本，可惜，離開天津時，我將它們留存在朋友處，想來，現在一定不在了。」

對這失散的二十多本童年紀錄，他說起來，神情中有一股悵然的悲緒。

「和這些日記一起失落的，還有小時的玩具。小時，母親為了哄我吃地骨皮露，特別給我兩個小小的瓷杯，一個裝地骨皮露，一個裝白糖，這兩個杯子，我一直存著。」

失落了這兩個杯子，失落了幼年的日記，對念舊、思鄉的鹿橋來說，都是無可彌補的憾事。

「抗戰初期以前的日記和好些書，一場長沙大火，全完了。」

如今保存的，是從 1939 年開始寫的。「在美國的銀行中，我們租了個很大的保險箱，別人在保險箱中存的是金銀珠寶，我存的可全是日記和《未央歌》的原稿。」

除了 27 本黑皮書外，還有 19 本藍紋書，以及負笈集，愛寫詩唱歌的他，將自己作的歌詞，集在一本，題名「曾唱集」；與同學間的通訊，組成了「邊秋一雁聲」；為思念故土，他所寫出的文字，命名「新港一帆」。

從「邊秋一雁聲」裡的素材，他寫出了《人子》的故事。不久以後，他將從藍紋書、黑皮書中，繼續整理出好些佳作。

「我就是喜歡寫」，這是他持續不斷記日記的原因。

「日記中，多半是記思想，很多的事我不止記一回，譬如，看了一場電影回來，我會將故事用自己的筆調重寫一遍，也許，過一天，覺得自己記得不妥，又再寫一遍。」

當《人子》這本書問世後，許多人都為全書的流暢和淺白，以及他對中國文字組合捕捉的技巧表示驚異，尤其是對一位旅居海外長達 25 年以上的人來說。

一見到他，最先提出的就是這個問題；他的答覆，可真坦直。

「全靠記日記，你看，我每天都沒有丟開過中國文字。」我想，他豈止是沒有丟開，而且，還是持續不斷地磨鍊了 25 年。

美麗的祖國文字

從第一次見面，以及往後的多次談話中，鹿橋總是這樣對人說：「中國文字是如此的美，我們，就該細細的寫，慢慢的讀。」

就是崇尚這份美，他真的做到了細細的寫和慢慢的讀。他曾這樣說過：「速讀，有的書是要速讀，不過，我認為，如果有書非速讀不可，那麼這本書也就不值得讀了。」

他還說：「這是個匆忙的時代，不過，又有那一個時期是不忙的，因此，我喜歡在文字中，隱藏些哲學，讓讀者可以像捉迷藏般的找出來。」

能發現到中國文字的美，主要在他的童年能深入到古文的堂奧。

「小時候我在家念書，管得很嚴，不到十歲就念古文，父親教我，親戚教我，嚴厲的家教，使我讀得也多。」

「十一歲時，有一位鄭菊如老先生授我古籍，鄭先生上課之外，常常帶我出去到市街上散步，或是下小館兒，我就坐在桌邊，一面聽他說古話今，一面看老先生自斟自飲。」

接著，他進入天津南開中學。「那實在是一個好學校，我們那時各科門都有真正的好先生，尤其是兩位國文先生：葉石甫、孟志蓀。」

在高二時，葉石甫先生為他講先秦諸子，高中三，孟先生開始教授《詩經》、《楚辭》，以及漢魏晉以來的中國文學傳統。

「前後短短的三年，我從三位老師所受到的益處至今受用不盡。因為得了他們給我的教育，在我心目中，中國的文學及哲學思想一直是一個活鮮鮮的，有生機的整體。不是歷史陳跡，更不僅是狹窄的學術論文研究對象。歷史的經驗，同人生的迷惘以及理想，都是合則雙美，離則兩傷，因此，古往今來，都同時在我的心智活動中存在。」

古書雖然看得多，背得多，但是鹿橋一直堅持：自己必須在古文的範疇中，掙扎一番，奮鬥一番，然後自己再脫穎出來。

他主張，讀了古書，可是，寫出來時，必須用自己的話來說，千萬不可以標新立異，也不要落入老套。

「國內的報紙和出版的作品，我發現成語太多，似乎有著太多的書卷氣，其實許多都是刻板的話。」

他舉出「多采多姿」這四個字，這句形容成語，處處可見，說到這裡，他笑著說：「寫我的文章，可千萬別用這四個字。」說著，他自己先笑了起來。

在他的作品中，雖然是淺白、流暢，可是其中仍然不少古文的影子，他說：「我從小背古文，因此，好些我用的字和用的方法，全來自從小打的基礎，當然，我也用成語，只是，用得恰當處我才用。」

對這點，他自己曾經作過這樣的自白：

說到這裡，我一定要聲明我最私淑的兩部舊小說是《水滸傳》與《儒林外史》。我在《未央歌》裡屢屢暗示我多年來細讀這兩部書之樂。我像小孩遊戲那樣，把這兩部書給我的影響作成暗號留在《未央歌》裡，表示我對這兩部書多感激。金聖歎說《水滸傳》得力於《史記》，這話是不錯的。《水滸傳》描畫精細時便極精細，放手時又不著一塵乘風而去，如驚翔白鷺不著半點泥水。金聖歎更不斷指出《水滸傳》裡面各種抽象的章法，我是越讀越覺得他說得有道理。這種章法恐怕不是讀《紅樓夢》哭情節、歎身世、咏詩文的人肯苦求領略的。這種章法上抽象之美頗近乎音樂。而《儒林外史》裡這種抽象結構更是全書不懈。《儒林外史》影響《未央歌》的地方太多太明顯了，不用指明了。

我們的時代到底不是《水滸傳》、《儒林外史》，也不是《紅樓夢》的時代。舊的章法，描畫、種種技術可供學習，可是今日的心理，今日思想時所用的文字，今日對話時所發的語音，各種身分不同的聲口，都不是那麼便宜可以向古人借貸或是由外國進口的。我們又生在五四之後，在白話文運動中生長，被迫接受一個很貧乏的新文藝的試驗室！《未央歌》是我主張、提倡，力行實驗我所謂「新文言」的一篇試作。文言是中國文學的寶貴的遺產，不是包袱，各國文字也都有它的文言。我不愛辯，且容我簡單說一下。《未央歌》每在情感一上升的時候文字就往新文言方向走。到了第 13 章，全書最短的一章，文字還是可以上口，可是離口語就越來越遠，或化成散文詩，或是帶了韻。文言一時與一時不同，也不必同。可是或優或雅、或激昂或流鄙，都不可躲懶。抄襲古文言就不免有代今日情操繳械的危險，全限制用白話口語更是故自菲薄，苛令新文學不得飛騰！

新文言要經過時間淘揀，那些被引用的，被摹仿的，上人口的，記在心的，為人背誦的就會合成洪流，另展一片新山水。五四運動以來可稱好的新文言實在不少。這條大路已經明白地擺在我們眼前，邁開大步走罷！古典文學，外國名著，各地方言，各行術語，我們都應該採用。心上情感的波濤也要有海洋這樣廣而厚的水來響應震盪！

可以說，這位生活在海外 30 年的作家，是位中國文字的狂熱者，對中國字、中國文，他都擁有一份熱愛，一份執著。

「我真該感謝自己國家的語言，使我領悟到如許的美意，從母親教我牙牙學語起，接觸了，又怎能忘。」他更常對人說，國家的語言，就像自己母親的話一般，親切、溫暖。

在海外這些年，每天，他都用筆、用思想，在維護祖國的語文，只是：「我發現，國內對文學的看法，不是用自己的眼光，而是用外國的尺度來衡量。」

他好痛心，好痛心地說：「大家喜歡用權威來抹煞一切。」

他說：「中國人不要老盼望外國人說你好或不好，不要迷信以外國人眼光來肯定中國文化或文學的價值，我們不會看不起別人，可也不能在精神上作了外國人的奴隸，中國文化的根應該深植在自己的泥土中。」

「科學在世界上有標準，而文學，一定要植根在國內的土地中。」對自己的作品，他不主張學外國的看法，因為跟著學，時代的意義就差了一點，如果再追隨外國人，就會完全失去自己。

「我主張，我們該以中國人的態度，中國人的風度拿出來，不要敵視，更不要忽視，自己人對作品的批評。」

「看文學作品，並不像經濟，或是其他學問的著作，必須依靠權威來批評，來指引，文學作品，可以透過每一個人的本行來欣賞，來品味，也可以說，每一個人都有校正一個字的資格。」

他很反對，許多作品出版了許久，不頂暢銷，突然，有天國外有人推介了，或是權威讚了好，於是，這本書立即就換了身價。

「我相信，國內讀者的水準要起來才行，有人說，國內的讀者是起不來的，我認為這是錯誤而荒謬的說法。」

他鼓勵人多看書，因為，看得多了，自己就會進步，到了那個時候，中國文化的土壤才會厚實、肥沃。

悲天憫人的胸懷

聽鹿橋談天，是種享受。常常使我想起了古老的北平，以及那迴盪著思想的四合院的長廊和天井，那份慢悠悠，深邃邃的，真是古典又祥和。

應該是七年前，那時，我還不知道學美術的吳訥孫，就是寫《未央歌》的鹿橋。

基於工作的需要，我到故宮博物院去聽吳訥孫演講，題目彷彿是：中國的建築與中國的哲學。

很有思想韻味的一個題目，在演講中，他用一張又一張的幻燈片，將古老北平的皇宮、庭院及四合院呈現出來。那是場難得的演講，雖然事隔多年，我依稀記得，他說：中國的建築，都是四四方方的，而且是由大大小小的四方形，一層圈一層，使中國人永遠局限著自己，也因此，代表著中國人，敬天、愛民的思想。

當時，我一再地想，這是篇極具深意的演說，而演講人必定是位深具哲學興味的人。

在一次談天中，他曾說過他的書，他的童年，以及他的思想。

從很多童年回憶中，以及一串串的小故事裡，直讓人覺得，他懂得哲學，更富禪味。

「我愛旅行，我喜歡到大自然中去找尋人與人之間相處的那份融洽感。」

那年，當他從南開中學畢業時，他就再一次向在國外的雙親懇求，准許他徒步旅行——用雙足走遍祖國的土地。「父親拗不過我，答應只要找到一個伴就准許，結果，我找了個同學，開始實踐我久已嚮往的心願。」

兩個不滿十八歲的青年，就從北平、天津、濟南、青島……一直到上海、南京，過了黃河，也過了長江。「整整一年的」時間，而且每一步都是用腳走出來的。

在徒步旅行途中，他考驗了自己的毅力，也一直堅守自己的戒律：

第一，徒步就是徒步，絕不坐車，而且每出一個城，一定找到原來踏腳的位子，再起步，絕不偷懶。

第二，出了城，身上只帶五元錢，晚上，投宿在學校或是廟宇，我堅決，苦，不是目標，而是必經的過程。

第三，在城裡絕不討飯，因為，城裡人心險，騙子、打秋風的太多了。

他和好友，穿著制服，每到一個城市，就去領取哥哥匯的少量錢，在鄉下，錢用完了，就到人家去打擾一頓，可是，在城裡，絕不向人伸手，因此，這一年間，他飢餓過、寒冷過，而且，還曾經長滿了一身的蝨子。

這一大趟徒步旅行，實現了他少年的夢想，也為他未來的歲月蘊積了豐厚、寶貴的回想題材。

「當我到連雲港時，我真驚訝，中國竟有這般大的港，那真是開眼界，也興奮得不得了。」

「到了連雲港，我發現錯過了曲阜，這時，由於是回頭路，我就租了自行車趕去。」

「在長城時，我拍了不少的照片，最近，我又看到過一本介紹長城風景的集子，其中一張照片的取景，那角度就是我當年用過的，看了，真是歡喜得很。」

「我從南京、上海、杭州、安徽、南昌，走到九江時，我就病了，送到醫院，知道患了瘧疾，朋友把我送到漢口，治好了病，我決定坐火車回北平，姊姊說好要到車站接我，可是，火車才走到保定，盧溝橋戰火爆發了，車就不能通，姊姊也就接不到我。」

他娓娓地說著，30 年前的事，就彷彿在他的眼前，有純真，也有稚情。

「走了這麼些路，我也遇到了不少的人，真的，我喜歡看人、認識人，去體會人與人之間存在的那份情。說到旅行，主要目的也是去了解這份情，要知道中國文化在太平時，建設好時，人與人之間的關係就非常好；有了戰亂，一切就又不同。我總認為，貧富不應太不均，正如孔子所說：『不患寡而患不均。』」

在旅行中，走在北方的黃土平原上，也走在柳綠花紅的江南湖岸上，他說，他得到了滿足，也覺到了隱憂：「我愛我腳下的家園，可是，踩在地上，我覺出了異象，好像患了難治的大病，後來，抗戰了，我覺得這是刺激中國人起來的時候，真的，我希望我的家園，永遠保持安樂和祥瑞。」

當然，在徒步中，他的筆沒有停過，將他的所見與所聞，全都流瀉在日記本上，這些，豐裕了他的思想，也開拓了他的人生。

因此，三十多年後的今天，坐在統一大飯店的客房中，他用著激動而濃情的語調這樣說著：「愛國、愛家、愛人類的信心，必須放在長遠處。」

「要認識中國，要掌握文化的實質，應該到農村去，到歷史中去找。」

《未央歌》、《人子》和他

在許多次的見面中，鹿橋一些也不避諱，更可以說很熱中地談自己的作品，他仔細地分析自己的作品，同時，也一再地想聽別人對這些作品的看法。

「請他給我寫個評吧！」他一再地說這句話，他希望，不同行業、不同年齡的人，對《人子》、對《未央歌》，都提出自己的感想。

聽到沈君山愛看《人子》，他說：「麻煩請他寫點感想。」韓韓見到他，剛說出自己的喜歡，他就說：「你為什麼不寫出你的感想呢？」

說話時，他的語態懇摯，沒有做作，充滿了感情，於是，我了解到，為什麼從他的筆下創造出了《人子》。

說起他的寫作，他的說興真濃，娓娓不斷，吳太太就那樣靜靜地在一旁聽著。

他說：「我寫東西用第一人稱的很多，尤其寫女人故事，我就用呂黛的筆名。」

「呂黛」，呂是吳字的草書，黛者是取「代」的音，這個純女性的筆名，倒真吸引人。

「不過，後來我寫文章，覺得用第三人稱比較好些；還有我喜歡用韻文，《未央歌》的試驗集子，就是用韻文寫的。」

「寫《未央歌》的時候，我是念大學四年級，接著，在西南聯大教書，我好熱衷地在寫，這時父親一而再催我出國，我一點也不想去，只想好好寫個痛快，可是，到第三次催我時，父親說：『再不走，我要生氣了。』」

就在那段徬徨日子中，他竟坐在防空洞中，文思潮湧，他說：「《未央歌》的成形，是散在一段時間中的結果。」

「那年春天，一個不湊巧，把我從匆忙的生活中，失閃出來，流落在重慶，落在一個沒有著落的空間裡，我告訴以葱同瑞霖，想藉此機會寫一本書。」

那時，他住在重慶鹽務局的宿舍中，於是，就抬了些鹽務局的公文稿紙，用滲了水的墨水，在防空洞裡開始構思、寫作：「前十章是在國內寫的，記人、身段、語氣，寫得暢快。」

「接著，我到了美國，這時，紙多了，墨水也好了，可是，我就寫不出文章來，從此，我就訓練自己，一定要能用不同的紙寫東西，所以，《未央歌》的原稿，就用了好多種的紙。」

對《未央歌》的問世，以及受到讀者的歡迎，鹿橋覺得高興，不過，他也說，《未央歌》的售價太高了，使得好些想看的人買不起書。

「我曾經要求過商務印書館，請他們將書價再減低些。」

前陣子，曾有人說過，《未央歌》的時代背景，是抗戰時的西南聯大，但是，書中只見美，只見情，不見抗戰艱辛，不見抗戰的偉大。

對這點，鹿橋的感覺是「大家誤解了」。

他說：「抗戰，為什麼每個人都要寫戰事，難道文學、美術……作品，全要描寫戰事？」

「抗戰時，我正是二十剛出頭的年紀，可以說，感情、思想，以及生活中的每一分寸，都充滿了戰事，報上、學校的牆上，大家的聚會中，天天說的都是抗戰，也可說，我們每天都受到戰爭的苦，也感受到戰爭的慘，可是，我寫《未央歌》，卻想寫年輕人的思想，也可以說是他們的理想。」

「譬如，一個畫家帶了學生出去畫畫，大家畫的是城中心的一個花園草坪，可是，畫家要求學生，主題是花園草坪，不過，大家不准用綠顏色，因為，他要求學生畫得好與壞沒關係，主要在將現實透過畫筆成藝術。」

「再如，我是一個軍人，是不是我的思想、句子，都必須是軍事，也就是我必須寫戰史，其實，如果我真的是軍人，我可能寫的是國際關係或其他。」

「我一直認為，中國人的哲學，失敗是個小事情，如果為失敗而哭就更可恥了；再如，生活中的享受少，是件小失敗，如果認為享受少而覺悲苦，就是大失敗；再去將這一切去告訴子女，那就是萬劫不復的大大失敗了。」

「在西南聯大的時代，物質生活是真苦，不過，在大家所都知道的苦況下，仍然有另一面的生活，我要寫的就是這些。」

他不是在作抗辯，而是為自己的被誤解作清楚的解說。

《未央歌》出版了十多年，《人子》才問世，鹿橋說：「《人子》是寫在《未央歌》之前，也是寫在《未央歌》之後。」

因為，《未央歌》的序先寫好後，他又寫了《人子》的一部分，《人子》的寫作，與《未央歌》不同。「《未央歌》用的字，用的詞，都是中國近代小說中用得最多的，因為，那時我年輕，盡量的寫，可以說，用全部力量在寫。」

而《人子》，為了是一本供 9 歲到 99 歲的人都要懂的書，他盡量求淺白易讀，「我是用老筆寫嫩字，希望愈簡單，愈使人容易讀」。

在醞釀《人子》的故事時，他就想，《人子》的故事不能太刻板，否則思想就不自由。「本來我想《人子》附插圖才好，朋友說不行，因為有了圖，限制了人的想像。」

因此，他秉持：愈簡單、愈容易，就愈使人可以想。

寫作中，他是隨處擷取靈感。「〈小花豹〉，寫的動機是，我到聖路易動物園去玩，看到豹，回來後，幾句話就寫出來了。」

「每天的傍晚，我都要散回步，那天，在散步途中，我見到了螢火蟲，由那一閃、一閃的光中，我想到了童年，也想到了好些其他的事，於是，一回到家，我就寫出了〈明還〉。」

他承認，他的書中，都可以找到他的影子，《未央歌》中的大余、小童，都是，「而《人子》也一樣，總會不知不覺間寫進去了自己」。

現在，他正構思要寫一部〈六本木物語〉，當然，好些原文將脫胎於「邊秋一雁聲」和藍紋書等日記中。「這是本描寫紊亂的國際情況下，個人與個人間萌芽發展的一種和善又明朗的友誼與情誼的小說。」

如月行天見諸水

鹿橋曾說：寫，是一種經驗，可以看人生。

我問他：你的人生觀是什麼？

鹿橋溫婉地笑了，他說：「我懂人生，還早得很。」

他說：「中國禪家的說法很好：如月行天見諸水，天上只有一個月亮，我們可以由水中看得清，可是，人生不像月亮，可以說我們看得見，悟得透。」

對人生，他似乎擁抱著無限的愛意，無盡的理想，因此，他的說話中，他的文章裡，就連他的生活中，全充滿了愛人、愛事、愛物的心境。

譬如對宗教，他說，他喜歡佛教、印度教、儒教、天主教……各種的教，以及各式的民族。

「我常想，中國人真幸福，可以愛每一種宗教，而不必將自己的信仰定在一種教義上。」

他同樣地懂得享受人生，因為，他會繪畫，也懂藝術，所以，他的生活就充滿了藝術。

在美國，他擁有一塊理想的園地，他命名為「延陵乙園」，園中，有風雨樓，也有人工湖。那些，全是他與家人用手開墾的，美麗的湖光山色，靈巧可愛的風雨樓小屋，全注滿了他對生活的熱愛，以及對性靈美的追求。

這次回國來，他以學者的身分出席國建會，他是真的在開會，也是真的在體驗祖國。

在夕陽西下時，他挽著太太的手，徜徉在梨山的風光中，那刻，他的眼中充滿了愛意；在正午的烈陽下，他扶著太太熱心地觀看臺中港的工程，好仔細、好專注，那刻，他的眼中充滿了驕傲和敬意。

真的，他對每件事都興致勃勃，對每個人都禮貌懇切，在他的話音中，從他的裝束裡，這位生活在美國三十多年的學者，是真的懷舊、真的中國。

——選自胡有瑞《現代學人散記》

臺北：爾雅出版社，1982 年 7 月

田園交響樂

◎李霖燦*

我時常納悶，八年抗戰，可歌可泣的事有多多少少，只是為什麼到如今還沒有動人的文藝詩篇聯翩出現？

這個悶葫蘆悶得我好難過，也苦得我好久了。有一天，在無意之間，我見到一冊《未央曲》，分量挺重，是描繪昆明西南聯大學生在抗戰時的生活史詩。我讀完之後，心中大為舒暢，就像潛水已久忽然冒上水面時一樣的痛快！不錯不錯，果然是我盼望已久的一件作品；至少，在「學生」這個小角落裡，它已對當日的偉大時代有所交代。

此後，我逢人便好欣喜地宣傳這項新的發現。有一天，我在一個小型酒會上又彈此調時，卻遇到一個意外的詰問。一位陌生的朋友表情古怪地問我：「您知道嗎？那本書是假的。」我趕快追問一句：「您怎麼知道？」他苦笑了一聲說：「因為我就是那本翻版書的原作者。」——我就是這樣奇怪地第一次認識了吳訥孫先生。

由於話談得很投機，很快的我們就成了知己。我纔知道，原書的名字叫作《未央歌》，在香港出版。臺灣的商人見到這本書銷得很好，馬上就加以翻印。而且不只是一個商人動了這個腦筋。另外一個翻版者，竟把書名都改換成莫名其妙的「星月悠揚」。我說書名改為「未央曲」，已沒道理。又改為「星月悠揚」，更是豈有此理。但我認為最不合情理的是把原作者的名字都改了！訥孫兄回答得更妙：「這倒是有一點很現實的道理，因為我太

---

*李霖燦（1913～1999），河南輝縣人。著名的麼些文專家、中國美術史研究者。發表文章時為故宮博物院研究員。

無名，在臺灣賣不上座！」

耶魯大學的教授還能算是無名之輩？真使人越想越不明白起來。所以前年我扈從國寶在紐約展覽的時候，特意赴新港耶大去看他。久聞他開山鑿池伐樹築屋雅有林泉之勝，這次當有眼福可以一一收入畫囊了。

我這位不速之客到的時候並不太好，他在為學生做系統的中國繪畫史的講演，正忙得不亦樂乎。但一見到我來，十分高興，稍一摒擋，拉著我上了車就打道回「家」。

他的「家」可真不近呢！離新港後在田野馳騁了半個鐘頭，才爬上一座小小山崗。崗頭一間雜貨店前，有一個綠眼黃髮的洋娃娃，在賣時鮮果品。吳提著一大罐蘋果水上車，對我說：「這是極難得的，您的口福不淺。」說著又進雜貨店買了些零星用品，才把車子轉了一個方向，朝一帶森林茂密之處馳去。

一路上景色甚好，又奔馳了 15 分鐘，忽然在一條荒野的矮垣前戛然煞住。吳下了車，笑著欠臂肅客，說：「請進請進，這就是舍下延陵乙園。」

我下車一看，石垣之內，古木參天，幽不見人。若不是主人道破，誰也不相信，在這等荒寒之處，竟還有人家，而且還有林園！

步進斷「闕」，人在喬木林中。鹿橋（吳之筆名及字）用手向客指點，「此吾之徐青藤（渭）也。」——應手所指，果然見巨藤如臂，矯柔拏空，盤掛糾繆不知其幾百年物。——據說開山之始，遍地藤葛，糾結不開，舉步維艱，無奈，只得一一付之斧斤，唯此二巨藤垂絡如畫，為吳公青眼賞識，遂留了做把「門」大將也！——說實在話，根本也就無所謂門，只是牆斷如闕，強可通行而已。

林木疏處，巨石如畫，木屋一大間隱約可見。據說連房子都是自己動手搭的，使人一見，便想到美國大總統林肯幼年所住的 Log Cabin，更像我在雲南麗江麼些族中所住過的「木楞子房」。「陋室」的外表如此簡樸，使我想得好遠好遠，一直到了所謂的「葛天民」或「有巢氏」的時代中。

想到這會是一位當代美術史教授的作品時，我不禁心中暗暗稱奇。但是也別讚美得太快，前年紐約大雪時，它不曾通過嚴寒的考驗。不知是那裡搭的不甚合縫，暖氣總關不住，幾乎凍壞了人，據說那月的油費赤字，高達百元美元以上。證明了「隸家」（玩票，不內行）作品，到底不能和科班出身的泥水匠師傅比。尺有所短，寸所長，大學教授在這裡也只得低頭投降。

鹿橋自言，當他在耶魯當學生時，便有此田園山林之思：要在這個「人人都忙得個腳鴨子朝天」的紐約州旁，表現一下我國的優良傳統文化。「經營田園是藝術，生活其中是教育，與此間人士共之，亦教化流行之意也。」——吳氏自述其要旨如上，遂由此展開了他自己的「田園交響樂」的序幕。

他用功的方法和步驟，受時代的薰陶，倒是蠻科學的。先千方百計，弄來一份詳明的新港附近地圖，然後以 50 哩為半徑，拿耶魯大學做圓心，就地圖上先畫成一個大圈圈，這就是要優先勘察的範圍了。於是每逢假期，他便勘一方位，踽踽獨往，依圓周 360 度，順時鐘方向，一一為做定向勘察。目的是在尋找一處有山有水有林泉之美的所在，來實現他的偉大田園抱負。

這樣，四五年來如一日。但老天要負苦心人，合乎理想的勝地，他一處也沒有找到。到後來，他也就要放棄這項奢望了。一天，他到今天我們路過的那個高崗小鎮去做一次講演，題目是「中國的山水畫」。講畢有人半開玩笑地問他，既然中國學人如此熱愛山林，為什麼您還要擠在新港鎮上？

吳不敢拿「大隱在都市」的我國哲學來解嘲搪塞，就老老實實把苦尋不獲的經過報告出來。一位深思的美國朋友說話了：「我知道有這麼一個所在，不妨就同去看看。」——結果，就重複了我們今日的車轍輪跡；迤邐地來到了現在的桃花源中。

鹿橋是一位有深心高致的人，地面上的勘察雖然滿意，還恐怕有什麼不妥當的地方，因而去租了一架小型飛機，又自空中親自鳥瞰視察一遍。——我聽到這裡不禁失笑，想不到吳公還精通青龍白虎勘輿之學，真是有眼不識高人了。——還好，總算一切滿意，買山工作開始，這回沒有遇到什麼大困難，因為這一片叢林池沼之地，從來無人問津，人棄我取，吳遂得以最低價格買下。於是斬林開道，以通幽深；掘地成池，以瀉積水，以儲明月（池名。我深秋來時，是「以映丹楓」）。更鳩材興工，自建草堂。我笑謂鹿橋：「而今而後，盧鴻草堂不得專美於前了！」相與拊掌大笑。

一切從頭幹起，全是真實工夫，一片血汗生涯。放下教鞭，拿起鋤頭。脫下西服，便是鋸樹工人。經之營之，疊之成之，一日不懈，十年有成。當我今日來臨，已掘成明月池塘，且泊有不羈之舟（縱然一夜風吹去，只在山頭湖水中，可詠於此也）。就萬壑爭流之處，搭九曲迴腸之橋。晨昏月夜，常領小孩子出外欣賞。一年四季，若無風雪，大半在外野餐。一片天籟，滿懷自然，小兒薰陶其中，天真可掬。昭婷床頭，引活水以成小池，內蓄小魚數尾。時時往觀。我問道：「你作夢亦夢見小魚吧？」

她回答得很妙：「是的。小魚作夢亦在找我去划船呢！」——真是爛漫忘機。

頂難得的還是鹿橋有一位了不起的賢內助，慕蓮夫人無睹乎美國城市之繁華，反而多方贊助她丈夫的發瘋計畫。棄彼城鎮，樂我林山，遂使鄰近紅塵十丈的紐約城邊，忽然有了中西合璧的大好園林出現。

機器盡量利用西方所有的，開掘明湖的時候，鹿橋同坐在開山機上；伐木亦用電鋸，不然請人伐木，15 美元一株，吃不消也。觀念則是中國式，不取四方四正，修剪治平的美國式公園化。卻因地制宜，隨勢利導，自成林泉景色。一片自然，滿懷天機，真的是境界高人一等，我一見便心降皈依。

經營既有成果，不忘與眾同樂，每屆夏淺勝春時，便箋約同好，雅集林泉。或張畫林間，奇文共賞；或聚石為坐，漫談上下古今；或觀瀑布，或泛小艇。碧草如茵之處，石階成臺，前張影幕，不分男女老幼，大家都來排排坐。吳氏四寶：明、婷、屏、楹各司其事，不但載歌載舞，而且分茶分點。一旦遊園，萬塵去心，不知人間何世，宇宙一片清新。

我是一個野人，對這種山林情調最為欣賞。一下午都在林樾泉石中蹀躞度過。我最愛那條古馳道，不知是什麼時候的一條伐木電車路，鋼軌早已拆去，只剩下高高的路基如萬里長城似的亙在喬木林中。我踏著滿山落葉徜徉徘徊不休，心中明白了自己一向侷促於方隅角落之中，怪不得總寫不出天地之間的大文章。

古馳道的南端，有一座石橋，絡絲瀑布自綠絨苔上滾珠而下，穿橋而去。兩端都沒於喬木森森之處。我他日再來的時候，當著草履，循瀑布水而窮其源。反正山林無主，欣賞又不是占有。兩極之端，又可以延伸無限……山林田園之夢，一直到慕蓮夫人喚我吃飯時才瞿然驚醒，心中餘意還繚繞不捨呢。

回到木屋之中，這才注意到冰箱、電視一應俱全。瓦斯灶頭，洗衣機器，也應有盡有。而且更有趣的，五雲彩箋，展置案頭，任客人即興作畫賦詩。八珍席上，匙箸盤盞森然擺開。更加上酒肴精美，疑從故國空攝飛來。——既飲美酒，又賞「名園」，更逢知己，且在異國……喜悅早已漫過了飽和點，但又像在極限之外，還別有天地。

若說這是名園，必須加添附註，這兒既不像是宋徽宗的艮嶽，也不是揚州鹽商的園池。若以那種奢華的標準來相比，延陵乙園著實寒傖，只不過是草莽初闢聊可居人的一片山林茅屋而已。然而匯中西文化之長，合與眾同樂之誼，不矜奢華，全憑智慧，於「人競作偽」之今世，還我樸質之本來面目。我於此點，和鹿橋同有會心。豈止園林有此境界，世間萬事皆可作如是觀也。因欣然同乾一杯。

高談闊論，也不知伊於胡底。蘋果水乾了又添，也不知牛飲了若干品脫，更不知外面早已夜色四垂。一看腕表，終於是不能不回去了。鹿橋出外去發動他那部老爺汽車，慕蓮夫人在我們臨出門時還特意叮嚀了一句：「不要忘了先去看一下月下池塘。」

——真的是一言興邦，小孩子們擁著我穿過了那條九曲板橋，四周黝黑，草木都發異香。一穿過那座屏風矮林，一面雪白明鏡展在四周黑森林的懷抱裡，小舟已成銀艇，明月上下相照，秋林倒影凝然。宇宙是一片啞靜，連這四個小孩子都覺出太神祕了，如被催眠住似的怔怔然噤不作聲。真是阿麗絲漫遊過的夢中奇景，安徒生筆下所繪出的童話世界！

以上是民國 50 年 10 月 19 日我的一段日記。為了存真，不加修飾，也照抄在這裡，以見我對延陵乙園的第一印象是如何如何地驚喜親切。

在吳駕車送我回去的途中，我們談得更多。我於抗戰時期，在玉龍大雪山下曾作過同樣的夢而沒有成功。如今見到這個田園之夢，竟在「緊迫盯人」的美國生活中突兀實現，那智慧毅力都不知高我多少，只覺得這應該加以宣揚。因為這是現身說法的文化交流，和空喊口號者全不相同。

鹿橋卻只怕引起枝節上的誤會。有人會說這是逃避現實，再不然，多資營園以自陶醉，那就與延陵乙園的積極精神不侔，勸我只可為知己者道，不必為外人言也。

我則是另一種看法，寰宇之中，知音正多，不可因多慮而失人。正當嚶鳴而求友，好為這娑婆世界增加一點色彩；至於高蹈避世和求田問舍的譭謗，更不必顧慮。如鹿橋者，一日不作，一日不食，心手並勞之人也，絕非素手旁觀吟風弄月附庸風雅之流。正當發揮我國田園的真精神，共襄文化合流的大事業。

田園一事，因和高蹈頹廢混淆，久已失其正誼。其實這卻是我國思潮上的主流之一。因為山水清音，田園真趣，實為一切靈感之母。鹿橋的延陵乙園，上承陶淵明、蘇髯公之餘緒，下接范中立、倪雲林之嫡傳，外契貝多芬、盧梭之同調，遂使田園本義，得復正觀。誰說不應該廣為揭揚，真應該大書特書，策為凌煙第一功勳！

而且我一向以為人世風雅，可分兩類：風花雪月，琴棋書畫，若不見道，陶冶性情而已。自了漢的作風，是為「小雅」；反之服膺真理，身體力行，向更完美處精進不懈，與大眾和諧無間（套用鹿橋名言，此「天人之際，方圓之間」也），於平凡見智慧，化世俗為神奇，此之謂「大雅」。

我國一向又有「大隱在城市，小隱居山林」的成套說法。若以上述二義來月旦吳公：「雖似小隱，實為大雅」，豈可無傳？——因而不懼有拂知己之意，寫得〈田園交響樂〉一篇，列為旅美異行傳第一。

——選自《會心不遠集》，白雲文化事業公司出版

——選自樸月編著《鹿橋歌未央》

臺北：臺灣商務印書館，2006 年 2 月

鹿橋的《未央歌》

◎司馬長風*

鹿橋（1919～2002）本名吳訥孫，江蘇武進人，卒業於天津南開中學、昆明西南聯合大學，1945 年以後留居美國。中文的作品僅有《未央歌》（1959 年）、《人子》（1974 年）和《懺情書》（1975 年）。後二書不在本文論究範圍，這裡僅評介作者的處女作，也是成名作的《未央歌》。

鹿橋於 1943 年 12 月在重慶著手寫《未央歌》，1945 年初夏，於美國完成全稿，當時恰是作者 26 歲生日。孫伏園、柳無忌兩位作家曾看過部分原稿，並予熱烈鼓勵。但這部書稿卻飄蕩了 14 年，1959 年始在香港，由人生出版社初版，後由臺北商務印書館再版，到 1977 年為止，已出了十幾版。

在研讀了近百部小說之後，我認為在戰時戰後時期，長篇小說有四大巨峰：1.巴金的《人間三部曲》；2.沈從文的《長河》；3.無名氏的「無名書」；4.便是鹿橋的《未央歌》了。《未央歌》尤使人神往。中國的小說，自魯迅的〈狂人日記〉以來，刻意學習外國，末流之弊，只剩下卑屈的模仿，全無民族的風格了。《人間三部曲》及《長河》，融會了外國小說技巧，重建了民族風格，「無名書」則天馬行空，表現了大突破、大飛騰，是對世界文壇的挑戰；而《未央歌》則是民族風格的圓熟和煥發。從某種意味說，《未央歌》使中國小說的秧苗，重新植入《水滸傳》、《紅樓夢》和《儒林外史》的土壤，因此，根舒枝展、葉綠花紅，讀來幾乎無一字不悅

*司馬長風（1920～1980），本名胡欣平，遼寧瀋陽人。文學評論家。發表文章時為香港《明報》編輯。

目、無一句不賞心。

可惜這一朵穗華，在內戰烽火中成熟，迄無人收割，任風吹雨打。

《未央歌》以戰時的雲南和昆明為襯景，以西南聯合大學為舞臺，寫一群大學生在烽火歲月中的成長；將族國興亡的悲壯，離鄉背井的哀愁，相濡以沫的友情，物質生活的貧乏，樂觀的希望，以及愛情的歧誤、人生蹉跌，渾成悲歡離合、掙扎啼笑，以寫意的彩筆、活潑的畫了出來。

歷經了八年抗戰那麼嚴酷的考驗，中國文壇久已渴盼一部史詩了，《未央歌》書如其名，正是一部可歌的散文詩，一部六十餘萬字的巨篇史詩。

《未央歌》的作者，似乎為本書的體裁，有點不安，他在〈前奏曲〉中說：

> 為了記載那造形的印象，音響的節奏，和那些不成熟的思想生活，這敘述中是多麼荒唐地把這些感覺托付給詞句了啊！以致弄成這麼一種離奇的結構、腔調，甚至文法！最後為了懶，挑了個小說的外表，又在命題時，莫名其妙帶了個「歌」字，……我們知道小說的外表，往往只是一個為紫蘿纏繞的花架子並不是花本身。……

「把感覺托付給詞句」，以最舒暢的方式表達自己的意境，那才能充分發抒個性與風格，一切成規的形式都攔不住個性和創意。但是鹿橋不像無名氏那麼「野」和「狂」，結構雖然離奇，並沒有拋離軌道，因為小說中仍流露了幾個故事。故事只是蜻蜓點水，重要的是人物、那風概和情懷。

主線的故事，有五個角色，先說角色、後說故事。

三個主人公，一個是人稱大余的余孟勤，高大碩健，面孔方正，目光如電，又辯才無敵；他是學生的領袖，有「聖人」的綽號。一個是人稱小童的童孝賢，他活潑詼諧，純真憨傻，走起路來蹦蹦跳跳，一年四季不穿襪子（當時在後方並不稀奇），時常忘記洗臉，可是他卻有不拘一格的智慧，不阿流俗的個性，也是人們的開心菓，也是不可計量的希望。另一個是被人目為明星的范寬湖，健壯漂亮，游泳和唱歌都惹人喝采。

兩個女主人公，一個是藺燕梅，她比玫瑰還嬌，可是卻沒有刺，那麼善解人意，又要強上進，又喜愛歌舞，多才多藝；就是在感情上有點鑽牛角尖，眉頭常是繚繞愁惱。另一個是伍寶笙，她的心靈和形貌，同樣柔和莊嚴，被藺燕梅和小童喊作姐姐，其實她是母親，她的胸懷可容得下任何偉大男性的痛哭懺悔。

——選自《更生日報》，1978 年 4 月 15 日，第 7 版

香格里拉之歌
論《未央歌》的序及金童玉女

◎林柏燕[*]

一、《未央歌》之序

《未央歌》是鹿橋先生在 16 年前出版的長篇小說，據商務印書館民國 62 年 8 月版所記，此書已第九版（不知一版印多少本）。最近由於鹿橋先生發表《人子》（一種遁世的寓理小說），引起人們對其作品的注意。而《中國語文》最近正在做「名著選粹」的工作，要我文摘《未央歌》，我說「名著」似乎還談不上，請再考慮。編者的回答很妙：「很多人」都知道《未央歌》，但不一定「很多人」都讀過（正如很多人聽過八索九丘、三墳五典）；而且，這本書奇貴，不一定想讀的人都捨得花錢買這麼一部「閒書」。倒是最後一句把我說動了，既然吃不到原汁的牛肉麵，為讀者泡一碗生力麵也是應該的。好吧，就為一次「很多人」吧！於是文摘之後，順便也說幾句個人的感想。

首先，這本書的價格與其紙張、印刷極不相稱。印刷粗劣，墨跡透背（據自序云再版太多的緣故）。當然買賣是賣者喊價，願者上鈎之事。但作為「文化事業」，個人覺得以歷史悠久的「印書館」這種純「商務」的做法，令人有些困惑。這也沒什麼，倒是書中「自序」之多，「贅言」之長，令我吃驚。

一般而言，文學創作不需要太多太長的序言。他人之序，徒添蛇足，

[*]林柏燕（1936～2009），新竹人。散文家、小說家、文學評論家。發表文章時為內思高工教師。

若乎位高而並不恰當的人作序，也不過醜女附珥。至於「自序」，應該越短越妙。歐美小說，最多摘錄第三者的批評，三言兩語放在書前書後作為廣告。至於「自序」，極為少見。日本小說，最多附一篇第三者的「解說」或「批評」，自序尤為僅有。因為人家的評論已上軌道，創作是創作，批評是批評，從無自作自評之事。而很有趣的，在古今文人當中，個人還沒看過像鹿橋先生這樣驚人的自我標榜者。

根據鹿橋先生的現身說法，他這部小說，不但與中國儒道哲學有關，且與西方文化有關。跟中國的山水畫有關，還跟昆明的風水地理有關，甚至可深及「新世紀的秩序」。我愈唸他的「贅言」，愈感到此書來頭之大。事實上，這本小說，寫的是西南聯大幾對男女學生金童玉女的戀愛故事，與風水無關（風水不好的地方照樣有戀愛），與中西哲學、文化無關，與「新世紀的秩序」更扯不上邊。

當然，鹿橋先生有他的感情背景，因為他重感情。於是西南聯大的一草一木，幾首粗俗不堪的散民歌曲（《未央歌》把一些歌譜印在書後，也算小說的一絕，嚴格說，這是音樂家的事，不是小說必要的。以其歌詞的內容而言，在臺灣可謂滿山都是。）都不忍割愛而留在書裡。因此也就難怪一再自述朋友愛他之切，推前浪的臺大學生如何愛讀他的《未央歌》；以及種種如何使他感動的事。如此感人情狀，莫不羅縷紀存；尤其序文所提到的人物，不下二十餘人，使人感到唯一的好處是：《未央歌》若能留傳百代，百代之後的考據專家將不必費力，因作者把所有需要的細節與資料，提供得有綱有目，詳盡完備。這真是考據界的一大福音。

最有趣的莫如作者自云：「康宏的夫人做了一桌鎮海小菜，三杯酒後主人指了桌下用小凳子架起為了防潮的一個木箱說：『連孩子們都時時記得，房子若是失火，第一先要背了《未央歌》的紙型逃！』……」

真是慧眼，一眼就瞧出那是防潮的措施；說的也真巧，木箱就放在飯桌底下，不放在高閣。這些話，當然是「主人」說的，要不然，請他吃飯還要咒人家房子失火，作者不像是這種人。不過，這些話由作者提出，無異莎翁親口對英國子民說：「你們寧可喪失英倫三島，不能燒掉我莎士比亞呀！」

作者又云：

> 有一位新讀者最近來信說：
>
> 自從得同學介紹，在港購得《未央歌》一本（好不容易）後，一直心儀其作者。此書傳閱同學間，幾至散爛，大家都認為此書應為大學生必讀，能喜愛此書者方以為友⋯⋯。
>
> 想想罷：我們多幸運！該多麼感到鼓舞！我們彼此雖多半沒有見過面⋯⋯年歲上下相差有半個世紀，也連鎖著天上人間！我們自覺有個性、有理想，自許有判斷，也樂觀。可以為友的人遙遙可以互相鼓勵。前浪後浪推擁裡，時代潮流混亂中，隱約依了這些弄潮兒的英姿、部位，也可以看出一些新世紀的秩序來罷？

像這樣「幾至散爛」的重要信件，作者引用還不止一兩封。一個作家，常為游雜牌評論三言兩語激動得暴跳如雷，而一個小讀者的來信，卻可使之陶醉「半天」——這位以《未央歌》為大學生必讀，以《未央歌》為交友指南的「仁兄」，除了表示他沒有讀到好書之外，並沒有別的「好意」。

作者數度提到他在臺灣受到歡迎的熱烈。以鹿橋先生的學識文章，再加上他難得回國，一些老朋友及新青年對他的歡迎與敬仰，乃人情之常。但這些話放在小說裡，徒顯酸腐而已，《未央歌》並不需要這些來托聲飛勢，附驥成騏。

鹿橋先生說：「想想看，我們多幸運。」事實上，是他個人的「走運」。一些學識淵博的教授，蕭然一室，門可羅雀者，亦所常見。世態炎涼，善否鑽營，照樣存在於最高學府。鹿橋先生又豈可以這種「幸」或「不幸」作為對小說本身價值的評斷？

《未央歌》本身並不酸腐，而這些贅言，卻鋪張得如此詭麗酸腐，令人至感意外。這無異自己先散布了層層煙霧，其「自序」與「贅言」，前後共有七篇之多，好好的一個大美人，竟塗了七層脂粉，真是「昂可」再三，頻頻謝幕哩。而很不幸的，這裡面竟沒有一篇《未央歌》的評論。只聽見作者一再強調《未央歌》之美——把自己的作品說得這麼美，人家還敢說什麼呢？與其這樣，何不多放幾篇第三者的評論呢（已經第九版了），但有沒有這樣的評論呢？作者自云「有過」，恕我孤陋未曾拜讀（何不重登以便共賞）。

二、《未央歌》之美

《未央歌》是怎樣的風貌，應該還給他怎樣的風貌。在此用不著被那些煙霧跟著蒙目誇張，也不該因那些煙霧而肆意尋疵。這只是一部以抗戰期間，西南聯大為背景的男女戀愛小說。藺燕梅是西南聯大外文系的學生，她父親是空軍軍官，當年駕著私用轎車親自送她到大學報到。藺燕梅的「保護人」是生物系四年級的伍寶笙。有了伍寶笙，藺夫人說：「燕梅美了幾年，這下可叫伍小姐比了下去了。」由於燕梅的美、聰明、好學，為人又厚道，很快的全校以之為一種偶像，一種象徵（已成校花，不在話下）。其中，以哲學研究所的余孟勤對之寄望尤多，督導尤苛。當藺燕梅離開了他，他才發現自己在愛她。而此時跑到「呈貢」地方的燕梅，在言行中處處給范寬湖（物理系學生）以極易誤會的柔情，終使范寬湖偷吻了她。最後，燕梅發現自己真正所愛的是生物系的童孝賢。藺燕梅到滇南文山去工作前，向伍寶笙吐露心聲，要童孝賢去找她。而伍寶笙也與余孟勤結婚。整個故事，以藺燕梅、童孝賢、余孟勤、伍寶笙為骨幹，其他都是配角。在時間上，《未央歌》全書五十餘萬字，其故事發展，約兩年左右（從藺燕梅入學到二年級）。在這麼一部故事性並不太強的小說裡，作者所強調的，共有六大點：1.《未央歌》的「美」；2.《未央歌》的「樂觀」；3.《未央歌》的「理想」與「情調」；4.《未央歌》與時代的「隔絕性」；5.《未央歌》的「無我性」；6.《未央歌》的「非故事性」。

關於《未央歌》的「美」，作者這樣說：「在這個風格中及理想裡，《未央歌》裡的地方、情節、人物就分外美。盡情地美，不羞不懼地美，又歡樂地美。有人說，世上那有這麼美的？可是懂得《未央歌》的人抽不出時間來回答，因為他們忙著愛美忙不過來。」（在此，因已入正題不再批評這類話本身的詭麗與語病了。）

《未央歌》有它動人之美，也有它的情調，也有它的樂觀。但它的美是「才子佳人」的美，它的情調是「世外桃源」的情調，它的樂觀是「金童玉女」青春正盛的樂觀。它的「理想」是蒼白而嬌弱的。它有情調，但沒有格調，作為文學「名著」，它是「風格」並不很高的小說。

在「才子佳人」背後，作者真正成功的地方，在於刻畫「友情」之美。「愛情」則總要到「曲終人不見時」，才在「江上數青峰」。作者始終能極有韻律地控制著小說人物感情發展的「平衡」。這雖是愛情小說，但其著重「友情」的平衡與恆久的駕馭，令人激賞。作者不會落於三角戀愛的俗套，在友情中，愛情有其「細絲」與「暗流」。而最成功的，這些細絲與暗流，連小說人物本身都不易覺察（如余孟勤不知愛藺燕梅及伍寶笙，藺燕梅不知愛童孝賢）。作者卻能娓娓暗隨其「流」，抽剝其「絲」。

其次，作者所塑造的幾個「才子佳人」，無一不基於「善」心。我們看范寬湖偷吻了藺燕梅之後的故事發展，就可了解作者在塑造人物使其仍能立足於善的一片苦心。范寬湖不是浮淺無聊的紈袴子弟，只是一時的糊塗與情不自禁，這種事過後，他們這一群之間開始有了「失衡」，但作者的發揮，仍能使之不致破壞全書友情之美，實在是由於塑造人物基本的善心。當藺燕梅咬破嘴唇之後，范寬湖對藺燕梅只說了一句：「我保留下次向妳解釋的權利。」等到他無法不離開聯大，該向藺燕梅解釋時，卻說：「燕梅，我知道妳已原諒了我。再見，我祝福妳。」這是全書最好的兩句對白，因它不必解釋，也無從解釋。這也是深厚的友情中，一種可貴的無言的「接受」與「默契」。

在這兒，特別要提出的是，作者塑造「童孝賢」（小童）這個青年，達觀、聰明、向上、厚道、爽朗多方面的成功。童孝賢可說是中藥裡的甘草，可配萬藥（范寬湖吻燕梅之後，他能反覆衡量輕重，冷靜而熱心，尤為難得）。他與伍寶笙純友情之美，甚至比愛情之美本身更為芳甜。因此，純粹以「友情」之美這個角度，《未央歌》實可媲美 *Kings Row*（《金石盟》，又譯《王巷城》）或有過之而無不及。（請注意，在風格上，*Kings Row* 只是美國第二流的小說。）

在情節方面，《未央歌》的故事性不強，有些顯得拖沓，並且時時出現情節上的敗筆。首先，余孟勤可說是《未央歌》裡幾個「才子」中刻畫得最失敗的，不幸，這個人卻非常重要。這個「失敗」應歸功於作者自設的「陷阱」是：作者想在小說裡同時表達「詩篇」之美與「論文」之嚴，而小說本是一種把「論文」化入無形的藝術。作者應該知道有所「發揮」，也有所「忍割」。

本來以大學作為題材的小說，其中難免牽涉到思想，尤其《未央歌》裡的青年，有外文系（藺燕梅），生物系（伍寶笙、小童），哲學系（大余），心理系等。這些男女青年，其所學所思以及實際生活，很難湊到一起。作者以余孟勤為中心人物，予以一網兜收，或係基於「哲學是眾學之母」，或因余孟勤是研究生年紀大一點，這些都無可厚非，但作者卻把余孟勤寫成「活」的「論文」。因此，余孟勤出現的地方，有些情節就拖沓起來。作者也知道這點，於是借梁崇榕的話說：「不知怎地，藺燕梅跟我大談尼采的時候，我就覺得她沒有從前可愛了。」（受大余影響）作者借小童也說了一句：「真有他說的。」（他，指余孟勤）作為小說創作，最高的哲理，應該有最簡單的語言表達，最鮮明的情節表達，最生動的人物表達，而作者明知其「沒有從前美」的「陷阱」，卻一路為了「論文」作酸腐的鋪張。我們可以看出，作者並沒有批判余孟勤的意思，因他最後雖然被藺燕梅所否定，但還是被伍寶笙肯定的人物。

由於余孟勤最後的被肯定，我們也看出伍寶笙之愛上余孟勤，至為牽強。這是第二個敗筆。余孟勤之愛伍寶笙，有其「細絲」與「暗流」，但伍寶笙之愛余孟勤，作者的安排卻讓伍寶笙等在那兒給余孟勤去愛，以伍寶笙的品貌、大家風範，個人很為作者這種給伍寶笙的「細絲」與「暗流」抱屈。最後當伍寶笙驚悉藺燕梅並不愛余孟勤，而大余卻癡心去文山找燕梅時，伍寶笙竟以「長函」點破大余；以友情的角度，用意至善。可是大余回到昆明時，伍寶笙的投懷送抱，幾至讓人懷疑那封「長函」有些「奪愛」了。在余、伍雙方而言，這種愛都是撿來的愛情。在余孟勤來說，或許是失意後的「歸根」，在伍寶笙來說，前後都顯得極為牽強。個人常想，伍寶笙發出「長函」之後，便離開昆明，遠走重慶，去找史宣文一吐心聲什麼的，而讓余、伍之間有一段緩衝的時間，是否把伍寶笙雕塑的更美些。但作者卻把伍寶笙的最後，寫得極為草率。

其次，作者為了表達其「詩篇」，這個任務當然是交給藺燕梅。以大學一、二年級的藺燕梅，又是同等學力考進聯大（年紀很輕，不過 17 歲左右），在其純真的心智，難免有時會停滯在高中生的階段，作者也能處處表現其逐漸的成長，但有些地方顯得過於嬌弱（有些地方的剛強，則又顯得極為牽強，例如讓藺燕梅駕駛救護車，姑不論其年齡有無資格考駕駛執照，就「任務」而言，車上載有病患，而她卻停車買水梨；車上無任何其他救護人員，而她卻可獨當其任，可謂矛盾百出）。尤其以第 13 章全章寫藺燕梅的夢囈，已經不是小說的情節，而是獨立的「詩篇」，在小說的進展上，在文字上都顯得笨拙，而予人以「很嫩」的感覺。

老實說，藺燕梅在夢中，范寬湖偷吻之，完全是對范寬湖這個角色的糟蹋。以范寬湖一向的光明磊落，作者很可以賦予更好的示愛表達與情節安排。但作者的安排，卻讓他在妹妹的「吻呀！吻呀！」的助陣聲中，做出在情感上毫無把握，在意識上毫無意義的行為。這樣重要的關鍵情節，卻寫成有如小孩子玩「新郎新娘」的「辦家家」遊戲一樣可笑，而他們卻是一對大學生。再說，被偷吻之後要咬破嘴唇，未免離譜玉潔，小題大作；進而想入修道院，更是「詩意連篇」了。

從「論文」與「詩篇」交揉不調所出現的敗筆，也可看出作者在論文與詩篇的陷阱裡，忽右忽左，忽文忽詩地蹦跳，因此整個小說的結構，顯得有點支離破碎，中氣不足。在生活上，他們有登山遊水的情調，卻沒有真正多姿多采的深度。他們的「思想」也沒有溶化在「生活」中，生物系用來實驗的幾對荷蘭鼠，哲學系的尼采，心理系的佛洛伊德跟他們的生活也扯不上關係，在小說上也全是懸空的「論文」而已。

當然，作者不會承認以上各點，因作者強調的是《未央歌》的「無我性」與「非故事性」。易言之，故事本身是無關緊要的，余孟勤、童孝賢、藺燕梅、伍寶笙、范寬湖等，只是一個「大我」分化出來的各別成長的諸象。作者說：「全書精神是真正無我的，沒有個別的我，只有那個樂觀的年月中每個青年人的面面觀。」作者之意或為：既然是面面觀，是成長的歷程，當然之嫩、之不成熟是免不了的。可是，要「面面觀」也好，卻要「觀」得澈底，西南聯大弟子三千，竟無一人不美，一人不善，也未免太過「澈底」了。本來，寫小說不比填詞賦詩，講究的是有我無我的境界。如果一定要採取這個角度，那末，不但小說的精神應該有作者這個「大我」，作為小說人物，也都應該「有我」才對。而鹿橋先生卻肯定無我的精神與無我的人物，倒是個人生平第一次接觸到的「小說觀」。世界上，只有用水銀做的鏡子才真正無我，用人去映照的面面觀，都應該有「我」的成分。作者想說的話也極易明白，所謂沒有個別的我，只是面面觀，強調的還是「大我」，這個《未央歌》的「大我」是什麼？那就是樂觀的年月中那些「美」！面面觀的結果，無人不美，無動不美，但整個「精神」，也只是「才子佳人」之美，因此，《未央歌》的格調也就高不到那兒了。

三、《未央歌》與史

由於作者肯定其《未央歌》的「無我性」，卻同時肯定了《紅樓夢》的「有我」，因此也就把《紅樓夢》暗貶了一番。作者說：

> 《未央歌》就與《紅樓夢》完全異曲也異趣。《紅樓夢》沒有談這個抽象

> 的我，可是是一個我的回憶。處處是各別的我。《紅樓夢》裡面人物「自我」的成分極重，寫得極下力，比情節都出色，而又是寫得極成功的。
> 我常想新文藝小說往往免不了被人拿來比《紅樓夢》，這裡面也有一段近情的道理。中國舊文學寫男人範圍大又入微，又變化多。女人則往往寫到幾種類型而已。突出與深入的都不多。……可是《紅樓夢》一部大書把女人寫到入微，範圍也廣，變化曲折無不佳妙。……批評家沒看到這一點，於是就跳不出與《紅樓夢》相比的這條老路來。

以上的話，對《紅樓夢》明褒暗貶，說穿了意思很簡單：古人寫女人寫得少，寫不好；《紅樓夢》寫得多，寫得好，只是占了題材的便宜，並非《紅樓夢》本身有什麼卓越的地方。好吧，既然作者不願把《紅樓夢》拿來與《未央歌》相比（事實上，有沒有人拿去比，還是個問號）。那麼，就拿作者最敬服的《儒林外史》與《水滸傳》來相比吧。

作者說：

> 說到這裡，我一定要聲明（是的，若不說明，讀者一定有所不知）我最私淑的兩部舊小說是《水滸傳》與《儒林外史》。我在《未央歌》裡屢屢暗示我多年來細讀這兩部書之樂（除了《未央歌》的〈楔子〉學的是《儒林外史》與《水滸傳》之外，個人倒沒有看出這種暗示）。我像小孩遊戲那樣把兩部書給我的影響作成暗號留在《未央歌》裡，表示我對這兩部書多感激。金聖歎說《水滸傳》得力於《史記》，這話是不錯的。《水滸傳》描畫精細時便極精細，放手時又不著一塵乘風而去，如鷺翔白鷺不著半點泥水。金聖歎更不斷指出《水滸傳》裡面各種抽象的章法（抱歉的是，金聖歎很少談章法，只談句法），我是越讀越覺得他說得有道理。這種章法恐怕不是讀《紅樓夢》哭情節、歎身世、咏詩文的人肯苦求領略的。這種章法上抽象之美頗近乎音樂。而《儒林外史》裡這種抽象結構更是全書不懈。《儒林外史》影響《未央歌》的地方太多太明顯

了，不用指明了。

以上一大段話，拐彎抹角，實際上所談的只是《水滸傳》與《儒林外史》的「結構」，《水滸傳》與《儒林外史》裡一種「放手時又不著一塵乘風而去，如驚翔白鷺不著半點泥水」的結構，一種小說人物或去或留的情節而已。其他什麼抽象之美，章法，音樂，都是故弄玄虛，詭麗唬人之詞。個人倒希望鹿橋先生能「指明」《未央歌》裡那些地方受到《儒林外史》與《水滸傳》的影響，以便後學有所長進，再說已有七篇序文，再來一篇又何妨。

《儒林外史》是有許多人物，出現之後，轉眼「乘風而去」，不再出現的（《未央歌》裡反倒沒有這種人物）。但以全書的結構而言，並非「不懈」，而是相當鬆懈。《水滸傳》、《儒林外史》、《紅樓夢》都各有章法。《紅樓夢》的章法一個環結緊扣一個環結，可說最優（高鶚之能續《紅樓夢》，全靠這些環結；而《儒林外史》若只寫個半途而廢，後人將無法續之）。《水滸傳》次之，因太過於殊途同歸化，路線太雷同，而且也非純創作。章法最差的是《儒林外史》，因它是一種即興式的寫法。但《儒林外史》的成就，不在它的「章法結構」，而在於「落實的精神」，能點出科舉之下文人的德性與知識分子尊嚴的沒落（它是落實的社會批評小說，絕不抽象）。至於《水滸傳》，除了王進及九紋龍史進，史進的早年師父王忠，以及桃花山上幾個土匪真的「乘風而去」之外，其他重要人物都來去分明，最後通通往梁山報到，而且個個犯案累累，拖泥帶水，並非「不著半點泥水」。

以上小說結構而言，《未央歌》與《儒林外史》、《水滸傳》都沒有相似的地方，以精神而言，更是兩回事。《儒林外史》是社會批評小說，《水滸傳》是一種盜義小說（Gang Morality），《未央歌》只是青年男女的戀歌而已。但作者一定要拐彎抹角地扯出《水滸傳》與《儒林外史》，用心很簡單，《儒林外史》固然是「外史」，但也是「史」，而《水滸傳》又得力於《史記》，而《未央歌》又私淑它們，那麼《未央歌》也就可以「九經諸史」一番了。

四、香格里拉之歌

其實作者並未把《未央歌》寫成「史」的什麼紀錄。只是在意識上想私淑媲美《史記》而已。矛盾的是，作者卻很反對「歷史」氣味。作者說：

> 我幾年來感覺有好幾個關於《未央歌》的問題都不容易回答得滿意。對陌生人我只有說《未央歌》是一部以西南聯合大學及昆明為背景的小說，描寫抗戰時期年輕學生的生活跟理想的。凡是讀過《未央歌》的朋友從旁聽了這話一定都會替我難受，也替《未央歌》叫屈。

（以一句作者對「陌生人」說的話，而又大膽假設「從旁聽了」的人，「都」會替他難受。這些詭麗的「裝飾語」，真是讓人「心儀其人」了。事實上，《未央歌》只是以西南聯大為背景的愛情小說，不這樣說又能怎麼說？而作者以「青年的生活與理想」來概說《未央歌》，已是高抬了《未央歌》的精神與格調。）

作者又說：

> 故事困於時代、地點、人物，往往事過境遷顯得歷史氣味太重，很是陳舊。情調由文字風格來傳達，往往可以隔了時代，因一代新讀者自身經驗及想像力而更替長新。
>
> 為了一定要另創一個比較永恆的小說中的世界，我想只有用風快的刀一下把兩個世界割開。……這就是刀快可以不見血的好處。否則這麼一本以情調風格來談人生理想的書為通貨膨脹記起流水賬來，文字還乾淨得了麼？人物性情還能明爽麼？昆明的陽光還會耀眼麼？雲南的風雨還能洗脫心上無名的憂傷麼？

以上三段話，第一段在說明《未央歌》是有理想的。第二段說明歷史會陳舊，第三段說明為了永恆的小說世界，它必須把兩個世界隔開。這些不但自相矛盾，而且無法苟同。要求小說有「理想」，而又希望它跟現實隔開，超越歷史，這話應該只站在小說造詣的理想角度而言，若以小說題材而言，除了寫寓言、神話，或像《人子》、《失去的地平線》這類小說之外，沒有別的。作者只從《儒林外史》、《水滸傳》學到「章法」的糟粕，而沒有把握它真正的歷史精神——也可說是反映時代的精神（坪內逍遙名之為小說神髓），而作者所選的題材卻是有時代性的東西。作為《未央歌》的「理想」，它的「理想」是「盡情地美，不羞不懼地美，又歡樂地美」。作者把《未央歌》寫成在沸鼎之外，養在麗池中的金魚，他們的「理想」，只是一種青春的樂觀，作為理想，卻是嬌弱而蒼白的。

如果怕「歷史會陳舊」，怕時代的「血」會染汙《未央歌》的「快刀」，那又何必以抗戰為背景呢？而昆明、聯大真的沒有被染汙嗎？當然，把西南聯大的門關起來，不問外邊的烽火煙塵，也是無可厚非之事。因為政府在堅苦抗戰之下，仍要維持西南聯大，原是叫他們「盡情地美，不羞不懼地美」的一番「美意」。

嚴格說，作者並沒有把握背景與時代的企圖。他不但沒有把握昆明，也沒有真正把握西南聯大。在時間上，《未央歌》寫的是起初兩年，就無法代表稍後複雜動盪的聯大。以人才濟濟的師資陣容而言，《未央歌》也顯得空洞。全書不過心理系和生物系的主任和一個顧先生。師生之間的接觸寫得既不深也不廣，也看不出聯大有什麼集體精神，只是幾個金童玉女，在校園中一角談情說愛罷了。這些也都沒有什麼，最令人痛惜的是：作者把外面的世界「隔」得太開、太乾淨了。

例如：凌希慧、宋捷軍、范寬湖三人，很可加以用之與外界接觸，而使《未央歌》有更深的情節。但作者的安排，卻完全是聯大本位主義，凌希慧之做了戰地記者，原因是逃婚，宋捷軍到滇緬公路，為的是發財，而范寬湖投考航空學校，卻為了藺燕梅之事，無法容身於聯大。作者並未賦予更好的動機。當然，作為聯大學生在求學階段，他們離開聯大，都是不得已的，這也無可厚非。但等到凌希慧與宋捷軍回到聯大來「看看」時，作者應可使他們對「外邊世界」有所接觸及更深的關懷，但這些恐怕會染汙了《未央歌》的美。於是，宋捷軍回來，只是給他們帶來許多禮物（聯大本位主義），凌希慧回來，只是用她來作為余孟勤與藺燕梅發生齟齬的點綴。

再說，大量難民湧進昆明。這些情節，作者只是用之以作為余孟勤與藺燕梅衝突的背景。這些難民，除了「難民」兩個字之外，無頭無臉，在小說也不足以構成情節，只是道具而已。個人嘗想：如果讓這些難民之一二，予以小說人物化，或由他們之中出現一二聯大學生的親友，當比臨時從修道院搬出一個修女要曲折豐富得多。但作者不會這樣寫，因為那是「兩個世界」呀！聯大學生，怎麼會有「難民」的親友。這些在在說明《未央歌》可謂快刀四斬之後的本位主義。當然，作者也有他的道理。作者提出一個和尚的話：「莫忘自家腳跟下大事」，而西南聯大有更好的師資與學生，竟掉不出一句較有營養的話，卻讓這位一生打草鞋，畢竟見識有限的和尚，來替《未央歌》作註，《未央歌》也可謂相當「孤芳自賞」了。

最後，個人要說，《未央歌》的「金童玉女」、「才子佳人」，有個別的友情之美與愛情之美，作為整個小說之美，是一種假美。作為小說的理想與精神，是蒼白而嬌弱的。作為「音樂」，《未央歌》有如一首世外桃源的「香格里拉」；作為文學，它卻唱得荒腔走調；畢竟余孟勤那支有「論文味」的口琴，伴奏不出什麼澎湃的小說樂章。

（附記：本文就小說論小說，若《未央歌》裡的小說人物有所影射，概非在本文討論之列。）

（中華副刊，1975年1月15～20日）

——選自林柏燕《文學印象》

臺北：大林出版社，1978年8月

從浪漫到寫實

談《未央歌》的創作模式

◎張素貞*

理想與現實

鹿橋（1919～2002）的《未央歌》，寫於民國 34 年，14 年後結集出版，直到現在仍是暢銷長銷。小說以抗戰為時代背景，著墨的重點並不在於慷慨激昂的抗戰情緒之傳揚，抗戰艱苦之寫實，而是有心從自己在西南聯大的經歷中，篩揀美麗的、理想的、永恆的加以呈現。鹿橋說：

> 正因為抗戰時期生活很苦，大家吃的是沙粒摻雜的八寶飯，吃飯時連椅子也沒得坐，有時人還沒怎麼來齊，飯就已經沒有了。當時許多人都在文章裏表現苦難的這一面，那一時期的作品都是如此。我想人人都知道那種苦，又何必再作強調呢？所以我才想著寫本書描寫青年人的理想和熱誠。我不要求每個人都愛看《未央歌》，我只是想對那種在心裏想著「即使全世界都不好，我還是要盡著自己做個好人」的人給予一點鼓勵。

滿懷熱誠，克服艱難，盡其在我，以做完美人物為理想，是達觀進取的人生觀。《未央歌》中的人物，大抵都善良而奮進，不僅積極樂觀，還互相扶助。鹿橋的看法是：

---

*發表文章時為臺灣師範大學國文學系副教授，現已退休。

我以為中國人最高的人生哲學，在最艱難的環境裏，也絕不輕易承認失敗，還要露出笑臉來表示：我們樂觀得忘了愁苦，健康得忘了創傷。經人提起時再回頭查看，愁苦的經驗早已無影無蹤，創傷早已平復了。於是又高高興興地去忙，去向更高的理想奔走。

作者自認為沒有抗戰軍事的實際經驗，「沒有資格正面描寫」，但畢竟小說人物的時代是抗戰時期，儘管作者著書，理想成分占了絕大的比例，即使再浪漫，小說中仍然映現了許多積極超越愁苦的時代特色。大宴與小童初次對話，大宴任由小童摘取兩朵心愛的花兒，原來他忙著補襪子，嘴裡卻有一大堆勸服小童如何做人的理論；小童領到抄書費，苦於口袋破了，不能安放；小童沒有錶，有約卻是早早守候，絕不誤時。朱石樵窮困，好友們捐助蠟燭，讓他用功，寫文章。書中也提及學校特殊的戰地作息時間。珍珠港事變之後，學生們分批忙著戰地服務：救護傷患、安頓歸僑與難民、編劇本、演話劇，以便募捐抗戰基金。有的保留學籍，隨軍入緬，外文系的男生大多上了滇緬路，做軍中翻譯官；小童差點放棄學業，跟著同鄉，潛回東北做地下工作。凌希慧做了戰地女記者，范寬湖報考了空軍飛行官。而年紀稍小的，便在戰鼓聲中，加緊苦修，希望能「最快把自己造成有能力的人。」（頁 333）

小說中的幾個重要角色，都在學問上苦下工夫，成績卓越。西南聯大的大學生活，也見於師生同樂的夏令營活動。一些老會員都有固定的讀書計畫，值得注意的是顧一樵教授的演說，寓教育於育樂；大余與藺燕梅奉派夜訪散民村莊「采詩」，再現其歌舞精華，顯見不僅學生物的善用自然做特殊生物研究，學地質學的研究雲南地質，學社會學的研究雲南風土，在特殊場合，師長們還要善用機緣，遴選優異才賦的學生，盡量收集風謠。顯然鹿橋是重視這個活動的，所以《未央歌》，范寬湖與藺燕梅的歌聲迴盪不已，不僅是已經學過的，甚至路旁聽來的農民歌謠，都可以略加潤飾，唱得很美。正因為這也是「詩篇」的藝術表現重點，鹿橋在書中除了細描歌舞場面，還附錄了〈散民舞曲〉的曲詞歌譜。他巴不得愛好《未央歌》的讀者也跟著唱唱跳跳，這種快樂包含了生命中手之舞之、足之蹈之的活潑心靈的啟發。這種曲譜附錄，不同於王禎和〈素蘭要出嫁〉與〈人生歌王〉中的曲譜，只是為具備真實感；姑不論小說中是否真有此需要，作者的命意，則是在藉此倡導智、德、體、群、美各育並重的大學教育。

人物的塑造

《未央歌》的人物不少，著筆細膩，配角大致都還寫實傳神，四個主要人物：大余、小童、伍寶笙、藺燕梅，則是兩組離析而又疊合的虛構人物。大余與伍寶笙是成熟穩重、擔負大任的典型；小童與藺燕梅則代表成長中的男女優秀青年，孩氣的、不安定的個性，需經過嚴格的歷練，才塑造出真善美的完整人格。「伍」音同「吾」，「余」、「伍」（吾）都是「我」，「小童」是「我」未成年的純真性格反映，「藺」諧音「另」，是另一個「我」。換言之，由小童到大余，由藺燕梅到伍寶笙，是艱辛的成長過程，是完美人格的塑造過程。小童之為「童」，不單是姓氏，不單是身軀矮小，作者明言孩氣，大余戲稱他好孩子，伍寶笙直把他當稚弱的小弟看待。另一穩重人物大宴還代他管錢，伍、宴兩人替他安排如何用錢。這孩氣絕非童騃，一則指接納智慧的謙和多容，一則指固執於自然的習性，諸如揚棄文明，美之為接近上帝的行徑。像不穿襪、不洗臉。小童的可塑性與包容性是無與倫比的。他用功實驗，把「實驗室放在校外山野」（頁 11），他的「脖梗（頸）子常常很自在」（頁 418），肯聽意見，多方學習；可是他欠缺入世的好習慣，他把花房鑰匙擱在地上，把荷蘭鼠擱在口袋裡，大宴要他「用點心思作人」（頁 65），本來人間禮法並不一定與自然對立。作者也藉小童提示許多自然可愛的本質，值得大余等人學習。他的好學深思，與大余、大宴、朱石樵、馮新銜是一路的。而他興趣多方，善與人同，起初是聽辯，後來也發論，自有一套以天然為基點的人生哲理。作者安排他和伍寶笙同樣學生物，愛單純之美、自然之美，所以他反對藺燕梅一味遷就大余。他勉為其難幫助貞官兒一家人處理母雞，讓牠不生蛋，卻因違反自然，聲明下不為例。他在情感上，正處於糊塗的年紀，根本沒想到戀愛。他愛憐藺燕梅，安慰、開導她，自始至終，不夾雜一分占有的私慾。然而最後藺燕梅成熟後的感情歸屬，不是大余，而是小童。小童畢業成績全系最優，伍寶笙保薦他深入雲南南部去做實驗，意外發現，他竟然守住了一個祕密，那是大余勞軍歸來，帶給他的實驗課題。他真的長大了，不僅是身體長高大，心理上也熟穩的可以擔負大責重任了。他這一次行程，遠比任何一次生物實驗行程都遠，堪稱任重道遠。藺燕梅潛隱翻譯字典的工作地點則近在咫尺，藺等候成熟的小童前去。一舉三得，不求得而得，小童是有福人，天地間有更完美的嗎？然而完美必經多重的磨鍊而後可得。

大余，在《未央歌》裡，是起步極高，讓師長以平輩論交的苦行僧。「孟勤」之名，正道出他的功力，小童戲稱他「被一個屋頂扣著」，行蹤不出課室、圖書館、系辦公室、宿舍、廁所（頁 185），他「直愁人生有限，用功來不及。」（頁 186）他長得方正，「全是直角」（頁 119），也兼賅外型與人品；高大的身軀，與小童成對比，也象徵心智的成熟，一雙銳利的眼神，流露深沉的智慧與敏銳的批判。但大余攻讀哲學，心智與情意兩頭並不均衡，在情感方面，除了與幾位男同學泡泡茶館、互相砥礪之外，他放棄戀愛，抱持獨身主義。他待藺燕梅，有如嚴師逼導學生，純粹主觀地要求她在學問上更上一層樓。他認為藺燕梅還是幼女心理，美麗非凡，難得資稟又高，該照顧她在學業上下功夫，維繫她不受干擾。余、藺情意之滋生，是在受命為文化密使之後，二人喬裝夫婦，夜訪散民部落觀賞拜火會，即興表演，並合作複現樂舞。但余之於藺，猶如一支繃緊的弓。大余的嚴霜氣，金先生曾認為太偏激，余、藺的不協，伍寶笙、大宴、小童都操過心，但也許虛幻的夢必須經歷嚴霜才能結為成就的果實？大余是理智的化身，他辦事能力強，負責任，能吃苦，求完美，戰地服務他的小組成效最好。當藺燕梅權代司機，意外出事，便被他無情地斥責，毫不寬假；後來藺逃避大余，他沮喪，卻仍不曾懈怠用功；最後代表學校去勞軍，可勸不回藺燕梅。作者不忍心輿論否定大余的知性成就，在他最纖弱的時候，讓伍寶笙肯定他的勤奮，而情感的虛空也得以填實，他成了完全的聖人。

藺燕梅，美麗、敏感、多情、愛嬌。外型使她得寵，體貼讓她討喜，但她偏又膽小，自律太高，易動感情，容易走極端，她代表少女本質憂鬱、不安定的成長過程，路途極度艱苦。她為幻覺所迷，為蜚短流長所苦。她與小童同樣孩氣未除，同樣是光明的角色，卻缺乏小童的豁達自信。她自覺犯錯，會覺得死都來不及；大夢初覺，發現自己的完美已然因錯誤的一吻而破碎，貞定的癡念使她昏死過去。但經過這個變故，伍寶笙打算改造她的性情，小童教她自己拿主意，終究藺摸清以往自以為是的感情，並不是成熟的戀愛。經由伍寶笙捨命阻攔，她放棄當修女的念頭，也了解面對現實的必要。每當她困阨絕望的時候都是小童撫慰她的創傷，她期待「成長」了的小童、懂得戀愛的小童到深山去找她。

伍寶笙在《未央歌》裡，是人人稱羨的完美人物。溫婉、穩重、風趣、體貼、多情而且理智、聰明，還美麗、健康。集小童與大余之長，她是藺燕梅成長的典範。她不僅功課好，人緣佳，而且姿容秀麗，舉止從容嫻雅，更難得的，她平靜，不受情感的滋擾，她「透徹了所有聰明人的糊塗處，自己卻不談戀愛。」（頁 328）她說服凌希慧的叔叔，不追究凌逃婚去當女記者的事；她替金先生決斷及早向沈蒹提親；她照顧小童，「改造」藺燕梅，安慰大余。最後，她以「出眾的仁慈，與絕大的勇氣」「拯救」了大余（頁 597），她自己也有美滿的歸宿。如果大余因為藺的意氣出世而被否定，聖人的長處全成了缺點，都會是怎樣的遺憾？伍寶笙幾乎是煉石補天的女媧。

嚴格說來，大余是鹿橋理智離析情愛的一個典型，小童是未成年的純真可塑性極大的少年，藺燕梅是嬌貴尚待歷練的少女，這三個人物都不完整。小童之可愛，在他順任自然，而有些言語動作不免過分孩氣，實在太過浪漫誇張；至於伍寶笙又過於完美。也許，藉這四個人物，探索完美人格的塑造過程，並藉此提示某些道理，才是鹿橋創作的深心。伍寶笙完美的女性形象得自祝宗嶺，在《懺情書》中叫殊青，在「黑皮書」裡叫嶺子、宗嶺。但殊青有些固執，嶺子懂得愛情。藺燕梅的造型，融合了《懺情書》中雋與友麋的形象，其實也包含了李漪的個性，如作嬌、愛哭等。友麋的綠色綢雨斗蓬，在《未央歌》裡成了藺的重要服飾。小童對愛情自然免疫，大余則刻意拒絕，《懺情書》中的「鹿樵」卻是多情種子，常為情所苦。大余、小童可說是作者理智安排，用以探析人生戀愛態度的理想人物，這當然是浪漫，不是寫實。

至於《未央歌》的配角，比主角要接近真實人物，為的是喜、怒、嗔、癡，更近人間煙火。凌希慧的敏慧堅毅，史宣文的體貼老到，刻畫都相當成功。尤其范寬怡好勝逞能、聰敏好事，卻也稚弱善良、琴藝頗高，有了她，許多情節才能順利推展：乃兄范寬湖多才多藝，德智體兼備，氣度恢弘，矜負自持，這樣偉岸的美男子，宜做第一男主角，但鹿橋創作的心思不同，卻仍不失為高華人物。

哲理的闡發

書中命名，有些是取意深遠，如送風水先生回沙朗的叫薛發，為的是挑了一箱書。「薛」諧音「學」，好讓〈楔子〉預示後來西南聯大辦「學」的事。凌希慧之名，也包含她偶現的尖刻；小童名為童孝賢，「童」取意已見於前，「孝」同「肖」，他一直在努力學習之中。「為了地理象徵的關係」，作者還刻意移動了方位，天文、玄理、智理、交通之事都安排在北方玄武方向，蟄伏以至飛升的都安排在南方朱雀方向。作者用心於此，讀者怎能以寫實小說的眼光去覆按昆明的地理環境呢！

《未央歌》總共五六十萬字，雖不像《人子》那樣通篇寓託深刻，還是有相當程度的思想性。譬如當代青年男女貞定的戀愛觀，必須深入了解其執著於完美，才能領會藺燕梅為了一吻，夢裡夢外，竟有那麼嚴重的挫傷。小說人物的對白，常在辯論中進行，作者藉此提示的人生哲理，更是值得細細品味。其一，崇尚自然：伍寶笙與小童都學生物，妙觀造化，愛心無私，主張順任自然，自然是最好的教室，知識追求與感情歸屬兩者都可以在自然中求得完滿的答案。小童在農家領略到「接近土地的人是多麼善視死亡和世代啊！」（頁 12）伍寶笙出場的一段，寫得童話一般，美麗健康的她，愛美麗健康接近自然的東西，她懷抱過的小羊，又去找小童，逗弄他的鴿子和「弟弟」小兔，這正是《懺情書》「友麋」命名的深義，鹿橋把這種特質交付給完美的伍寶笙。「自然」的定義，也包含人生的感情安頓；金先生擔憂大余把死知識當作人生唯一的追求，他惋惜伍寶笙抱著白兔走向實驗室，如是嬰兒讓她發揮母性必定更為完美。

蘭燕梅與范寬怡同年以同等學力考入西南聯大，蘭自然無滯，范用心太過。小范主動操縱愛情，大宴認為周體予簡直是被人豢養的獅子，不過只要當事人願意，就是幸福。大宴與桑蔭宅檢討大余的「鞭策自己運動」，使學校變成「趕工的機器廠」。同學們「臉上一點血色兒都沒有」，還是小童「自主」辦法靠得住（頁 320、321）。蘭燕梅和大余不協調，大宴說：「他們彼此拘束著也好像分開了才有快樂似的。」（頁 356）小童之好，在於活潑自然，善解人意，與他相處，自然自在。

自然的定義，並非消極退隱，人生天地間，貴在具創造潛力，應該順應社會，發揮才智，締造不朽績業。《未央歌》便倡導積極樂觀的精神，在抗戰艱苦的環境中，積極樂觀多麼不易，作者的深心更令人感動。大宴告訴小童：「順從自然，就是要你乖乖地做人。」（頁 21）為的是文明推拒不掉，小童既是合群人物，那就調和自然與文明吧，調和之後，小童人格塑造才算完成。《未央歌》中的人物都積極樂觀，解塵與幻蓮兩個和尚也不例外。解塵在空襲後，領導僧眾施粥救災，顧不得擾了佛家淨地。幻蓮常託學生借閱西洋哲學書籍，他的警語是：「莫忘自家腳跟下大事。」（頁 323）當了推事的傅信禪向小童借錢時候唉聲歎氣，便被小童半調侃半誠斥地數說一頓，終於面對問題，改正缺失。蘭燕梅多次逃避現實，想遁跡修道院，經由阿姨、伍寶笙開導，總算平正地斷了改裝的念頭；畢竟蘭不過一時迷惑，並非出於堅決的道心。

積極樂觀，堅毅追求理想的精神，全靠「盡其在我」的儒道薰染。大宴愛花，「花在地上長著時他盡力愛護」，「一旦摘下了，他便把這些想法都收拾起來，只去照顧他那些仍生長在土上的。他是過去的事決不追究，人事已盡的憾事決不傷感。」（頁 20）這是多麼安然自在，既積極，又不急功近利，真是中正平和。解塵說道：「做事只要求盡才盡力，若談到成就，則常誤人道心，不可不慎。」（頁 6）這是說只問耕耘，自有樂趣，不要念念在收穫了。大余鼓勵棄學從商的宋捷軍，給「瘋狂了的發國難財的商人做個榜樣。」針對宋的抱怨，他說：「沒有一件值得一作的事是一點困難也沒有的，各人盡力罷了。」（頁 105）作者運用人物對白巧妙地傳達深刻的哲理，自然而又耐玩。

同學們由推愛的觀點談論到抗戰，若說「何處不是宇宙」，便似是而非，作者藉伍寶笙之口說：「有了戰事，就該盡力的打，……努力競爭，才是愛人類。」（頁 126）溫婉的伍寶笙倡言抗戰要拚命，猶如《京華煙雲》裡柔媚的曼娘主張抗戰一樣有力。個人才分不同，適應能力也不一樣，「看準了自己這一段的目標，努力跑就是了。」（頁 126）幻蓮師父批判學生的各樣發展，認為外物的引誘未必非常時期才有，要「各盡本分，不要因外物而動，能夠不誤了自己腳跟下的大事就很好很好了，也不必要求太過份」（頁 323）。

《未央歌》中友誼的珍貴，往往包括彼此的論辯協調。小童相信挨罵才會長大，那是他的謙和，也表示成長過程的思辯、破執之重要，進而能以清明的思慮，產生自主的定見；相對的，盲目接受某種論調，「不用諮議懷疑的態度」（頁 368），便不能冷靜批判，容易產生差誤，藺燕梅之於大余便是如此（頁 368）。為了拔除藺愛鑽牛犄角尖的毛病，小童特別強調要接納友誼，益友廣交足以開放心胸，有助於破執；而培養自主判斷也是極待努力，小童甚至說：「寧願看你變成一個暴君，也不願看你被養成一個奴隸。」（頁 384）大余伐木一景，不理會藺燕梅把松香直覺著像血的文學心靈，說「樹是要砍下來才有用的。無論是什麼人，脫離了他生長的環境都有一點痛苦，然而也只有脫離了撫養才能有作為。」（頁 383）成長、獨立、自主，本是痛苦歷練過程，但非如此不能算完美。

大余與蘭燕梅都是完美主義者，所謂浪子回頭終究不及白璧無瑕之可愛，伍寶笙也承認（頁 331）。但世事無常，人生如幻，一旦失去常軌，如蘭燕梅夢中錯吻范寬湖一事，幾個關係人的心態就都是寬諒的。輿論盲目擯斥范家兄妹，蘭燕梅直覺不忍。大余覺得「這苦惱未脫離她之先，我決不能卸責。」（頁 494）他主持會議，公開讚揚范寬湖的戰地服務，范則是一貫自持的莊重。對於說閒話的人，小童認為：「用心的很少……當初用意並不那麼壞。」（頁 550）這些不經心的人實在值得憐憫，有如此寬和的心境，自然平撫了蘭燕梅的創傷。

友愛的真摯，是作者致力的重點之一。馮新銜寫書，可以看作《未央歌》的雛形，馮在書中想寫些「學校生活的情調」（頁 217），可惜書雖賣得好，「那種悲憫過失、奮勉向上的言論卻似乎不大見效。」（頁 520）馮下鄉去當家教，借型於《懺情書》中的鹿樵，說明了此中確有相關之處，那麼書中的大學生讀者單瞧熱鬧，「不清楚這小說的主要動機」（頁 535），是否可以看作是一種提示？在表面的故事之外，它有多少隱喻暗示？

體裁與修辭

《未央歌》的寫作，上承《懺情書》的濃豔而稍轉清麗，主要人物性格象徵化、理想化。書中師生綴句說故事的未開化民族「穿顏庫絲雅」的名目，則沿襲到《人子》中，做印度河北邊一個特別文明、特別有禮教的王國名稱。作者保留中國傳統小說的格局，有緣起，有楔子，其實未必具有如何重要的啟引作用，很可以簡省與後文併合。作者浪漫的筆調呈顯性善的唯美理想。他的人物幾乎都善良、天真、可愛，即使凌希慧的尖刻、小范的刁鑽、宋捷軍的市儈氣，也有他們溫婉、體貼、厚重之處。書中多處使用泛筆，廣泛地以多數群體為鋪描對象。這種普遍共相的描繪，與楔子一樣，留有舊式小說的痕跡。在布局上別具匠心。第 13 章至 17 章（尾聲）都有卷頭語，選錄歷代文人蘇軾、黃仲則、秦少游、錢起的詩詞，末章題詞人呂黛，則是鹿橋本人女性化的筆名，該是作者寄寓深意的技巧之一。13 至 15 章卷頭語反映藺燕梅的思緒，16 章是伍寶笙的視點，17 章是小童的視點。作者著墨，也頗隨情節的緊湊及情思的高昂而有所轉移，大抵更趨文言化。如 13 章藺燕梅的夢境，便採取散文詩般的筆調。修辭方面，作者也顯現了相當的才華。馮新銜曾因小童一語誤中兩道消息，體悟小說對話上要精省文墨。《未央歌》有些場景極具美感，對白也多精潔，舍監趙先生被女生們齊聲喊叫引上樓來，卻只說：「別再這麼直著嗓子喊了！女孩兒家的。」（頁 170）多溫和的指責！學生們和她親暱，溫和地敘說，她推著她們：「學斯文點兒，這群小蜜蜂！不許擠我的臉！」（頁 171）精潔的筆法刻畫出慈藹的形象，和《未央歌》的情調協調，「先生」的稱呼也留存著當代的習慣。

《未央歌》的修辭還善用雙關語。小范爭強好勝，和陸先生爭分數，陸先生不肯曲法。她搖晃著頭，把辮子的綢結鬆脫了，正好被大宴撞到；大宴遇到她刁鑽的時候，只要喊著「辮子，辮子！」她就老實得多。除去實指意義，辮子還賅涵「把柄」落人手中之意。第 13 章藺燕梅的內在獨白，「這草籽既抖它不掉，由它沾在身上算了。」草籽正象徵人生排遣不去的情愁吧？「不能夠飛，走過去也算了。」一切順其自然，何必拘拘謹謹，在意許多細節？這是藺燕梅潛意識裡要開放自我的吶喊！山上頑皮的影子，暗喻日後小童獨得青睞，而大余需要處女的雙臂繞頸成一道潔光，聖者才算完全，也暗合書中知（智）情兩面兼顧的論調。作者的巧妙是在 14 章轉回現實，才知道春夢一場，並引入女主角內心強度的挫辱傷痛，這種浪漫的筆調，很可以媲美湯顯祖的〈遊園驚夢〉。大余與藺燕梅由散民部落回夏令營，藺累乏想倚著松樹休息，大余告訴她樹上盡是松香靠不得，「松樹是好樹。用它蓋房子才經久呢！」（頁 267）大余正是松樹，堪當大任的棟樑之材，但他就是不懂得扶持藺燕梅，除了在夢中，他也不曾讓她靠過身！

在敘述上，鹿橋也偶用穿插補敘手法，宜良車上，飄逸秀麗的修女向村婦述說外甥女的童年事蹟，補足了藺燕梅幼稚歡愛、善解人意及輕愁敏感的形影。藉著這個修女阿姨，才能安排藺疲於歷練時，要逃避到修道院的情節。書中兩次藺出事，緊急找伍寶笙，都是幾經波折，伍「搶救」藺接受白色的面幕，更處理成千鈞一髮，拚死救活，刻意製造懸疑效果。

結論

綜括來說，《未央歌》既是要表現理想，渲染情調，又要藉小童與藺燕梅求證青年磨鍊製造完美人格的歷程，書中一些思想性的哲理闡發便成了作者著書的精義微言。因此，雖然小說不脫抗戰的真實時代背景，部分人物頗有寫實的意味，但是，連書中的地理環境都帶有象徵性質，狀描景物，刻畫角色，著墨細膩而繁於文采，說《未央歌》是唯美的、浪漫的，並非虛語。其中關涉的人生理想層面，就真善美的追求而言，是永恆的標準。《未央歌》，歌未央，後浪推前浪，一代傳一代，把美的都給了下一代，正是鹿橋的泛愛。《未央歌》採納了部分舊小說的格局，鹿橋依自己特殊的偏愛，選用自出機杼的模式，創作天地原本就廣大，就內容技巧言，別具一格的《未央歌》自有它受人喜愛的理由。

——民國 76 年 7 月 5 日「抗戰文學研討會」論文。《臺灣新聞報》節錄，收入「東大・滄海叢刊」《續讀現代小說》

——選自樸月編著《鹿橋歌未央》

臺北：臺灣商務印書館，2006 年 2 月

與時代若即若離的《未央歌》

◎齊邦媛*

自從出版界趕上時代潮流，也用電腦排出暢銷書排行榜以來，引起我最大興趣的是浮沉其間的《未央歌》。許多許多年來，這一本厚達六百多頁的老書，自民國 48 年初版至今四十餘版，一直在不斷進出的新書叢中穩穩地占一席之地。大多數的人稱它為抗戰小說，而它實際上未涉抗戰，年輕的讀者也不見得會為那個時代而讀 600 頁的小說。而如果說它是浪漫的愛情故事，它並沒有寫出真正的愛情。那麼《未央歌》一書生存之道何在？

文學作品當然並不一定要反映或刻畫一個時代，也並非每個作者都有這種興趣和使命感。《未央歌》[1]開篇說明它的緣起，點明了抗戰初起的年月和西南聯大遷至昆明的經過。它甚至還繪出了校園的回憶圖。但是對那一個實際上已經翻天覆地的戰爭，保持的是若即若離的態度。作者鹿橋在〈再版致《未央歌》讀者〉一文中說得很明白：它是「一本以情調風格來談人生理想的書」，但是它——

> 另外有更重要的任務，它要活鮮鮮地保持一個情調，那些年裡特有的一種又活潑、又自信、又企望、又矜持的樂觀情調。那情調在故事情節人物個性之外，充沛於光線、聲音、節奏、動靜之中。……故事困於時代、地點、人物，往往事過境遷顯得歷史氣味太重，很是陳舊。情調由文字風格來傳達，往往可以隔了時代，因一代新讀者自身經驗及想像力

*發表文章時為臺灣大學外國語文學系教授，現為臺灣大學外國語文學系名譽教授。

[1]編按：本文參照版本為鹿橋，《未央歌》（臺北：臺灣商務出版社，1982 年 3 月）。

而更替長新」。[2]

作者確實堅持用這種情調貫穿了全書，「為了一定要另創一個比較永恆的小說中的世界，我想只有用風快的刀一下把兩個世界割開」。被割掉的世界是抗戰時期的現實世界（譬如說抗戰時期的物價）。割掉這現實的世界，文字才能乾淨，人物性情才能明爽，昆明的陽光才會耀眼，雲南的風雨才能洗脫心上無名的憂傷，「如此《未央歌》裡的地方、情節、人物就分外美。盡情的美，不羞不懼地美，又歡樂的美」。[3]

有了作者如此一番交代，讀者即不能用歷史時代觀稱它為抗戰小說了。雖然書中不是沒有八年抗戰，也不是沒有災禍。〈楔子〉中有一句說：「這天是九月二十八日，那時節戰火已遍燃國中。東南，東北，半壁江山已是稀糟一片了。」[4]日本飛機也曾轟炸昆明多次，書中也有三頁描述空襲時民眾的傷亡與驚嚇。但是，對於得天獨厚的西南聯大學生，戰爭的災禍自有它輕鬆的一面：「外文系的學生說：『警報是對學習第二外國語最有利的，我非在躲警報躺在山上樹下時記不熟法文裏不規則動詞的變化。』」[5]流亡學生的貧困也自有天然紓解之道，在校園裡，

> 他們躺在自長沙帶來的湖南青布棉大衣上。棉大衣吸了一下午的陽光正鬆鬆輭輭的好睡。他們一閉上眼，想起迢迢千里的路程，興奮多變的時代，富壯向榮的年歲，便驕傲得如冬天太陽光下的流浪漢；在那一刹間，他們忘了衣單，忘了無家，也忘了饑腸，確實快樂得和王子一樣。[6]

在《未央歌》中，歡樂和喜悅是它主要的情調，無處不在，無時不

---

[2]鹿橋，〈再版致《未央歌》讀者〉，《未央歌》，頁4～5。
[3]同前註，頁5。
[4]鹿橋，〈楔子〉，《未央歌》，頁5。
[5]鹿橋，《未央歌》，頁11。
[6]同前註，頁13。

在，氾濫全書。對於書中人物，「那一霎間」幾乎是他們全部的大學生活。在全書 610 頁中，太陽似乎很少落下。夕陽是畫家的配色碟，「雨季的尾巴就是孔雀的尾巴」。[7]晨昏「兩道寒風的關口，正像是出入夢境的兩扇大門」。[8]而雲南特產的野生玫瑰，「伸着每枝五小片的尖葉，鑲着細細的淺紅色的小刺，捧着朵朵艷麗的花」，[9]從第一頁開到最後一頁，豈止是四季而已！在〈緣起〉章首，即說這花是有靈性的，「每度花開必皆象徵着一個最足為花神所垂顧的女孩子……」[10]

抗戰八年，到了民國 30 年珍珠港事變之後，東南亞多已淪入日軍鐵蹄之下。偌大中國已不止是半壁江山稀糟一片了，而戰火始終未燃至昆明。在西南聯大的校園上不僅弦歌不絕，且維持高深的學術理想，為中國培育了許多傑出人才。而這種有靈性的花一直開著，似乎象徵著不止一個為花神所垂顧的幸運兒，蔭庇他們過著有情趣的大學生活，讀書，交友，戀愛，盡情地追求歡樂與美，全然不見顛沛流離，生離死別陰影的威脅，這豈不是比桃花源更令人神往的境界嗎？能吸引今日青年讀此書的，這必然是一個主要的因素。

但是這本書卻絕不能稱之為抗戰文學作品。書中人物和故事發生在那一場天翻地覆的戰爭邊緣，不但未受波及，而且看到了真正太平時代看不到的景象；思索了一些太平時代不會想到的問題。譬如滇緬公路上發國難財的單幫客，把昆明的市區染上了物質浮華的天堂假象，書中人物如宋捷軍者流就棄學從商，成了「白手起家」的小暴發戶。緬甸戰局惡化的時候，中國軍隊與盟軍聯合入緬，徵調了一些四年級的外文系學生做翻譯官，然後又募了一些二三年級的外文系學生和各系有特別技能的學生隨軍服務。緬北、滇西的密支那、瓦城、臘戍等城告急的時候，歸僑與難民湧進了昆明，西南聯大參加了政府的急救工作。書中男女主角全曾在一部紅

[7]鹿橋，《未央歌》，頁 11。
[8]鹿橋，《未央歌》，頁 15。
[9]鹿橋，〈緣起〉，《未央歌》，頁 1。
[10]同前註，頁 2。

十字會的救濟車上奉獻心力。有時也會自問，活著是為什麼呢？

> 看見報紙上什麼地方有了天災。立刻在腦中繪出一幅哀鴻遍野的景況，又想到那裏還有戰事，又想到身邊的社會也不健全，又想到全世界竟無一是處。馬上做刺客？馬上作兵士？全殺不完各種的敵人！馬上去救災？馬上捐掉所有的錢？明天報上的災情仍是嚴重。[11]

只是這樣的苦思不多，幾乎完全不影響全書輕快歡愉的情調。對於這一批幸運兒，戰爭是什麼？民族的生存和前途是怎樣？似乎只有極模糊的觀念。甚至有一種事不干己的距離，乃至冷漠。書中有一段寫遷校第三年，學生們為了抵抗奢靡的昆明市聲，

> 可憐，他們便提高了喉嚨念書。用自己的嗓音阻塞自己的耳朵。他們是不怕空襲的。有了空襲時，他們說：「炸罷！我們這個病人，病根深得很，戰爭的醫生，多用些虎狼之劑罷！」[12]

為何會如此全無憂患意識呢？是誰在投彈，炸的又是誰？既是中國人，又是大學生，怎會有如此怪誕冷酷的戰爭觀？

以這個角度看《未央歌》，覺得這些俊男美女好似參加了一場路程數千里的郊遊，來到了一個芳草鮮美的桃花源。男耕女織非關我事，知識的追尋輕而易舉。政治鬥爭、思想憂國都休提起，在他們追求美與愛的過程中，容不下「世俗」的憂患意識。參加者的名單是由幸運之神親自圈選的。

抗戰時期，由淪陷區遷往四川與雲南的大學由於新址與主持人氣質的不同，亦自有其不同的命運，雖然都達到了高等教育的目的。

構成西南聯大的三校，北大、清華、南開，原是中國最具自由學術傳

---

[11]鹿橋，《未央歌》，頁 272。
[12]鹿橋，《未央歌》，頁 317。

統的大學，在中國近代文化史上有各具特色的地位。由北平天津輾轉遷往昆明，路途千萬里，若沒有高瞻遠矚的安排和克服萬難的毅力，豈能辦到！想到半世紀前運輸能力之落後，路途之險阻，更令人肅然起敬。《未央歌》的〈楔子〉故意以舊小說手法敘述一段該校與土地之緣，莫非也是說明人間因緣際會，幸與不幸亦是傳統所謂的天意？查良釗先生在〈憶西南聯大〉(載《永懷查良釗先生》書中，傳記文學出版社，民國 75 年 12 月出版）開篇即列出該校精神是：

自然　自由　自在

如雲　如海　如山

進一步他更詳述樹立在昆明校園上的「國立西南聯合大學紀念碑」上所列四點：

1.我國歷史亘古亘今，亦新亦舊。

2.三校聯合八年之久，合作無間，同不妨異，異不害同。五色交輝相得益彰，打破了「文人相輕」之惡形相。

3.萬物並育而不相害，道並行而不相悖；小德川流，大德敦化，此天地之所以為大。斯雖先民之恆言，實為民主之真諦。聯合大學以其兼容並包之精神，轉移社會一時之風氣。內樹學術自由之規模，外扛民主堡壘之稱號。違千夫之諾諾，作一士之諤諤。此其可紀念之三也。

4.稽之往史，我民族若不能立足於中原，偏安江表，稱曰南渡。南渡之人未能有北返者。晉人南渡，其例一也。宋人南渡，其例二也。明人南渡，其例三也。風景不殊，晉人之深悲；還我河山，宋人之虛願。吾人為第四次之南渡，乃能於不十年間收恢復之全功。庾信不哀江南、杜甫喜收薊北，此其可紀念之四也。

此碑樹於抗戰勝利，三校北返復校時。而查先生寫此追憶於個人第五次南渡之後，嗟歎當年喜悅之短暫，40 年間「往事已為陳跡，環顧世局，變化多端」，北返之期許又已為遙不可及的還鄉夢所代替。查先生孤獨半生，和許多同輩人物一樣，終於埋骨於此。而西南聯大的「自然、自由、自在」的學術研究精神；「如雲、如海、如山」的人生胸襟，今日何處可尋？

《未央歌》既是寫這樣一個校園上的故事，而昆明也確實倖免戰爭蹂躪，它所要保持的在那個幸運的地方曾經有過的「一種又活潑、又自信、又企望、又矜持的樂觀情調」也就無可厚非了。書中最真實，也較有深度的，是一些學生們的會話。如朱石樵、宴取中、伍寶笙、余孟勤和童孝賢（小童）間對話很傳神地反映了 40 年前的大學生的思想內容：他們對國家、學校、課業的看法；對人生的困惑與探討；窮困中自娛的生活情趣……，種種都有他們的看法，雖然是「大學二年級」（Sophomoric）的論點，卻有一種深度，一種從容，這種深度和從容必然是校園的理想風格的產物。這自然、自由、自在；如雲、如海、如山的氣度，對流亡無家，正在成長年齡的青年人該有極大的引導作用吧。這種幸運當然遠比一切外在的影響深遠。這也許就是它生存之道之一。

原載民國 76（1987）年 7 月 5 日《聯合報》副刊

——選自齊邦媛《千年之淚》

臺北：爾雅出版社，1990 年 7 月

未央的童歌

◎周芬伶*

起評點

《未央歌》印行接近半個世紀，完成年月超過半個世紀。

半個世紀，依老批評家的標準，已達到起評點，亦即通過歲月的嚴苛淘汰。鹿橋的狀況跟張愛玲的作品相似，作者一生未在臺灣生活過，卻在臺灣擁有最多的讀者。只比張愛玲大一歲的鹿橋，兩人同樣文采早發，而且是《西風雜誌》徵文比賽的同臺競技者，這個被張愛玲視為搶走她第一名寶座的敵手，雖說是場誤會（鹿橋在《市廛居》澄清他只得第八名，可見這個徵文獎確實有眼光），兩個人在臺灣同樣享有盛名且廣受喜愛，所不同的是，張愛玲的讀者年紀較長，鹿橋的讀者年紀較輕；研究張愛玲的學者專家多不勝數；研究鹿橋的學者寥寥無幾。

我始終認為《未央歌》、《人子》是不錯的青少年讀物，《人子》比《未央歌》更具文學價值。以臺灣的立場論之，《人子》比《哈利波特》、《蘇菲的世界》重要，可視之為《城南舊事》同級之作品。我們的青少年讀物一向營養不良，且患著嚴重的「崇洋」症。前人列出的中學生書單多是洋書，我認為現代文學中楊逵、張文環、林海音、琦君、鄭愁予、三毛的若干作品是優良的青少年讀物。

*發表文章時為東海大學中國文學系副教授，現為東海大學中國文學系教授。

至真至善至美

青少年時期正是孕育理想，由一走向多的人生轉捩點，如果未曾見過那至真至善至美的，又如何能面對千瘡百孔的現實世界？與其說《未央歌》受《儒林外史》、《水滸傳》影響，不如說複製《紅樓夢》大觀園的青春樂園神話。不同的是，寶黛十二金釵的思想言行比他們的實際年齡早熟；而童伍梅的思想言行比實際年齡晚熟，尤其是小童、燕梅的行止活脫是兒童！一個是整天地玩荷蘭鼠，一個是滿口「姐姐」撒嬌個不停，西南聯大是兒童樂園，《未央歌》是則童話。

青少年的特徵是純真熱情崇拜偶像，《未央歌》創造的偶像不但多而且與卡萊爾的英雄崇拜理論不謀而合，卡氏標舉「熱誠」為英雄的共同特質，並建構英雄創造的歷史；鹿橋則化約「天真」為偶像的共同特質，並建構偶像建築的校風。天真為外在的行止；熱誠為內在的品質。書中的伍寶笙說：

> ……把校風就建築在幾個人身上；讓大家崇敬，愛護又模仿。這個人必要是一個非凡的人。她或他，本身就是同學一本讀不完的參考書。

把偶像視為參考書，讀人與讀書一樣重要，這太合青少年的脾胃了。如果說《未央歌》寫得不夠深刻，正是太拘泥於舊模範生的標準，書中的模範生首先要功課好，第二是純真，第三是多才多藝，藺燕梅看起來就像才藝班出身的小學模範生。

思想陳舊是這本書的缺點之一（正面地說它保存傳統文化）；文體蕪雜是缺點之二。作者自言「《未央歌》是我主張、提倡，力行實驗我所謂『新文言』的一篇試作」，隨意充斥的風景靜態描寫，以及長達 56 萬字的新文言，在在令讀者吃不消。

在戒嚴時期，復興中華文化的口號下，《未央歌》糾結著五四、知識分子、世界民、神州中國等種種情結與遙想，成為青年學子尋求的烏托邦與大學夢。多少學子一面讀著《未央歌》一面鞭策自己考進大學，我讀中文系時就有多人提議以陰丹士林旗袍和長衫作為系服，大作《未央歌》之夢。卻粗心地忽略童伍藺大多穿的是洋服，尤其是藺，穿蘇格蘭裙，戴小紅帽斗篷，還跳芭蕾舞。

未能親歷五四，大約是其時大學生的普遍遺憾，在魯迅、丁玲、茅盾、巴金……還是禁忌的時代，大學生在《未央歌》中尋找五四與中國，還有大學缺少的理想。

魯迅、巴金、張愛玲描寫的知識分子是頹廢、絕望的。《未央歌》走出一系列樂觀，完美的大學生，因著歷史的失焦與失真，擊中臺灣大學生的「醉點」。在認同焦慮下，它無疑是迷醉人心的田園牧歌、樂園神話；然而在解嚴後的多元價值，多元入學社會體制中，純真不再，理想失落，《未央歌》卻殘酷地成為「刺點」！

校園通俗小說系譜

《紅樓夢》建構少年菁英樂園神話原型：在此原型下，如果 A＝少年菁英，X＝樂園，Y＝結婚或畢業，Z＝衰亡或離散，那麼 A1＋A2＋A3＋A4＋A5……＝X＋Y＝Z。此公式已成為同類小說的公式。從《未央歌》以降，到無名氏《塔裡的女人》、司馬中原《啼明鳥》、華嚴《智慧的燈》、於梨華《錣》、瓊瑤《幾度夕陽紅》、朱天心《擊壤歌》、《方舟上的日子》……，皆可納入此情節公式中。

奇妙的是它的核心價值多是古中國的詩書禮樂之教化，有的加以希臘哲人追求均衡健康之美，有的加以耶穌教會聖潔之美，很少與當時的主流價值相呼應。它們就像志怪在魏晉，章回在明清，看起來既陳舊又特異，都是知識分子在亂世中的逃世文學、復古文學。不管是援儒入道，或援儒入禪，《未央歌》的思想或文體是這系列作品最保守的。不合時宜的論調隨處可見：

……《未央歌》每在情感一上升的時候就往新文言方向走。到了第 13 章，……文字還是可以上口，可是離口語就越來越遠，或化成散文詩或是帶了韻。

……男人如果不前進、不大膽，那還成什麼男人？可是女孩子如果不抵抗、不保守，也是不盡責、不合作。

……本來是女孩子嘿！我們就是這個樣兒！你們愛不愛！

作者最得意的地方卻是最失敗的，如第 13 章描寫少女的情思，濫情傷感到歇斯底里，通篇的新文藝腔。作者用力寫女人，也許過於用力反而不成功。過度美化或神化女人，並不能把握女人的真實，只會讓女人分裂。相比之下，小童、大余，有些配角反而成功。同類小說也有此傾向，性別意識保守而僵硬。

這類作品有些沒有流傳下來，復興文化堡壘橫長的奇花異卉，在現代化／社會沒有意義，在後殖民視野下卻深具意義。復古是尋找主體性的契機，卻也是自裹小腳的退化。

因此，鹿橋式的天真是進步的理想或退化的理想？我寧可相信是後者。

如此人子

跟《未央歌》相比，《人子》較簡鍊、精闢、富於想像力，可以將之視為一則又一則的成長寓言。〈幽谷〉、〈忘情〉寫誕生；〈人子〉、〈靈妻〉、〈鷂鷹〉寫犧牲與代罪羔羊；〈宮堡〉、〈皮貌〉寫重生與蛻變；〈獸言〉、〈明還〉、〈渾沌〉寫返璞歸真；〈不成人子〉寫人身難得。其中〈鷂鷹〉、〈人子〉寫得精神活跳；〈明還〉、〈皮貌〉意境最美。作者時而老莊，時而易理禪機，表現中國人生哲理之美，文字比《未央歌》成熟精美。中國現代小說，哲理小說最不發達，鹿橋《人子》雖無莊子之恣肆，卻有蒲松齡之魅麗。最可貴的是言簡意賅，深入淺出。對初入文學哲學殿堂者是不錯的入門書。

中晚年的鹿橋天真如故，與其說他是道家的，不如說他是富於原始思考的作者，這種作者相信直覺，不擅長客觀分析，多是童話、寓言、詩歌的創作者。他們愛好自然，反對文明破壞，鹿橋自稱是充滿「農家情操」的人，他挖池造林，自闢「延陵乙園」，如陶淵明優游山海田園之間。《未央歌》可比〈桃花源記〉；《人子》可比〈形影神問答〉，那麼《市廛居》可比〈五柳先生傳〉了。中國的亂世不出轟轟烈烈的史詩，反而大興神怪隱逸之作，豈不奇哉？

《人子》在 1970 年代的臺灣文學可謂異數，在一片鄉土寫實運動中，它走向寫實的另一端；卻豐富了文學花園，與馬森的《腳色》、張曉風的《武陵人》、《哭牆》闢出哲理小徑；其後是陳冠學、李永平、王幼華。在西方哲理小說又現熱潮，米蘭昆德拉小說盛行之際，我們的哲理小說迄未留下空白。

閃爍金身

天真冠冕諸道德？光有天真實不足以成為偉大的作家。沒有歷練，沒有激勵，天真無以為繼。婚姻家庭美滿，穩定的教職，使鹿橋成為內斂幽微的美術史學者，沒有再創出另一個天真的神話。最後他對美的定義是：「完美只能在自然現象裡看見一剎那、一剎那、閃爍的金身。」也許他擁有過這樣的一剎那，故而不再言語。

——選自《中國時報》，2002 年 4 月 5 日，第 39 版

歌為誰未央
評鹿橋的《未央歌》

◎汪楊*

翻印 55 次，總印數達 200 萬冊的《未央歌》，是影響海外華人幾代人的青春聖經。這部在國內鮮有人知的長篇小說，「幾乎無一字不悅目，無一字不賞心」，可惜，繪於 1945 年的「這一朵穗華，在內戰烽火中成熟，迄無人收割，任風吹雨打」。《未央歌》在大陸的首次發行是在 1990 年，收編在《中國現代文學補遺書系》中，屬於學術圈的內部發行。2008 年按照鹿橋先生的遺願，黃山書社以繁體字橫排出版了單行本。這「是一部以西南聯合大學及昆明為背景寫的小說，描寫抗戰時期年輕學生的生活跟理想」，「鹿橋描述的西南聯大」，「已經成為我們關於現代中國大學的最為鮮活的記憶」，在「現代史上影響深遠」。

一

近年來，各領域諸多知名學者回憶錄的付梓出版，使得在抗戰時期組成的西南聯合大學，儼然成為了學界所公認的現代學術聖地。「從 1941 和 1942 年起，持續的惡性通貨膨脹，逐漸使一貫為民主自由奮鬥的聯大，變成一個幾乎沒有『身份架子』、相當『平等』、風雨同舟、互相關懷的高知社群。達到這種精神境界的高知社群是我國近現代史上的佳話」。

為這樣的地方，唱一首未央的歌，自然也是合情合理的選擇。只是，「梁園雖好，非久戀之鄉」，更何況歷史的真實在本質上其實是個不可企及

---

*發表文章時為安徽大學中文系講師，現為安徽大學文學院副教授。

的幻影。我們對於西南聯大的想像是建立在個人回憶的基礎上，無法迴避私人情感的追憶，又會在講述中附加上多少朦朧虛化的成分呢？與鹿橋同為西南聯大畢業生的何兆武就曾坦言，「這本書寫的不像歷史的真實面貌，因為真正的西南聯大生活哪有那麼美好」。鹿橋本人的聯大歲月也確有過靈魂的苦痛：李賦寧在回憶馮友蘭先生的一篇文章中提到，吳訥孫（即鹿橋）曾經有一段時間想到過自殺。後來找馮友蘭先生談了一次，才找到了「活著的勇氣」，精神是脆弱敏感的，物質也是極端困窘：《未央歌》是靠朋友找紙張，連鋼筆墨水都得加水調稀方才得以完成的。然而，這一切，卻絲毫不妨礙鹿橋繪製出「像詩篇又像論文似的日子」，他還篤定地強調：「有人說世上哪有這麼美的？可是懂得《未央歌》的人抽不出時間來回答。」

在《未央歌》裡，一切都是「黃金似的美好」：天空是晴淨無雲的，太陽是最叫人愛的，雨景是如夢如幻的，這群學子們是「只有愛沒有恨的，只有美沒有醜的」。鹿橋其實是將自己對社會、對人生的理想情結外化成了這一部《未央歌》，他以一種黑白分明的執拗姿態，高舉高打，「帶著濃厚的愛，夢著永恆的青春，到處捕捉生活中甜蜜的影子」。對善與美真誠而又堅定的信仰，使得鹿橋「不能容納任何反諷的文學感性」。因此，《未央歌》裡沒有「舊社會的悲哀和苦趣」，它觸目皆是明亮溫暖的歡樂，甚至也沒有年輕人所特有的「為賦新詞強說愁」：《擊壤歌》裡那個身處平和歲月無憂無慮的小蝦，還會偶爾感慨一句「青春有時是件累人的事」，無端地去哭濕一條紅磚路；而戰爭陰雲下的那群青年們，卻是一色的積極向上：他們「樂觀得忘了愁苦，健康得忘了創傷」。

這些經由《未央歌》而散播的情調，是鹿橋對於這個世界真摯的勾勒：沒有恐懼的自由，無限可能的未來，明朗充實的現在。試問，有誰能抵抗得了這樣的情感觸動呢？有趣的是，這既是《未央歌》輕易贏得讀者共鳴的原因，卻也是評論界認為它膚淺、難登大雅之堂的理由：臺灣學者尉天驄在鄉土文學論爭的重鎮——《文學》雙月刊中就認為《未央歌》有意迴避了現實的苦難；大陸學者姚丹也認為《未央歌》只是「一種浪漫主義的理想的」「牧歌情調」，「無力走向人類心靈的深處，而只成了一些概念的形象化圖解」。但也有學者對此持反對意見，齊邦媛就曾先後兩次撰文，肯定《未央歌》是一部巨著。不可否認，《未央歌》裡的確滿是人性天真的莊嚴與絢麗，「美麗得如水中的花影，霧裡的山川，夢中的年月」。它究竟是作者用以避世的蜃樓，還是其入世的前臺？它是專屬於青春的夢囈，還是人性的禮讚？焦點就在於理清鹿橋所縱情歌頌的這個「未央」是怎樣的世界。

二

1998 年，鹿橋去臺灣時曾被讀者追問過書名的含義，他解釋說，「未央」一詞源於出土漢磚上所寫的「千秋萬世，長樂未央」，意為「過去的來源不知道，未來的結尾也不清楚」。顯然，鹿橋眼中的「未央」是一個發展的概念，而非一成不變的靜止。鹿橋明確強調，《未央歌》中的校園是「用一切新方法求更新一步的進步」，是不斷變化的、「掙」而後得的世界。正是這一特點，使得《未央歌》與一般的青春文學得以區別。

正是因為沒有天長地久的幻象，鹿橋筆下「未央」世界方是真實的所在。鹿橋一直是在坦然地面對著「變」，也正是因為承認「變」，《未央歌》中的那些「不變」才顯得那麼的有力、可靠，而這樣的樂園方是生生不息的。藺燕梅曾許下過「玫瑰三願」：「我願那妒我的無情風雨莫吹打；我願那愛我的多情遊客莫攀折；我願那紅顏常好不凋謝！——好教我留住芳華。」這三願就完全是機械的程式化呼喚，是不可能實現的念想。因此，藺燕梅很快就意識到了自己的錯誤，「『紅顏常好不凋謝』是不應該的，也是不可能的。我們貴在會凋謝，我們因此才愛護容顏。我明白了。我不妄求了」。

為了在「變」中尋找那個「不變」，鹿橋一直強調樂園是「掙」而後得的，《未央歌》裡的青春是蠟燭下的苦讀，是攜手赴國難的堅毅，是一次一次成長的掙扎。戰爭所帶來的死亡陰影，更促使《未央歌》中的學子們倍加珍惜當下。鹿橋也曾感慨「今天大家覺得樂觀難，其實《未央歌》中那些年樂觀又何嘗容易」，這「何嘗容易」，就是他對於「掙」的感悟。鹿橋也曾直言自己「至今懷念雲南」，但他隨即強調「若是說別的地方就不能叫我們愛，那怎樣可以」。《未央歌》之所以引人嚮往、被人眷念，不是因為它是唯一的愛與美的所在，而是因為它的不可替代：在這個地方能夠「學會了整個的愛：愛自然環境、愛動植物、愛人、愛他們的心境，然後才知道怎樣去愛別的地方，去愛整個世界」，「一旦看見了這條明路，誰還能再閉上眼」。有此「未央」在心中，青春自然也就不可能是一本倉促的書。所以，在小說的結尾，履善才會感慨，「這個看起來竟像個開頭，不像個結束」。正因為對於「變」的體悟，才有全文的「掙」而後得，《未央歌》也就不是膚淺的、流於一時的青春文學、校園文學，它是對於愛與善的「保真」。當然，要將這全心全然的美與善落在實處，單單有這樣一處好地方去保存它是遠遠不夠的，裡頭旋生旋滅的人的傳遞才是關鍵。

三

《未央歌》中有一個耀眼的人物——藺燕梅，她是小說招致批評的主要原因。富裕完滿的家庭，懾人心魄的美貌，令人讚歎的才能，如此完美至善的藺燕梅，從家到學校，人人都愛她，真正是集萬千寵愛於一身。鹿橋似乎將這世上最炫目的形容詞都加注在了這個人物的身上。小說一開篇，鹿橋就講述了一個關於校園玫瑰的神話般傳說，後文又有藺燕梅的「玫瑰三願」，不少人據此認為藺燕梅就是鹿橋心目中的「玫瑰花神」，是美與善的具體承載物。而這個人物，根據鹿橋西南聯大同學的回憶，《未央歌》中的各色人等都能找到原型，唯有這藺燕梅，過去是沒有她的。鹿橋自己也承認藺燕梅是全然虛構的，這般十全十美的人物，現在和將來都不可能找到。拿如此不真實的人物當作故事敘述的主體，《未央歌》自然也就會引來「烏托邦、與世隔絕、女性形象流於刻板的情緒化與感性」等負面評價。可問題的關鍵在於，鹿橋設置藺燕梅的真正目的是什麼？其實，鹿橋的本意並不是要講一個全知全能的「善知識」，恰恰相反，鹿橋筆下的藺燕梅是尚需引渡的「十方虛空」。

不可否認，《未央歌》裡的藺燕梅的確是「全校公有的一份驕傲」，人人談起藺燕梅都像是「自己夢中的一位女神，自己只配稱讚她，而也只能稱讚而已」。然而這份美譽本身，就矛盾地摻雜了必然淪落的宿命——女神原本就不應存在於人間的，「這悲劇是注定了的」。只消一場戀愛，就會立刻褪去她身上神仙的光彩，還原凡人的本色：「我崇敬你，禮拜你。我向你焚香，歌頌。我要向你獻鮮花，可是你如果肯垂青，我就把我自己代替鮮花獻上。我哪敢受你一句道謝的話？你肯收留已經令我喜歡得化成灰也願意了。我覺得遍體都生光彩，我整個都是你的了！」這般卑微的對於愛的乞求與呼喚，是藺燕梅內心的企慕與渴盼。她是天性向善的，但家世也好，容貌也罷，甚至於她唱歌和跳舞的才能，都無一不是天賦使然，能賜予的就能隨時收回，「未來的事這麼難想像，今天的快樂也就不叫人敢多享受了」。藺燕梅實是一無所有的虛空，她是悲觀的，是一個需要時時加以引導的人物。

和《青春之歌》中的林道靜相似的是，藺燕梅的出場儼然也是「羔羊」——剛下車的她與剛上車的林道靜同是處在男性的目光之下，只不過林道靜是「獻祭」給政治話語下的家國革命，而藺燕梅則是奉獻給個性自由的理想之風。藺燕梅「天性不容有一根梳不光的頭髮，不能忍見一丁點兒不幸的事」，她「只會依順，為情為理，她反正是依順人家」，真是像生活在童話世界的「白雪公主一樣呀」，「成長」是所有童話的夢魘。彼得・潘就要永遠迴避長大，但鹿橋是不會為藺燕梅挽住時空巨輪的，他要推著藺燕梅走出夢境。《未央歌》的第 13 章是藺燕梅專章。這一章裡春光濃豔如畫，有花有草，有小動物，有自己傾心的愛人，所有的一切無一不是依著藺燕梅的喜好。但這一章是小說中唯一的一次幻想，幻想是童話的核心，也是童話的靈魂。夢醒之後，迎接藺燕梅的是「纏綿絲盡抽殘繭，宛轉心傷剝後蕉」的苦痛現實。童話宣告終結，蘭燕梅卻也因此而尋到自己的人生之路。

而隨後蘭燕梅的重生也正傳達了鹿橋對於人生非常樂觀的表達。他是不忍心讓任何人受苦的，他不是不明瞭人生的苦痛，但他更願意在這漫天灰暗中釋放出自己的善意。因此，在蘭燕梅的掙扎中，鹿橋一定會給出希望，也正因為這希望的存在，那痛苦的無望的糾結其實不過是一場抵達樂園的修煉而已。鹿橋已經借小童之口說得很清楚：「如果是天上一位女神下凡，那麼天人相隔，誰又關著誰的事？」顯然，在鹿橋的眼中，蘭燕梅代表的是未經雕琢、尚未開啟的美與善，她與生俱來的品德是其「一片明淨伶俐的女兒心境」。在他看來，蘭燕梅不過是在這人生的舞臺上，幸運地被派到一個幸運的角色。為了讓讀者相信這個人物的真實性，鹿橋不惜篇幅，讓蘭燕梅的阿姨巧合般地出場，如此冗長的內嵌故事，就是為了給蘭燕梅的行為一個合理的解釋——要想真正成就蘭燕梅的神話，她就必須走出假象回到真實。所以，《未央歌》裡的蘭燕梅就必然要經歷一番淘金琢玉般的苦難，如此便不難理解為什麼珍愛她的伍寶笙，在明知蘭燕梅將要被「大余那寒霜似的思想」凍傷的時候，仍然選擇「還是把蘭燕梅交給你吧」；小童更是認定「別人救不了」。因為唯有經歷這脫胎換骨的「九九八十一難」，蘭燕梅方能醍醐灌頂，「成為不屈，不撓，不脆，不嬌的人材」，這「是一種叫生命充實的使命」。

有意思的是，西南聯大奉行的是西方教育體系，而「五四」以來，西方文化思潮一直是被視為彰顯民主與科學，拯救國家與民族的利器，但鹿橋是極鍾愛中國傳統文化的，他一再申明「最私淑的兩部舊小說是《水滸傳》與《儒林外史》」，而在《未央歌》裡，他也屢屢暗示自己「多年來細讀這兩部書之樂」。他隨後創作的《人子》、《市廛居》也都浸透著古文化的氣息。而在時任鹿橋歐洲文學史課的老師吳宓的日記裡，鹿橋是「屢無理取鬧」的差生，《未央歌》裡這個看上去什麼都好實際卻水土不服的蘭燕梅，恰恰被鹿橋安排在了外文系，這究竟是無意的巧合，還是暗中代表了鹿橋對於西方文化的不同看法呢？

四

當年的學術與現實之爭已然成為過去。鹿橋用《未央歌》去譜寫的是他對這個世界無差別的善意，是決然的正面文學，哪怕是謬誤，亦可以在他的筆下衍生出正確。《未央歌》的出版引發過一場猜謎的風潮，人人都在尋找這未央世界的歌者：藺燕梅用她的成長感知著未央的存在，她是歌聲的皈依者；伍寶笙呢，就像藺燕梅所打趣的那樣，她就像管家，一切從從容容，哪一刻在哪一個地方一定能找到她，是忠實的守護者；余孟勤更不可能是歌者了，他在學校掀起了一場死用功的風潮，是苦行僧似的修煉者。這所有人都太過個性化，個性是真實的象徵，但個性也是不可複製的。難道這讓人迷醉的未央世界真的只是一場歷史巧合的幻影？它只有在特定時空才能存在，不復有推廣性？

在〈再版致《未央歌》讀者〉中，鹿橋強調這部小說無主角。他不願讀者「只從表面聯想到認識的人，而忘了這些人共同的理想」，忘記《未央歌》真正的含義，所以小說「自始至終雖然寫的都是這個『我』，反而全書精神是真正『無我』的。沒有各別的我，只有那個樂觀的年月中每個年輕人的面面觀」。其實，歌者是小童，或者說，鹿橋通過小童，寫出了自己心中珍而重之的「我們」。小童即「我們」，是有敘事學依據的。鹿橋常常忍不住跳出來，以「我們」的口吻說話，而稱「我們」時，「我們」就是指鹿橋反覆強調的理想。比如，「不知道的人說我們所為何來呢？我們卻得了無上的快樂」；「我們也沒法子責備他，因為他是在走他分內的一條路線」，「而模本，以我們的看法來批評……」明明是馮新銜一個人寫的書，小童卻說「在這書裡，我們告訴人家說；這是我們在書中的第一個意思，我給下了個注解」，「我們寫小說尚且如此……我們同學朋友之間更要小心批評」；再如，「這個小童的口氣好大呀！」這其實也是有個「我們」在評判。

小童是什麼特點？他「什麼方向也可以看得見，什麼意見也肯聽聽試試」，「他見了大宴，一切便是大宴，見了伍寶笙，一切便都是伍寶笙」，也就是說，小童是隨物賦形的，沒有自己的，而「無我」，正是鹿橋所要強調的最大的自己。在《未央歌》裡，小童沒有自己的私人空間，他的事天生就祕密不了，如果說小說中有不合常理的人物，那麼這個人物並不是上文所說的藺燕梅，而正是這「諸法無我」的小童，他就如同救世的寶物一般，「又可以這樣，又可以那樣」。相較於亟待教育和改造的藺燕梅而言，小童才真正是被鹿橋所偏愛的人物，這個一出場不洗臉、不穿襪子的小童，「隨處做主，立地皆真」，「他就事論事忘了自己」，作者不過是「假手於他去顯示一個奇蹟罷了」。小童是你，是我，是所有「親愛的朋友」。借由小童，我們方可明瞭和記憶《未央歌》中的美與善，也借由小童，我們方可相信鹿橋筆下的未央世界是真正存在過的。正因為肩負傳遞《未央歌》精神的重任，所以故事中的小童是無處不在的。「小童走到那裡，那裡的空氣便明朗了，快樂了」，小童正是鹿橋全文敘事的具化物，他存在於這個世界，但並不特屬於哪一個時代。作為故事的一個人物，他的存在是否合理已經並不重要了，因為鹿橋設置小童，就如同他自己所言，並不是要去為某一個特定人物描摹畫像。他加諸在小童身上的是全部的未央精神，即便小童因此變得模糊不明，但精神本身就如指路明燈一般吸引著讀者的注意力。也正因為如此，在這「未央」的歌聲中，唯有這小童「走得最晚，恐怕也去得最遠，到現在也許還沒有回來呢」。

參考文獻：

- 司馬長風，《中國新文學史》下卷（香港：昭明出版社，1978 年）。
- 何炳棣，《讀史閱世六十年》（桂林：廣西師範大學出版社，2009 年）。
- 蘇友貞，《禁錮在德黑蘭的洛麗塔》（上海：三聯書店，2006 年）。
- 姚丹，《西南聯大歷史情境中的文學活動》（桂林：廣西師範大學出版社，2000 年）。

・胡蘭成，《禪是一枝花》（上海：上海社會科學院出版社，2004 年）。

——選自《教育研究與評論》，2010 年第 6 期

《圍城》與《未央歌》中大學形象的比較

◎花曼娟[*]

一

歷史上曾存在的西南聯大走進了文學的殿堂，經過作家的調色與加工，展現著不同的藝術之美。《圍城》連載於 1946 年 2 月至 1947 年 1 月的《文藝復興》上，錢鍾書在《圍城・序》中說：「角色當然是虛構的，但是有考據癖的人當然也不肯錯過索引的機會，放棄附會的權利的。」包括楊絳也曾指出：「鍾書從他熟悉的時代，熟悉的地方，熟悉的社會階層取材。但組成故事的人物與情節全屬虛構。儘管某幾個人物稍有真人的影子，事情都子虛烏有；某些小情節略具真實，人物卻全是捏造的。」[1]這樣的辯白當然是無須懷疑的。小說只是小說，藝術畢竟不同於真實，但楊絳的辯白卻從反面證實小說的取材是錢鍾書所熟悉的時代、地方和社會階層。錢鍾書在寫《圍城》之前，基本上活動於大學之間：清華大學四年的大學生活，後執教光華大學，留學牛津，回國後在西南聯大任教一年，後來去了藍田國立師範學院，復旦女子文理學院。所有這些都可能成為《圍城》的取材武庫。錢鍾書留學歸國後，欲到西南聯大任教，吳宓向校方薦聘其為教授，而校方頗有異議，說「錢鍾書的學問尚欠火候，暫時還只能聘為副教授」。錢鍾書在西南聯大執教一年，後去湖南國立藍田師範學院任教。這

[*]發表文章時為安徽大學文學碩士。

[1]楊絳，《記錢鍾書與《圍城》》（北京：人民文學出版社，1991 年），頁 341。

些經歷都與小說中的情節有太多的相似，並且有學者考證「三閭大學指西南聯大無疑」。

夏志清說：「《圍城》是中國近代文學中最有趣和最用心經營的小說，可能亦是最偉大的一部。作為諷刺文學，它令人想起《儒林外史》那一類的著名中國古典小說。」[2]《圍城》是一部反映 20 世紀 1930 年代中國社會現狀和知識分子生活情態的諷刺小說，人們稱它為 20 世紀 1940 年代的「新儒林外史」，在《圍城》中，對現代知識分子的文化意識、道德觀念、複雜心理，尤其是陰暗心理方面進行了深刻的文化反省和文化批判。三閭大學的校長高松年的老謀深算、道貌岸然，「高松年發奮辦公，親兼教務長，精明得真是睡覺還睜著眼睛，戴著眼鏡，做夢都不含糊的」。[3]這樣一個會算計的偽科學家，將方鴻漸等人玩於股掌。歷史系主任韓學愈竟然是方鴻漸克萊登大學的「校友」，方鴻漸在買這張克萊登大學的假文憑時，立志只是用來哄自己的父親和丈人的，「也是孝子賢婿應有的承歡養志。反正自己將來找事時，履歷上決不開這個學位」。[4]後來他也的確是這麼做的。當他在三閭大學聽聞韓學愈竟是克萊登大學的博士時，其諷刺意味十足，韓學愈撒謊不像方鴻漸還要講良心，他是撒得理直氣壯，除了博士文憑之外，他還說自己著作散見於美國《史學雜誌》、《星期六文學評論》等大刊物。其實，他的著作只是求職廣告：「韓學愈，中國青年，受高等教育，願意幫助研究中國問題的人，取費低廉。」和「韓學愈君徵求二十年前本書，願出讓者請通信某處接洽。」這樣一個騙子，卻表面裝得木訥老實，他為給自己的太太爭取教書的職位，不惜鼓動學生在孫柔嘉的課堂上搗亂。而其他如李梅亭的偽善、滿口仁義道德實則滿腹男盜女娼；顧爾謙的逢迎拍馬，汪處厚的拉幫結派、官僚作風；范小姐的矯揉造作等等，可以說是知識分子的群醜圖，錢鍾書以一種諷刺的筆法刻畫出現代大學中知識

---

[2]夏志清，《中國現代小說史》（上海：復旦大學出版社，2005 年），頁 282。
[3]錢鍾書，《圍城》（北京：人民文學出版社，1991 年），頁 182。
[4]同前註，頁 10。

分子的生活情態，種種醜陋與陰暗皆被捕捉到並放大、渲染，作者對現代大學及知識分子是批判的，毫不留情的。

二

與《圍城》相比較，《未央歌》中的西南聯大卻有著另一番風貌。鹿橋從美善、理想的一面為我們展現了別樣的現代大學形象。鹿橋原名吳訥孫，畢業於西南聯大，巧合的是他曾選過錢鍾書的課。因懷著對大學生活的美好記憶，於 1943 年至 1945 年兩年間創作了《未央歌》，書稿寫成後，因逢戰時，沒有出版，直至十幾年後，才分別於 1959 年、1967 年在香港、臺北兩地刊行，遂風靡海外校園。而大陸首發是在 1990 年，再版是 2008 年，由合肥黃山書社出版的繁體字版。全書以西南聯大和昆明為背景，是「一本以情調風格來談人生理想的書」。[5]這樣的校園裡充滿了崇尚人格自由，思想獨立的學術氛圍，與《圍城》中的三閭大學有著天壤之別。「在這個風格中及理想裡，《未央歌》裡的地方、情節、人物就分外美，盡情地美，不羞不懼地美，又歡樂地美」。[6]

《未央歌》以四大主角：童孝賢、余孟勤、伍寶笙、藺燕梅為中心，展現作者心目中理想的校園環境，「既是只有愛沒有恨，只有美沒有醜的」，[7]是一片聖地與淨土，高唱著「多難殷憂新國運，動心忍性希前哲」的校歌，是一個真正的民主自由、活潑創新的校園。讀者不禁為這樣的校園所嚮往，亦為書中純潔的同學友愛之情所打動，這樣的校園是理想的大學校園，洋溢著青春理想的樂園。有人也許會認為鹿橋筆下的西南聯大過於美好，並不真實，像藺燕梅、伍寶笙這樣美好的形象現實中根本不可能存在，完美的近乎虛假。藺燕梅是一個十全十美的女孩子，外形美，美若天仙。她的出場及後文的渲染無不誇張，學習好，會唱會跳，善良，能力

[5]鹿橋，〈再版致《未央歌》讀者〉，《未央歌》（合肥：黃山書社，2008 年），頁 17。
[6]同前註。
[7]鹿橋，《未央歌》，頁 26。

也強，悟性也高，就連家世也好，她的一切無不美好，的確不是現實的筆法，但真正喜歡《未央歌》的讀者也會如同書中其他人一樣，喜愛這個人物，呵護關心她的成長。書中表現的同學間的友愛是那麼深厚與自然，勝於手足。大宴、伍寶笙等人對小童的關懷，如大宴替小童補襪子等情節；同學們對藺燕梅無私的呵護，把她當成校園中的玫瑰花神。這些感人的同窗友愛之情讓人忘卻戰時學校環境的艱苦，讓作者筆下的西南聯大成為精神上的世外桃源。司馬長風說：「書中有不少於情節無關的文字，諸如漫長的風物描寫、季節描寫，大段有關人生、思想和學術的議論，有些是細微近乎瑣碎的人物雕琢等等，可是由於情意濃，文筆飄灑，讀來也如西風秋月，陽春花樹，亦不感到太累贅。」

三

姚丹說西南聯大「不是一塊聖地，也不是一片淨土，它的生活充滿了荒謬與制約」，這樣的描述與三閭大學倒頗為接近，這是否就是說《圍城》就更加真實，《未央歌》就過於虛幻呢？當然不是。歷史上的西南聯大幾乎囊括了當時中國最有成就的大師級學者。美國弗吉尼亞大學歷史學教授 John Israel 這樣說：「西南聯大是中國歷史上最有意思的一所大學，在最艱苦的條件下，保存了最完好的教育方式，培養出了最優秀的人才，最值得人們研究。」這樣看來，《未央歌》的理想化的描述也不是沒有現實土壤的。我們還可以從同在西南聯大畢業的汪曾祺的作品中看到《未央歌》的細節。《未央歌》中有這樣的描寫：「學生們坐茶館已經成了習慣。為了新舍飲水不便，宿舍燈少床多，又無桌椅。圖書館內一面是地方少，時間限制，——憑良心說人家館員可夠辛苦了，早上，下午，晚上都開。還能叫人家不吃飯嗎？——或是太拘束了，他們都願意用一點點錢買一點時間，在這裡念書，或休息。」[8]包括後來朱石樵的論文都是在茶館中完成的。汪

---

[8]同前註。

曾祺在〈泡茶館〉一文中寫道：「茶館出人才。聯大學生上茶館，並不是窮泡，除了瞎聊，大部分時間都是用來讀書的。聯大同學上茶館很少不夾著一本乃至幾本書的。不少人的論文，讀書報告，都是在茶館寫的。」

為什麼《圍城》與《未央歌》的差別這麼大呢？《圍城》的三閭大學充滿諷刺與醜陋，作者著力描繪的是知識分子的虛偽狡詐，不學無術卻又招搖撞騙，這樣的大學很讓人失望，而現實的人生就更讓人失望了。錢鍾書這樣寫，跟他的主旨思想是有關的，表現人的生存困境，是《圍城》的一個重要目的，這個具有哲學意味的主旨也使得這部小說顯得很獨特。另外，諷刺的手法在錢鍾書並非陌生，讀過他的一些短篇如〈人・獸・鬼〉等，我們就會發現對知識分子的諷刺是他一貫的風格。在《圍城・序》中錢鍾書明確告訴讀者，他寫《圍城》是要寫一部分社會、一類人，而寫這類人沒有忘記他們是人類，無毛兩足動物的根本性，很顯然，錢鍾書對人這種動物是沒有多少信心的。而鹿橋當年寫《未央歌》卻是西南聯大畢業後不久，對大學生充滿眷戀，懷著美好的回憶來寫西南聯大的情形，自然和《圍城》有很大的差異。

很難說《圍城》和《未央歌》哪個更真實，因為它們都是文學形象，都是作者的虛構。《圍城》對人這種無毛兩足動物的本質的反思，表現現代人的生存困境，具有哲學的深度，是一部充滿智慧的小說，但《未央歌》中洋溢的青春理想，用美和善、理想和友情來為我們編織一個青春理想的神話，以寄放我們熱愛美的心靈。兩者給我們提供了不同的大學視野，不同的閱讀經驗，也給我們從文學的角度去了解現代大學提供了可能。

——選自《雞西大學學報》第 12 卷第 12 期，2012 年 12 月

若苦能甘
初讀鹿橋先生的《人子》

◎王鼎鈞*

《人子》包括 12 個短篇，分開是 12 個，合起來是一個。

第一篇〈汪洋〉，寫一個年輕的水手，獨自駕了一條帆船，憑著自己的健康和好奇心，在海洋上航行，漂泊了大半生，也沒有找到理想的港口，反而把航海圖、羅盤、帆都放棄了。最後他與汪洋大海合為一體，忘了東西南北，無情的時間化成一位仁慈的長者，教給他很多新的知識。他舒適的在海洋上漂流，與這位慈祥的長者無言的相對，一同欣賞海上的景象、經驗同故事。

第二篇〈幽谷〉描寫山谷裡的小草準備開花，它們要在早晨的陽光還沒有照到它們的時候就準備好，等陽光一照在它們身上，每一棵小草舉在草桿最高處的唯一的花蕊，就要努力立刻綻放出這棵小草一生中僅有的一朵小花來。這些小草既忙碌又興奮，注意同伴也受同伴的注意。等到太陽一出，它們立刻開了花，但是其中一棵準備最充分、也最受同伴注意的小草，反而失去機會，沒有將它燦爛的生命綻放出來，在它美好的枝梗上，花蕾已經枯萎了。

第三篇〈忘情〉，描寫一個旅行回家的人，在自己村外的一棵大樹底下休息，上來了很多小小的精靈，準備飛到村子裡去，送一樣禮物給一個馬上就要降生的小孩。有的精靈送給他聰明，有的精靈送給他健康，有的精靈送給他仁慈，或者勇敢，或者幻想豐富，或者理智堅強，一切應有盡

*資深作家。

有。可是有一個精靈遲到，她來到樹上的時候，村子裡面的小孩已經呱呱墜地，來不及接受她的禮物。原來這個最後的小精靈是送感情來的，她遲到的結果，使這個今夜出生的小孩，什麼條件都具備，就是缺乏感情。而這個孩子的父親，恰恰就是那個旅行回家的人。

第四篇〈人子〉，描寫一位王子跟隨老法師，雲遊四海，小王子跟隨著老法師學習世界善惡的大道理，也跟他學習劍法，好一劍劈開罪惡。老法師再三叮囑王子，這一劍劈下去只許成功不許失敗，因為劍劈罪惡的時候只有一個機會，倘若一擊不中，自己就有喪命的危險。這是一種嚴酷的訓練，訓練的最後一個項目是老法師命令小王子用劍劈他，小王子的劍高舉著，就是劈不下來，結果被老法師奪下寶劍，一劍把小王子劈成兩半。王子的屍身不倒，也不流血，只是慢慢的升到空中，成了一個打坐作法的姿勢，他成了佛，升天去了。

第五篇〈靈妻〉從略。

第六篇〈花豹〉，寫一頭老豹子養了一頭小花豹，小豹子長得最好看，也跑得最快，深受那些雄豹、雌豹的注意。後來小花豹結了婚，也做了父親，有了自己的家庭生活。最後牠參加一次豹子們舉行的賽跑，在出足了風頭之後，竟跟一頭最漂亮的雌豹跑在一起，越跑越遠，連蹤影也不見了。

第七篇〈宮堡〉。國王把一塊土地賜給王子，要他不惜任何花費，建造一座盡善盡美的宮堡。於是這塊空地上開始進行一項大工程，千萬工人在這裡辛勤的工作，由王子親自督導。一位白髮蒼蒼的老者，帶著他的小孫女幫助王子設計。後來宮堡完成了，工人散去了，而王子要按照既定計畫開始長途旅行，到外面去挑選一位公主，再回到宮堡舉行婚禮。他在外面受到誠懇熱烈的歡迎，也遇到了許多美麗賢淑的公主，但是他風聞遠處還有更好更美的公主可以挑選。這樣王子由青年旅行到中年，由中年奔波到老年，最後他也變為一位白髮蒼蒼的老人，騎著一匹瘦削的老馬，向宮堡這邊走回來。他在宮堡外面的荒草裡面發現一座小木屋，木屋裡面住著一位老太太，就是當年那位小孫女。這兩位老人拿著宮堡大門的鑰匙，一同把鑰匙放進鑰匙洞裡，同時用力轉動鑰匙，卡擦一聲，那支鏽壞了的鑰匙斷了。兩人好像有了覺悟，就一隻手提著那半截鑰匙，一隻手扶著老太太，慢慢地走回小木屋裡去了。

第八篇〈皮貌〉，這一篇分成兩部分，第一部分是描寫一位少女，赤身裸體睡在月光底下，全身被月光浸透了，皮膚變得透明，又像冰雪，又像水晶。然後皮層逐漸離開了身體，就像一層無形的手輕輕的揭去了那樣。她總覺得自己失去了什麼？常常對著鏡子細找，可是連蹤影都摸索不到。後來她結婚了，生了一個女兒，她帶著女兒在皎潔的月光底下玩耍，月光又浸透了小女兒的全身。做母親的好像忽然想起些什麼，就急忙解開小女兒的衣服，在懷裡翻轉她的小身體，讓月亮浸個夠，一邊翻，一邊忙用著她的手，在臉上，身上到處用力按，用力摸，小女兒也伸出小手摸母親的臉，又按又摸，把月光撫在她母親的臉上。

〈皮貌〉的下篇描寫一個老法師刮鬍子刮破了臉，從刮破的地方發現他的皮膚可以整個扯開，就像脫衣服一樣，可以完全從皮囊裡面跳出來，成為一個年輕的新人，也可以再把皮囊穿上，仍舊成為一個老法師。他觀察他的弟子，沒有任何人能夠接受他的經驗。他又觀察社會上所有的人，也發現所有的人在這方面也都朦朧無知。最後有一天老法師倒在地上斷了氣，其實倒在地上的只是老法師的皮相，實際上他已經整個脫離了他的外殼，站在一邊，看他的徒弟們替他辦完後事，再到四方去雲遊。

第九篇〈鷂鷹〉，描寫一個訓練鷂鷹的專家，要繼承他父親的遺志，訓練一頭盡善盡美的鷂鷹。他花了很多功夫買到一頭可造之材，費了許多心血，一步一步按照計畫進行。這計畫中的最後一步，是把鷂鷹蒙上眼睛，帶到森林裡面自由飛翔，讓牠再也找不到主人的家。半夜，鷹師躺在床上，聽見半空中那頭受過完美訓練的鷹在悲切的啼喚，他心裡很難過，但是他覺得沒有做錯。

第十篇〈獸言〉，描寫一個很有學問的人，為了深入探討知識的奧祕，四方遊學。他的學問越來越大，可是越來越不滿足，最後他到深山裡面研究猩猩的文化，跟猩猩一塊生活，學猩猩的語言，自己也幾乎變成了一隻猩猩。不料這個猩猩的社會被一群打獵的人發現了，他們破壞這裡的寧靜，威脅猩猩們的安全，於是全體猩猩向深山裡面遷移，這位研究猩猩文化的老學者也就回家著作。他聽見孩子們讀書的聲音，忽然他的臉色變了，把自己寫好的文稿點火燒掉，抓起牆角那根祖父當年用的拐杖，走到書房，把桌上的墨筆石硯、書籍筆記通通掃在地上，他大聲嚷要孩子們不必讀書，要孩子們到外面去玩耍，孩子們都認為老人家發瘋了。

第十一篇〈明還〉，描寫一個小孩子有勝過常人的能力，他的幻想不論多麼離奇，都可以馬上變成事實。父母不了解他，總是認為他太頑皮。他看見馬戲團的人耍弄兩個很大的圓球，非常羨慕，就回到家裡關起門來，摘下天上的月亮太陽，學馬戲團的人，讓這兩個圓球在他身上團團轉。這時候天昏地暗，日月無光，外面的人都很驚慌。他的父母心裡有數，就恐嚇他，責罵他，不准他這樣頑皮。他滿面頹喪，無限委屈的放棄了玩球的遊戲，那兩個球就帶著他慢慢升起，一同飛到天上，外面又是白天了。

第十二篇〈渾沌〉從略。

鹿橋先生以淺顯白話，說奇特故事、豐富哲理，其風格情趣，在國內已有的著作中未之前見，讀來如啜新泉，如嚐異饈，可以成為我們新文學的一份養分，觸發小說創作的新境。他去國 30 年，像〈獸言〉中的那個「世間猿」一樣，操另一種語言已成習慣，但對「母語」仍能作高度有效的運用，使人同享他對中國語言的厚愛深喜。而且他證明淺顯白話組合可成的東西，並不一定清可見底、一覽無餘，照樣能得到現代作家所追求的若干效果，至於巧織妙繪，狀物寫景更是「餘事」。這對致力提倡白話文學和國語運動的人，先是一個喜訊。

說到故事，《人子》的 12 個「章回」，除了〈鷂鷹〉是人間可能發生的事件，其他各篇都披著神祕的外衣，嚴如姍姍然來自荒古的傳說，脫離了人的實際生活。即使是〈鷂鷹〉，鷹師馴鷹的過程固然非常寫實，但是為何要費盡心血，把一隻鷹訓練得十全十美，再縱入山林，棄之不顧？讀者仍然必須費一番思議，這些近乎離奇詭異的素材，經過文學家的煉製處理，足以逼迫我們作深入的思考，斷斷乎無法以「不經之談」掩卷了事。這些故事表面雖然沒有記錄我們的生活經驗，卻足以引發、喚起我們對人生經驗的回顧和整理。人生經驗是如此複雜隱祕而又龐大嚴重，其表面現象實在不勝記錄，所以文學家要採取一種獨特的工作方式，使回顧和整理成為可能，這就是《人子》的匠心所在。

全部《人子》究竟表現了什麼？依舉世通有的慣例，這種高度象徵的作品，作者斷不肯自己提出解釋，讀者的見解又言人人殊。而作者的緘默，正是給予讀者「獨尋妙諦」的自由。在我看來，《人子》各篇的素材普遍含有上一代和下一代遞嬗承繼的關係，值得注意。我們可以根據故事情節，整理出一張表來：

篇名	上一代	下一代	兩代關係
汪洋	時間老人	少年舵手	一同航海漂遊
幽谷	太陽	小草	小草向陽開花
忘情	父	子	父親流浪歸來，沒有感情的兒子出生了
人子	老法師	王子	王子隨老法師學劍未成
花豹	老豹	小花豹	老豹對小豹的愛，小豹對小雌豹的喜歡
宮堡	老者	王子	老者指導王子建造宮堡
皮貌一	母	女	母親讓月光浸透女兒
皮貌二	老法師	小徒弟	老法師蛻皮小徒弟不知
鷂鷹	父	子	子奉父遺志，訓練鷂鷹
獸言	學者	子弟	學者反抗家傳的志願
明還	父母	子	父母反對兒子玩耍星球

《人子》中的兩代關係真是形形色色：有渾然相契也有互不交通，有

連綿相繼也有毅然反抗。有「現代」對「傳統」的殷勤迎接，也有傳統對「將來」的茫然承受。

上一代可能盡了心也盡了責，也可能有誤解和錯愛，下一代可能全盤承受，可能見異思遷；可能反哺，可能創新，可能是對傳統的搖撼，也可能是傳統的完成。可這一切現象統名之為「人子」。

「人子」一詞，本是「國粹」，但含義狹窄，約略同於「爹娘生父母養的」。後來繙譯《新約》的人用「人子」譯耶穌的自稱，使這一名詞衝出了舊有的框架，升高層次，而有俯瞰眾生的氣概。依《新約》的觀點，耶穌是人類的希望，謂之人子，使人肅然覺得他乃是全人類的兒子，也就是新紀元的開拓者。鹿橋先生所謂「人子」，大概也該作如此觀罷！在這種高度象徵的作品裡，「人子」不會是有數的幾條血肉之軀，它乃是人類新生代、文化繼承人的代名，是時代轉換、生存交切的代號。他創造的那些含有無限「言外之意」的兩代關係，指向全人類同有的經驗：歷史的絕續與文化的生滅。也許唯有這麼說，才可以測忖鹿橋先生為什麼說「〈汪洋〉孕育著所有人子的故事」。他為什麼把前面的故事情節拆開，重新組合，寫出第十二篇〈渾沌〉，為什麼認為這一篇「做了乘法，變化從此不但加快，而且可能性也忽然增多，因此可以達到無窮！」人類的文化活動相互激盪，相互生尅，瞬息有變，永恆不息，確乎是數不清料不到解不開的一團渾沌，一個無量數！

從〈汪洋〉到〈渾沌〉，意象鮮明，交互輝映，只見光華璀璨，也是數不清，解不開的一團。要想尋找脈絡理清頭緒，排比層次，也許要寫比《人子》更厚的一本書，才可以辦妥，誰要寫那樣一本書，誰就得再把《人子》細品十遍。對我這個只讀了一遍的讀者，只有把全書處處經過密針細縷的大章法暫時放在一邊，舉出感受最深切的幾點：創造的熱情，傳道的誠意，承接的困難，成功的喜悅，失敗的恐懼，以及人的尊嚴。

〈汪洋〉中的航行，〈幽谷〉中的小草開花，〈宮堡〉的營建，〈鷂鷹〉的訓練，以及〈明還〉中以日月為轉丸，都洋溢著創造的熱情。尤其是

〈幽谷〉、〈宮堡〉兩篇，場面之繁盛，情緒之緊張，比縣市長競選或大專聯考，尤有過之。料想先民篳路藍縷，艱難締造，彷彿如是！這些創造者，或不離前代違規（〈幽谷〉），或接受先進經驗（〈宮堡〉），或一無依傍的獨造（〈明還〉），要皆專心致志，發憤忘我，視為生命中的唯一大事。百折不回，百死莫悔。此情此景，令人永難忘記。

創造是一種蓄積。人生苦短而時間永恆，所以上一代的蓄積要向下一代移交。〈人子〉、〈宮堡〉、〈皮貌〉之一、〈鵠鷹〉、〈獸言〉都涉及這個主題，而以〈人子〉為最典型。看那個花了六年功夫教王子練劍的老法師，何等嚴肅，何等虔敬！可以當作開學典禮看的受封典禮寫得太好了，使人覺得老法師是受了天地神祇的監督與付託。教育的目標是要王子能夠一劍劈開罪惡，否則沒有登基為王的資格。可是，要取得這一資格，必須能一劍將老法師劈死。這是老法師（也許是天地神祇）的安排，他給王子規定的畢業考試，就是「你看我是善還是惡？」老法師所以能活，是因為王子在最後的考驗時繳了白卷，否則，他會死。他要像干將莫邪的鑄造者，放棄生命，完成工作。這是人生的聖境。〈人子〉一篇的結尾是「善哉人子！」換一個角度看，也可以說「聖哉法師！」

文化的火炬，單單有人願意傳遞不夠，必須有人承接。〈幽谷〉、〈人子〉、〈宮堡〉、〈皮貌〉之一、〈鵠鷹〉、〈獸言〉討論「承接」最為明顯強烈。在〈幽谷〉中，一個有良好時機的承接者卻因缺乏準備不幸失敗。〈人子〉中有理想的承接者，但承接後的結果與傳遞者的願望不符，發生變故。〈宮堡〉中的承接者完全順利，全盤收受，猶以為未足，經過流浪，尋求而後返本。〈獸言〉的主人翁承受太重，蓄積太多，於是想棄聖絕智，回到原始性的單純。最動人的一篇也許是〈鵠鷹〉吧，一切按照預定計畫準確的完成，但是「為而不有」。在描寫飛鳥的小說中，這一篇應該占十分重要的位置。

無論創造、傳遞或承接，都是成則欣然，敗則淒然。在〈忘情〉中，那個遲來的精靈，傳遞誤時，固然要在樹枝上痛哭失聲，那個「沒有一點兒感情」的孩子，承接落空，今後一生又能有多少快樂？一個曾經為月亮浸透過的母親（〈皮貌〉之一），在月光下「急急解開小女兒的睡衣，在懷中翻轉她那小身體，好讓月亮浸個透。一邊翻，還一邊忙著用手在她臉上、身上，到處用力按、用力抹」，而小女兒覺得好玩，嘻笑出聲，「她也伸出小手去摸母親的臉，也按，也抹，把光輝又敷在母親的臉上」。這樣成功的傳遞和承接何等溫馨感人！可是翻過去看〈獸言〉，當「世間猿」與老猩猩分手時，雙方有如下的對話：

「我初來的時候，有一次看見一個甲蟲，心上想不知道甲蟲的文化是甚麼樣子，若是可能的話，就請兩位哥哥暫時先少吃些甲蟲吧！」

老猩猩看著山中人，山中人有點為難。

「趕快走罷，」他說：「趕快趁了月色，在天亮以前走出山去！我就答應你罷，這五百年裏我決不吃甲蟲！」

在這裡，作者正面拈出「文化」二字。世間猿為甲蟲緩頰，使人想起陶淵明告誡子弟的話：「彼亦人子也，善視之！」甲蟲是否有文化，世間猿不知道，他只知道猩猩有文化，在猩猩的文化生活中以甲蟲為美味可口的點心，猩猩們答應不吃甲蟲，對猩猩來說完全出於勉強，對甲蟲來說完全是意外的幸運。但是 500 年彈指即過，倘若甲蟲不能及時創造並保衛自己的文化，豈非來日劫難在數難逃？〈獸言〉中的這一段文化，聲調相當淒厲。

《人子》各篇，有幾處寫得很悲涼，例如〈汪洋〉的場景是：

自從他把航海圖、羅盤、帆都放棄了之後，他才真與汪洋合為一體，真自由了。汪洋也就沒有了航線，失去了里程港口，也忘了東、南、西、北，只是一片完整的大水。

其中不能說沒有天涯漂泊的蒼茫心情。但是，作者在各篇中許多地方一再強調了人的尊嚴，使我們在「念天地之悠悠」的時候，內心仍然十分肯定。因為書中隱隱有一股潛力，一團酵素，以人為本，以人為尊。《人子》一書描寫的對象，那些托譬的工具，有獸有人有神，他寫獸如人，寫人如神，他寫獸如何勉力修為希望升格為人，人又如何從熬煉中羽化成神。獸、人、神像一把梯子豎在我們眼前，拾級而登者前仆後繼。獸要成人，需經過人「批准」(作者特地在全書之末加寫一篇〈不成人子〉，有力的表達了這個觀念，肯定了人子的地位)。人若成神，卻操之在我（〈人子〉、〈明還〉、〈皮貌〉之二)。而人，為了創造、傳遞和承繼（或者反承繼)，雖然歷經劫難，但是所有的人卻有一個總名，叫作「若苦能甘」！對了，若苦能甘！這就是人的滋味！人的前途！人的價值！當此存亡絕續之秋，讀《人子》，嚼苦甘，念天地之悠悠，深深覺得這是天下的大文章。

——選自廣城出版社編輯部編著《見仁見智談《人子》》
臺北：廣城出版社，1975 年 10 月

評《人子》

◎胡蘭成*

每次翻看鹿橋的《人子》，總要感歎一聲：奇才奇才！說給自己聽的，原也只是可有這一句。但是答應了在《中國時報》上寫一點，因又翻來看時，竟忽然無話中生出話來，像大海汪洋，永恆的境界裡忽然有了人語。

一

《人子》的文章是世界性的，但首篇〈汪洋〉的那種境界卻非西洋所能有，那只是印度與中國的。是印度說的涅槃，而亦即中國說的太極。現在物理學上則稱為究極的自然。但西洋人還是對之無緣，明白提出究極的自然的話的湯川秀樹是日本人。（中間子發見者，亞洲得諾貝爾物理學獎第一人。）

但無論是哲學上的或物理學上的話，總是文章，纔於我們親切。如《華嚴經》裡以普賢菩薩入三昧來說明涅槃，那就有一種具象的現實的感覺，所以好。但我更喜愛莊子的文章，他只隨意地說無何有之鄉，又說是渾沌。而現在則有鹿橋的文章〈汪洋〉，都是隨意用的新名詞。

這裡是東洋與西洋的分水嶺，在思想上與文學上。西洋人有天堂與地母，在世界的終末被最後裁判，在地母那裡得最後的休息，但是不能想像沒有裁判亦沒有疲倦與休息的汪洋，那樣寥廓、壯健的。

汪洋沒有時間與方位，乃至沒有記憶，可是有著悟性，是萬事萬物的

---

*胡蘭成（1906～1981），本名胡積蕊，浙江紹興人。作家。發表文章時為中國文化學院（今中國文化大學）教授。

歸趨，而亦是萬事萬物將開始未開始的一個含蓄。如此，汪洋乃亦可說做一個花苞。

二

《人子》的第二篇〈幽谷〉，寫一株小草為了要選定最好的顏色，趕不及開花的晨光，別的小草都開花，唯有它的小蓓蕾枯萎了。這是個極悲壯的故事，然而鹿橋寫得來真柔和。古希臘人的話，「與其不全，寧可沒有」，是稍稍帶負氣的決裂的選擇。而這小草的卻不是。她是謙虛的，她也是想要與眾人一般趕得及開花的晨光的啊！

這株小草，唯有她是特別受傳訊的花使所眷顧的。英雄覺得自己是獨承天命，那自喜其實是像小孩。美人亦為一顧之恩而感激。這小草的謙遜便亦是像這樣的。她對平凡的小草，平凡的眾小草對她，都是好意的，這個最難，唯有鹿橋能都做到了。

英雄的像小孩的自喜，使他敢於走在成功與失敗的最危險的邊緣。美人為感激於一顧之恩，至於可以雖死不悔。而這株小草便亦有像這樣的強烈。謙遜與強烈共一身，和平與危險同行，有句時髦話是量子論的二律背反與相補性，此是鹿橋文學之所以有深度與幅，與變化多姿。

三

第三篇〈忘情〉，講一個嬰孩誕生，小天使們都送了禮物去，舉凡人間的聰明才幹與美德應有盡有，獨忘了送「感情」這件禮物。我讀了記起希臘神話裡不死的半馬人與王爾德（Oscar Wilde）的童話裡沒有靈魂的人魚。但希臘神話有一種冷嚴，王爾德的童話有一種哀豔的淒楚，而鹿橋的則有中國人的現實的世俗熱鬧，那送「感情」這件禮物的小天使誤了時的焦急。

這篇〈忘情〉要與後面〈渾沌〉篇中的第八節「琴韻」並看。「琴韻」裡講一位沒有感情的王子喫下藥頃刻間老了不止 70 歲。這 70 年裡人生情感的險濤，他因為沒有感情，輕易平安地度過了，而他於此修成了明鏡智。「琴韻」與前篇〈忘情〉似相關，似不相關。

鹿橋與我大大的不同。我走的路是漢魏六朝蕩子的路，生涯在成敗死生的危險邊沿，過的日子是今日不知明日，沒有得可以依傍，當然說不上受記與保證了。而鹿橋的生涯則很安定，華盛頓大學東方藝術史研究主任，終身教授，日本東京大學的客座教授，在國際有名。他的人到處風光照映，而唯愛他的太太，對世間女子不談戀愛。但是他前年來日本與我相識，讀了我的著書《今生今世》，對我說很反省了他的安著生活。而如今這篇「琴韻」，則是他這反省的結論吧？他可以沒有經驗過像我這樣的濤險，亦憑他修得明鏡智，從那映出的法姿裡的「嘗到了愛情的無限的變化，無窮的情調及迴蕩無止境的韻致」。

〈忘情〉還有與西洋文學相通的，而「琴韻」則全是鹿橋的。鹿橋的是中國儒家的與印度佛教的。他是一個大凡人；不是仙人是凡人。他的文章裡就只是沒有黃老的氣息，這在下一篇〈人子〉裡最顯明的可以看出。

四

第四篇本題〈人子〉，講老法師婆羅門教穿顏庫絲雅王國的太子分別善惡的殺人劍與活人劍，為將來好治理國家，最後的一課，老法師分身為一模一樣的兩個人，要太子分別善惡，一劍劈了那惡的，太子把劍高舉著，就是劈不下來。老法師知道這才華蓋世的太子終究是不宜做國王的，遂收了分身，奪下他的劍來，一劍把太子劈成兩半。

太子是怕分別不清，殺了善，從了惡，寧可自己在劍下喪生。他不宜於做國王，但他成了佛。鹿橋寫這個場面寫得非常好。

可是這裡留下了問題：善惡的判斷畢竟是怎樣的呢？最高的人果然是不宜於做國王的嗎？

此在儒家，回答很簡明：善惡判斷無誤是當然，判斷有誤是不當然，天子稱為聖天子，當然是最高人格者。然在黃老，則以為善惡是可辨而不可辨，有點與婆羅門或佛教的相似，但是黃老以為天道有時不作分別，善人、惡人都殺的。

但是鹿橋不能承認這個。去年在日本同遊京都嵯峨時，鹿橋說起我的《今生今世》裡有一處說出一個「殺」字，他道：「這我是怎麼亦說不出口的。」但我想那老法師若不是婆羅門而是黃老，最後的那一課他會教太子一劍劈下去，如果劈得無誤是天幸，而如果錯劈了善，那也是天意。而只要有這天意的自覺，這就是活人劍，高過亞歷山大大王他們征戰的劍了。

五

第五篇〈靈妻〉，寫野蠻部落選女嫁與神的故事，那應當是殘酷的，然而讀了只覺被一個莊嚴的東西所打動，令人正襟端坐起來思省。

那被選中為神妻的姑娘，與伴她幫她打扮的人都是這樣的虔謹，喜悅，直至被送到山頭，被綵綢把手足縛在一塊大石上，等到那恐龍似的大爬蟲來撲在她身上把她喫了，她一直還是這樣的虔謹喜悅。這裡不禁感歎鹿橋的筆力，只有他才能寫得這樣好。

史上的，凡野蠻與無知，乃至殘酷的形式都可以成為過去，唯有那虔謹喜悅留下來，永遠是文明的真髓。為忠君愛國，為親為友，不辭捨身，臨死亦還是有著這虔謹與喜悅的馨香。

日本古帝有崇神天皇，陵在大和地方，我有參詣崇神陵望三輪山詩：

田禾收淨秋陽謐
古帝陵前悵今昔
人世飄緲長有淚
夢裏神山是真實

緬想崇神天皇當年，我可以懂得陪葬的臣下與宮人們的殉死不一定是悲慘，他們感激天皇，乃是感激人世的真實。也許此意只可以與鹿橋共話；但是鹿橋就有本事憑空創出〈靈妻〉，而我只能說說史上的實事。日本是近世尚有日俄戰爭的名將乃木希典殉死明治天皇崩御的事。

六

第六篇〈花豹〉，是講一隻會跑得頂快的小花豹，和別的幾隻花豹的事。那小花豹有平民的高貴性。他與別的花豹處得很好，一概沒有驕傲與妒忌等不愉快的事情。這是鹿橋的作品的特色，不染人與人之間的辛酸苦楚與暴戾。小花豹更是故事亦沒有似的，不過是跑跑好玩。後面〈渾沌〉篇的「天女」一篇裡，寫一位天女從散花途中帶來匹可笑的小花豹，豎直著尾巴，尾尖上套著一個大白絨球，眾天女們不散花的時候就都同小花豹玩耍。鹿橋文學裡的便是像這樣的，有著天上的與地上的和平。

那和平有點像《禮記·禮運》篇說的：至治之世，鳳凰麒麟遊於郊陬。而也許還有美國人的最好的一面，那幼稚的單純性在內，但不是歐洲人的。然而小花豹的世界唯是鹿橋的，才能有這樣的好玩。

〈禮運〉裡說的至治之世與莊子所說的頗為相近，但〈禮運〉畢竟是儒家的，不是黃老的。黃老是寧有其像基督說的一面，「我來不是使你們和平，乃是要你們動刀兵」。我有一首詩：

馬駒踏殺天下人
峨眉一笑國便傾
禪語不仁詩語險
日月長新花長生

這詩的第一句，日本的文人保田與重郎先生讀了就表示反感，鹿橋想必也讀了不能接受。可是世界的數學者岡潔看了這首詩卻回味尋思道：「是禪語不仁詩語險，這纔日月長新花長生的呢。」

七

〈宮堡〉這篇的好處還是在前半，寫眾人都趕來建築宮堡的那幾段，眾人都是那樣好意的彼此無猜嫌的，給了讀者一個童話的世界。後半寫王子鎖了這宮堡，只留一老人與其幼小的一女孫看守，他自己則去到外面的天下世界為尋覓誰可以做他的新娘，到了老年單身歸來與留守的昔年的小女孩——今日的老婦人，一同開了歲久生鏽的鎖，那鑰匙都斷了，又走回來，兩人攜手走進一小木屋裡去了。一種荒愁陰鬱之感，使人讀完後解不開。可是寫得異樣的莊嚴幻美，而這裡正有著文章跌入藝術的陷阱的危險。

幸好後面〈渾沌〉一篇中有「重逢」的一節，補寫這「王子騎馬獨自歸來。他走遍了天下，才知道他心上一直戀愛著的是這智者的孫女」。她不是已變了老婦人，而是今年正 17 歲。這樣讀者就頓時眼睛明亮起來，有現實的平正可喜。很當然的事，卻能不俗化。簡單的幾筆，可是使人可以想了又想。學生林慧娥說：「因為有了後面的一篇，前〈宮堡〉的本文乃成了像夢裡的一樣，很好玩了。」

八

第八篇〈皮貌〉，分為兩則故事。第一則講一個少女在月光下充滿夢幻似的熱情與理想。然後月光在她睡著的時候，把這少女的熱情與理想像從她身上脫出的皮膚一般，亦像一件脫下的衣裳似的把它帶走了，於是她就成為平凡的姑娘，結婚了為平凡的婦人，生有嬰孩。現在窗前的月亮則又是那嬰兒的夢幻似的光輝，照進來浸透了嬰孩全身，嬰孩在嬉戲中把光輝也抹在母親的臉上。

這則故事寫的寓言怪奇而使人不覺其怪，只覺是平常，亦不覺其是寓言，而只覺是素樸的事實，這是非凡的筆力。莊子自說他的文章是寓言，蓋能知寓言之理者，則知萬物之造形，萬物皆是大自然的寓言。然如詩人詠花是寓言，卻要使讀者滿足於其詠的只是一株好花，此外不必去想那是比擬的什麼。即是讀之不費心機，而自然可有思省尋味無窮。（但如《紅樓夢》亦有人要索隱，則不是曹雪芹之過了。）鹿橋的這則故事，便是自然得像一首詩。

第二則故事是法師把身上的表皮從一點傷口撕大，至於他的真我完全從表皮脫了出來，也可以又鑽進去，皮貌有老衰，皮貌底下的真我沒有老衰。這故事使人想起六朝時受印度影響的鵝籠書生一類的誌異，但是不及前一則「月光皮貌」寫的好。因為讀時太覺其是在說一個哲學思想，而且寫怪奇不可又帶合理主義。從剃鬍子的一點傷口漸漸撕開皮膚，那似乎想的太精巧合理了些。而如鵝籠書生的故事就好，因為它絕不使讀者去想像那樣的事可能不可能。

九

〈花豹〉與第九篇〈鷂鷹〉我特別喜歡，但是寫評語時亦不特別多寫，因為那樣的文章是要讀者一句一句的讀，自己去尋味它的好處。

我在這裡只是提出一點：鹿橋描寫生命的動態的本領，如寫小花豹賽跑的姿勢，如寫鷂鷹飛翔的姿勢。

自黃帝以來中國民族本是有大行動力的民族，所以如《詩經》與漢賦都是動的文學，《詩經》裡寫王師征伐的行軍與陣容，寫舞，寫御車與射禮等行儀，寫農作與建築的有聲有色，寫牧人與牛羊的走動姿態，寫漁梁與河中魴鯉鱣鮪的活潑游泳，與漢賦裡許多描寫水的動態的單字與疊字，還有描寫山的，把山的靜姿亦都寫成了動態的許多形容字，真是轟轟烈烈。直到唐朝的文學亦還是這樣的。而自宋朝起纔偏於靜的文學了。後來對此反動而有元明的雜曲，曲文學亦是行動的文學。

自宋儒主靜，然而如文學，靜的文學尚易工，動的文學纔是難，亦更高貴，古來最高的詩人李陵、曹操、李白的都是動的文學，宋朝尚有蘇軾、稼軒的亦是動的文學。我這回纔明白了元曲的真本領亦在其是動的文學。而現在則要數鹿橋的文學了。讀他寫的小花豹賽跑的姿勢，與鷂鷹飛翔的姿勢，每回讀時，使我又重新感歎欣羡。這纔是中國文學的真本領，絕非西洋或印度可有。西洋亦有很會描寫動作的，但與鹿橋的不能比。鹿橋寫的如花豹與鷂鷹動態，都是情操，西洋文學則把動態只能寫成物理學式的，是用的所謂自然主義的或寫實主義的手法，不能寫行動——是情操。

十

第十篇〈獸言〉，講一位學者到了山中離人跡處猩猩的世界，學會了猩猩的言語與行儀。那裡的是智慧深邃而又幼稚好玩的世界，一派鹿橋式的清和。但也帶點美國味。與美國人打交道的中國人中，鹿橋之外，我所知道的只有往時胡適之先生，他的為人亦是這樣的清和。雖然兩人學問思想很不相同。而後來那學者是別了猩猩又回到好殘殺與製造是非的人類社會來了。他要打壞學校的所有功課，叫孩子們不要讀書。連他自己在動手編的猩猩的語言學的原稿亦把它燒掉，讓猩猩的世界的消息永遠到不得世人的耳目。這裡鹿橋對於文明與自然的看法，不是沒有中國的，但大半是西洋的。

西洋人說的要返於自然，與老莊說的自然不同，老莊的是天機，天機亦可以生在文明社會裡，西洋人說的則是道德，如鹿橋文章裡猩猩社會的原始性的善，那不是天機而是道德觀，非原始社會不能相容。可是我們到底不能為要原始社會而破壞現代社會，所以就思想來說，〈獸言〉的思想是沒有什麼可說的。〈獸言〉是單因鹿橋的文筆的力量實在好，故事的結束尤其有一種餘韻。但是這故事裡猩猩的語音語法的燒餘殘稿，使我想起埃及一塊石上的刻字。古時曾有過埃及帝國，久已被人遺忘，在一塊石上刻的埃及古史字已無人識，唯相傳是神的文字，這真實比〈獸言〉的故事更深厚，〈獸言〉見得單薄。還有中國舊小說裡的無字天書，亦比起來，〈獸言〉的結末的發想見得是小了。

鹿橋的文章有一種小孩似的天真。本來好的思想都是小孩似的單純的，而且是不限於時代性的；但是同時也要曉得開創天下的艱難曲折。鹿橋的是童話世界裡的道德觀，過此則如那老婆羅門教太子的殺人劍、活人劍，在分辨善惡時要失敗了。

十一

第十一篇〈明還〉這是所有這些故事中最好的故事，鹿橋真是了不得。從開頭講一個小小孩與螞蚱與小鳥玩，與螢火蟲玩，就寫得非常好，只有鹿橋纔能寫得出的那種好法。小小孩看見玩把戲的人耍大球，小小孩沒有球，他就叫了月亮來做大球在屋裡滾耍，這時外面就月蝕了。後來又叫太陽亦來做大球在屋裡滾玩，這時外面就日蝕了。外面街上人的驚慌大亂，小小孩被母親責罵的眼淚，都是這樣的現實。小小孩的屋裡兩個大球，一個黃的，一個白的，那照得讀故事的人亦睜不開眼的亮光！因小小孩被母親責罵，那兩個球就帶著他從窗子飛出去，一直飛到天中央。外面就又是白天了，又恰好是正午。讀完了使人只大睜著眼睛想要叫出一聲「啊！」此外什麼想法都不能有，可有的只是這樣現實的，然而是無邊無際的永遠的驚喜。講故事能講到如此，就可以什麼思想都不要了。

十二

第十二篇〈渾沌〉，可以看出鹿橋的思想的全容。鹿橋的是儒家的正直的信念，而以婆羅門的瑜伽與三昧來使之深邃，又加上美國人的現實性與活潑。

美國我不喜，但美國也給了我們兩位學者，胡適之與鹿橋以她的最好的一面。胡適之先生的錯誤很多，但他的做人的基調其實是儒家的，有他的大的地方與安定，若非這個，亦不會有他那成就的。胡適之是受的美國的影響，於他不能說不好，不好的是他所崇奉的杜威哲學。鹿橋對於美國比胡適之曉得分辨，亦比胡適之有對自己的思想自覺。鹿橋亦有他的大與安定，否則亦不能有他的文學。鹿橋更有他的深邃。而且有胡適之所沒有的小孩的好玩，雖然胡適之亦是單純的清潔的。

鹿橋文章裡小孩的喜樂不是美國人的幼稚就能有，而是印度泰戈爾詩裡纔能有的。但中國的又異於此，中國的是造化小兒的頑皮。此外是日本的小孩，清純、美豔，也頑皮，但與中國的還是各異。〈渾沌〉篇裡的「洲島」，講神祇們創造洲島就像小孩在海灘玩沙子那樣，玩完了走後就忘了。這近於造化小兒，但是沒有造化小兒的壞，所以我說是泰戈爾詩裡的。而我喜歡造化小兒的那種壞。

〈渾沌〉篇的開頭兩則，「心智」與「易卦」，都是印度的思想。印度思想無論是婆羅門的或佛教的，皆重在冥想與內觀，所以有唯識論那些個分析心智。中國的則重在正觀，易卦是觀天地萬物之象。鹿橋的是印度的，所以把易卦看作心智的六個窗口。但是大學者不論是哲學家或文學家，皆自然會追究到心智與內觀外觀的問題，鹿橋亦是在這裡有他的學問的底力。他的大背景是〈渾沌〉，著力處是在「琴韻」的修明鏡智。

〈渾沌〉篇裡的「森林」、「重逢」、「天女」、「琴韻」這幾則是在前面我都有說過了。「藥翁」也很好玩。這裡只說一則「沙漠」，是講一位老鷹師遭了可汗的不講理，他為遵守訓練大鵰時，他自己所定對大鵰的命令，不惜將身餵大鵰撕食。這裡又是鹿橋在描寫大鵰的飛翔，獵取獲物的姿態時，表現了無比的筆下本領。而在思想上，則這故事是顯示了鹿橋對於他自己的生涯中的一種信念的堅執，到壯烈的程度。

〈渾沌〉篇末後的「太極」是大團圓，有點像西洋舞臺上各式的演藝都完了，最後全員登場大大的熱鬧一陣子，向觀眾表示謝意。但這裡是有著鹿橋的渾沌哲學的，借儒家的一句話是眾善之所會歸。然而這裡使我想起亦還有《莊子・齊物論》裡的，天地有成與毀而無成與毀、有是與非而無是與非的渾沌，世界之始可以亦在於現實的世界。

十三

第十三篇〈不成人子〉，講吉林省的荒野深山中有許多木石禽獸變的山魈，稱為蹩犢子，它們都想修成人身，夜間遇有趕大車的經過時就都圍攏來跑著追著問好，想要討趕車的人的一句口氣，當它是人，這一語之下它就得了人身了，少亦可進步了十年乃至百年二百年的修行。但若一語題破它是蹩犢子，它至今的修行就大半都被打落了。故事是一位趕車的老太太幫助好的山魈變成人，打落貪狠兇殘的山魈叫它永遠做蹩犢子，這裡有著教育者鹿橋對後輩的慈禪與嚴正。不只作為教育者對晚輩，他對世人一概都是這樣的慈禪與嚴正。鹿橋的便是這樣的非常之正派的，而且是正面的文學。

正派而且正面的文學最是難寫。果戈理寫《死魂靈》第二部想從正面寫一個真美善的年輕姑娘，結果失敗，把原稿都燒了。托爾斯泰晚年有寫正面的善的幾篇短篇小說，還有泰戈爾的詩也是正面的寫法，再就是鹿橋的《未央歌》與《人子》了。但是三人的各異。托爾斯泰的是《舊約》的，泰戈爾的是吠陀的，鹿橋的是儒家的。但鹿橋的還是他的動的文學得力，如寫〈不成人子〉裡的小獾實在是可愛。又且句法用字好，不帶一點文話，也沒有刻意鍊句鍊字，看起來都是世俗的語法，唯是壯實乾淨，而什麼都可以描寫得。

但我對於最好的東西，也是又敬重，又真心為之歡喜，而想要叛逆。讀完這篇，不禁要想那趕大車的老太太，如果她看錯了蹩犢子的善惡會是怎樣的結果呢？黃老的說法是，錯誤了亦可以成為好的。

法海和尚的錯，他不承認白蛇娘娘的修得了人身，演出水漫金山。洪太尉錯放了被鎖鎮在伏魔殿的天罡地煞，演出梁山泊宋江等一百單八人攪亂時勢。世上的凡人與天上的仙人都會犯錯誤，而中國音樂的工尺譜裡有犯調，如胡琴的工尺調裡有二犯，這都是使人想到人事之外尚有天意為大。

結語

前年深秋，我陪鹿橋訪保田先生於京都嵯峨野落柿舍，遂同車至保田邸受款待，歡談至夜深，保田邸在三尾町岡上，辭別時夜雨中街潦燈影中，主人親自送客至交叉路口叫計程車。

保田與重郎是數百年來不多見的日本文人。他但凡一出手，沒有不是美得絕俗，但凡與他有關係的山川人物器皿亦頓時都成了是美得絕俗的。可是又大又威嚴。但我不贊成專為詩人或文章家，而是應當為天下士，志在撥亂開新，建設禮樂，文章是餘事，故其文章乃亦無人能及。最大的歌人是明治天皇，但他從不以歌人自居。我如此地反對保田的以隱遁詩人自期。我而且說了，日本的美不如中國的在美與不美之際。我曾在保田家作客，講到這些，翌日保田道：「昨晚我不寐，把你的話來思省了。」後來他還是不受我的影響。而我亦因而更明白了我自己的信念。

我以為鹿橋的生活安穩亦是好的，寫寫文章當然亦是好的，只要是異於西洋的分業化的文學家。鹿橋的《未央歌》與《人子》不觸及現實的時勢，這都沒有關係，即如蘇軾的詩賦，亦幾乎是不涉現實的政治這些事的。但蘇軾的詩賦裡無論寫的什麼都是士的情操，這點我要特別指出。而學西洋的分業之一種的文學家，則最好亦不過是職工的，優伶的。保田與鹿橋當然異於分業的文學家，保田是神官的，鹿橋是婆羅門僧的，但皆不是士。

還有一點我要指出，文章必要有場，可比磁場，素粒子場的場。又可比雨花臺的石子好看，是浸在盆水裡。中國的文章便如《警世通言》、《金臺傳》那樣的小說，背景都有個禮樂的人世，而如李白的詩則更有個大自然，文章的場是在人世與大自然之際。保田的文章倒是有著這個的。鹿橋的卻是有大自然（〈渾沌〉）為場，而無人世，這乃是婆羅門的。西洋亦沒有人世，而且不能直接涉及大自然，西洋文學的場是粗惡的社會加上神意；神意之於大自然是間接的，西洋文學的場不好。

第三點我要說的是，凡是大文學必有其民族的家世為根柢。今年暑期中我把泰戈爾的詩再讀讀，這回纔感到了他那柔和鮮潔裡其實有著威力，那是亞利安人的吠陀精神的生於今天。托爾斯泰的文學是天主教的，加上斯拉夫民族的，再加上現代化，但他最晚年的作品是把現代化捨棄了，寫永恆的無年代性的真理。而日本文學又有日本民族的家世根柢。

日本昭和三文人：尾崎士郎、川端康成、保田與重郎，三人最友善，互相敬重，而三人各異。保田的文學的根柢，是日本神道的（《古事記》裡的），加上奈良王朝的（飛鳥時代的），加上現代化。尾崎的文學的根柢是日本神道的，加上戰國的（源平時代的），加上現代化。川端的文學的根柢是日本平安時代王朝的（《源氏物語》裡的），加上江戶時代大阪商人的（西鶴文學裡的），再加上現代化。日本之有神道，可比中國之有黃老，是其民族精神的原動力，川端文學上溯至平安朝止，不及於神代紀，故不及尾崎與保田，唯於西洋人是川端文學容易懂。而尾崎與保田則甲乙難定。日本人愛兩人的文學者，到得熱情崇拜的程度，久久不衰，如日本最大的印刷企業大日本印刷會社的社長是保田崇拜者，其妻則是尾崎崇拜者。川端諾貝爾獎更得人敬，然而不得人崇拜。因為尾崎的與保田的文學打動了日本民族的魂魄深處，所以讀者愛其人，至於願為之生，願為之死。

於是來看鹿橋的文學的根柢。中國民族的精神的黃老，而以此精神走儒家的路，所以如司馬相如至蘇軾，皆是出自黃老與儒，所謂曲終奏雅，變調逸韻因於黃老，而雅則是儒的。《易經》說開物成務，黃老是開物，儒是成務。又如說文明在於天人之際，黃老是通於大自然。而儒則明於人事。今鹿橋的文學的根柢是儒與渾沌，渾沌通於究極的自然，那是鹿橋為時流文學者之所不可及處，但鹿橋的渾沌是婆羅門的，於中國民族乃有一踈隔，倒是張愛玲還更近於黃老些，所以兩人的小說都有廣大的讀者，而張愛玲的更覺親切些。

往時的劍客遇到高手，即與較量，一面暗暗喝采，一面試要打出對方的破綻來，為此至於不辭喪失性命，並非是為勝負，而是為要確實明白劍道的究竟。我對尾崎文學與保田文學亦曾如此。至於幾使保田對我的友誼發生危險，幸而隨又和好如初。對川端我亦在信裡批評了他的作品，他在《新潮》月刊上發表文章提到了這點，說我所點明的，有他本人當時所未意識到的，但是他自以為好的《睡美女》等幾篇晚期的小說不被同意，認為殘念（遺憾）。幸而他對我始終保持禮儀之交。如今尾崎與川端皆已逝世，僅存保田，益覺天才難得，友誼之可貴了。此時我卻新交了鹿橋，讀他的作品不禁喝采，就要劈頭劈臉打他幾棒看看了。

末了我抄了一首當年我賀川端得諾貝爾獎的詩在此，詩曰：

阮咸亮烈吳紵潔　任俠懷人是文魄
姓名豈意題三山　身世但為求半偈
四十年前天城路　今人尚問踊子鼓
應同白傅鄰娘履　沉吟安得淚如雨

我抄這首詩是為鹿橋取彩，因為我們之中唯有鹿橋是最有可能得諾貝爾獎的，讓我們大家都來期待他的新著〈六本木物語〉快快出世。

（民國 64 年 1 月於華岡）

（自 12 日寫起至 18 日寫訖）

——選自廣城出版社編輯部編著《見仁見智談《人子》》

臺北：廣城出版社，1975 年 10 月

一個荒誕、真摯的世界
讀鹿橋作品《人子》

◎翁文嫻*

> 《人子》是寫給從 9 歲到 99 歲的孩子們看的故事。9 歲以前的就由母親講給他們聽。
>
> 只要喜歡聽就好，不一定要都懂，不但是聽的人不必都懂，講的人也不必都懂。因我不但寫的時候沒有想這懂不懂的問題，到現在自己也未必真懂得都說了些甚麼。可是我寫《人子》故事的時候始終都很喜悅，現在寫完了，心上直捨不得！

這是鹿橋先生在《人子》書前作的〈楔子〉，教我們用小孩聽故事的心情來看這部書。小孩的心智不懂分析，只有喜歡不喜歡，喜歡了就完完全全吸收了，簡單，直接而完好。人思想深微處，大腦所能自覺操縱的，它有時竟會萌生意象，向你昭示。那區域不容饒舌，只要投身進去，鹿橋說「不懂」，大概指不能理論地解釋吧？唯恐掛一漏萬，於是，他興致沖沖把那世界好風光指點我們看。

第一次讀完此書，掩卷時，只是奇怪，怎麼有人會寫這樣的東西呢？書中話似懂非懂，但知道喜歡，喜歡得心弦顫動，它像把我們身旁雜物推開，推開，豁出一塊空間使再得自由舒展，跳躍，清明地思想。一些話，因偶觸及經驗，溶解了，那時真會手舞足蹈般高興，如〈汪洋〉篇內航海手，遊於波光粼粼的海上，跟著想尚有許多其他話未知哩！若他日長大長

---

*發表文章時為香港新亞研究所文學碩士，現為成功大學中國文學系副教授。

老，再一一了悟時，該有多妙！遂憶小時母親買許多美味食品，放家中不許妄動，說留著慢慢吃，同樣的牽掛興奮。

結果這書是看了又看，還不斷叫別人看，一些話可體證，一些話只能想見，我都要用「智慧」二字以尊敬！當讀罷一篇故事，看看門外世界，呆板的，灰塵的現代文明，屋宇堆砌大小方塊，許多馬路許多窗洞許多人頭，誰家屋簷下，今夕被匪幫搶掠傷殺？某少女在暗角被強姦了，賭徒在狗馬場圓睜雙目，充滿激情；遠方，鐵絲網在黑夜不斷有人影晃動，遠方有炮火，先一閃，劃見一具具餓得肚子凸起的屍體，小孩子傷了腿臂的，不會哭，難民流亡，若一陣陰翳，自天這邊吹到那邊⋯⋯。這現實與書中世界似截然不同，但慢慢將發覺眼底在變動，你想起地球不斷的自轉，明天，後天，世界已向另一角度傾斜，而諸色現象界，離不開人性，《人子》，肯定了人性的光明面，它雖在紛亂裡藏得很深很遠，但確實存在，且不時閃現，它就是動力。所以後來熟習這本書，真如作者說「不必懂」，只是喜歡，每在一天疲勞後，自陰暗一角把它取出，翻開，就如看見一片裂開的山石，溪水，日影穿過綠蔭，曬來，人在那兒變得樸實，人性如沐在清泉中，赤裸，潔淨晶瑩。

> 《人子》的文字都是簡單、清楚的大明白話。描寫的風光，情境，又都盡力避免文化同時代的狹窄範圍，好讓我們越過國界，打通時間的隔膜來向人性直接打招呼。

作者〈楔子〉這段文字說出了本書的特色：文辭與內容兩方面。

故事內容因沒有個別實際經驗，每人都可把自己的附上去，這些高度象徵的故事解釋時也就是自己的經驗整理，書中每一故事是一面鏡，照徹我們某階段的模樣。自降生、啟智、成長、然後經過種種體驗認識逝亡，最後是有限人生中只可模擬，冥想而不可捉摸的永恆，故事依此列排為〈汪洋〉、〈幽谷〉、〈忘情〉、〈人子〉、〈靈妻〉、〈花豹〉、〈宮堡〉、〈皮貌上、下〉、〈鷂鷹〉、〈獸言〉、〈明還〉、〈渾沌〉12 個，另附加一篇〈不成人子〉。作者說宇宙自渾沌回到渾沌，清虛又回到清虛，實有個章法，人一生也有，不過不容易一下子看出，故這部講人生經驗的作品也是有章法的，雖則每個故事都獨立。

在這些荒誕，又真摯的故事後藏著些什麼？

第一篇〈汪洋〉，是由人生經驗轉入文學經驗的引子，半自敘式散文，算全書最明白的一篇，畫面開闊，正宜作全書序幕。閃爍晶明的波濤上有位十七、八歲的少年，憑了健康和好奇去航行，尋世間大道理，自少年至壯年，壯年至老年，終把航海圖、羅盤、帆都放棄，不再追求，視海上生活是整個人生，與汪洋合為一體，感到真正的自由。

> 他年輕時所崇信的宗教、哲理都變成這時心智的一個細節，從前關心的世事興衰，及欣賞的驚魂動魄的情景都融化在永恆中成為一剎那間的事。他舒適地在汪洋上漂流，那年歲的痕迹就慢慢地自他的身體上、面貌上消失，看不見了。
> 這時，在他心智裏微微地又生出許多渺茫的意境。這裏面有許多景象同故事。

汪洋孕育著一切人子的故事，豐蘊的海水就是博厚的土地，所有人在此降生、啟智、成長至逝亡。讀此篇，胸懷會隨其畫面開展，字句如太陽海面的水光，跳上來，映上來，一閃一閃地。跌到心湖裡，微波湧現。

〈幽谷〉裡，有一大片花圃，開花，是每株花苗生命中的大事，未到這時機的，懷著無限熱情去想望，過了這時機的，就常常重溫那滋味，她們在谷中熱鬧的吵著，企盼春風使者之來臨，其中一朵小花，特別受同輩所眷顧，大家期待她開出最美的花，可是這小花終因負擔太重，準備不足誤過時機。故事氣氛很美，春天、綠草、鮮嫩、新生、充滿創造的熱情，就像一批初出校門的青年，都想為社會做點事，出類拔萃者都受到尊敬祝福，他們尚未懂妒忌，然小花死亡的結局實發人深思，回顧同輩中，昔日被譽最有前途者，幾年後往往消聲匿跡，湮沒於人群暗角，隨波逐流了，相逢偶談過去，彼此無奈的笑一笑，牽動了額角的皺紋……。曾敲響驚天動地的鑼聲結果沒有開場，滑稽得悲哀，此篇擺在故事之首，有甚深之警惕作用：先天優越與師友之讚賞不一定就成功，人的路總是滑的，我們該每步「如臨深淵，如履薄冰」般慎重，珍惜自己。

〈忘情〉很異想天開，說我們的秉賦如相貌、健康、理智、感情是降生前由各小精靈帶來的，故事說一嬰孩，他有最多的好品質，就欠缺了感情，因為感情這小精靈做事糊塗，遲到了。

> 她飛的路線也不直，速度也不均勻，快一陣，慢一陣。好不容易到了大樹頂上，落下來又猛了一點，枝葉都隨了顫動。她的那個包裹又大又沉重，在枝上也放不穩，她氣喘短促地還要不停忙著左扶，右扶怕把它掉下來！

感情可愛而做事不妥當。理智會穩重些，它最能準確的完成意願，但感情卻是泉頭，能把冷凝了的生命外殼濕潤、翻新。

一隻隻帶包袱的小精靈在夜間商議——眾人的天資誰多誰少？那些包袱又從那兒帶來的？是生命的總樞紐？想想看：每個小孩降生的地方，都有著火的飛蟲低飛，流連。那優越的嬰孩偏偏缺乏感情，是作者對這時代人類的一聲歎息？我們都聰明、能幹又勇敢，我們都冷酷，認為拿出感情來的人是傻子！

〈幽谷〉、〈忘情〉兩篇精巧可愛，著筆很輕，若跳開來側觀，說全書12篇是一席菜肴，則此二者當如大菜前兩道熱葷，淺嚐味引起食慾。

第三篇〈人子〉，言啟智。穿顏庫絲雅國的小王子，九歲起就跟隨老法師雲遊四海學習，老師第一課教分辨善惡，六年後最末一課仍是分辨善惡。小孩本無善惡之判，世界渾然完整，人成長就是破裂，世界裂分為應該不應該，善與惡二對立。人之心念，大事與小事，無一刻不是轉著此二者。從善則直立光明，從惡則人生顛倒成一虛影。選擇就需識慧，而且有立即殺惡的勇氣，這是要奮鬥的。老法師說：「你只有一擊的機會，一擊不中，自己就要被擊！就要喪生！喪生固然可哀，仍然只是一生一死的事，若是判斷錯誤，殺了善，縱了惡，這悔恨是千古的事，幾生幾世都不能平歇！」故學習判別最重要，這就是一點自覺心。

從自覺心到勇氣，太子都學習得很好，幾年來到訪之地，惡徒皆被其寶劍趕殺了，但作者並不將學習止於此，他在能分善惡後再前推一步。

一天，他們過一條大河，擺渡的老船夫說：

「過了那邊就是陰間，陰間的事與人間完全相反，你還能分辨善惡嗎？陰間的生就是死，死就是生。善就是惡，惡就是善。」

學習分善惡，再要學習善惡不是絕對的，換一個角度，善就變惡，惡就變善，如何就不同角度定善惡標準？所需智慧更要成熟些。

最後一課，老法師化身二人，要小王子分判善惡，一向最信賴的人，有一天你仍當用理去評定，他本身也有善惡，你能超越感情去審核嗎？終於，他分不出來，又不忍錯殺善而遺恨，他自我犧牲了。

老法師未把王子教育成國王，卻把他教育成了佛，佛界裡眾生皆有佛性，善惡是一時色相，非絕對的。王子的慈悲心，使他悟入一個更崇高的宗教領域——無善無惡。

〈靈妻〉說一個女孩與神靈結合的故事。那村莊的人，以靈氣來分地位，有些人一生聽不見神靈的話，有些人生下來就懂，有做了半生供神職，忽然一天再聽不到神說話，也有人老態龍鍾，偏能見到神，人之靈氣不靠皮貌，家世或財富，只憑心之修煉。與神靈接觸要赤裸坦誠，而世人往往自作主張，以為神靈需許多酒食衣飾供奉，就如村子裡的人，把女孩搽粉裝扮，穿七層的裙子，其實是阻隔。結果，女孩被帶至山上大石，拴縛著，神靈來前，先一陣風，一場雨，把她臉上脂粉及身上衣服吹洗掉，脂滑玉潤的皮膚呈現了，神靈才降臨。

神之來至的感覺如何呢？作者有一段很美的描寫：

> 她就要微微閃開眼來看她自己眷愛的神靈。但是她不睜開眼來！她的眼皮在這緊緊閉著的一段興奮的時間裏已經長在一起了。
>
> 她的眼睛再也睜不開了！也不恐懼，也不失望，也不好奇，因為她感到整個、完美的滿足。這個從前很有自己看法的女孩，從此寧願借用她戀愛的神靈的眼睛來看她的新世界，他的看法，就是她的看法。他的想法，就是她的想法。
>
> 擁抱着她的神靈已經感覺到了，就輕輕把她帶起來，在夜空中飛走了。

信仰，是愛的最高表現，忘記自己，才可與他人完美的結合，斯時，不是「我」的消失，而是「我」之拓展，溶入另一個體中。

自啟智而成長，愛情是必經階段，〈靈妻〉篇，是作者對此境界的探討嗎？

〈花豹〉篇，寫一隻小花豹長大，成為同輩中跑最快的，為什麼？因為他有賽跑的誠意與一份童心。

小花豹的特色是後腿長，走起來頭低尾高，實在可笑，長大後還是保留這些孩氣，急跑時，這些孩氣特徵都變成動力的來源，就是後腿特別有力，蹬撲得最快。我們做事時，有孩子的心總會有活力熱情些吧？

他另一特點是豎尾巴，跑最快時會自己高興，尾巴不再平伏於身後，而是滾圓筆直豎起，像一位得勝的將軍豎起他威武的旗幟。此乃自足之表現，一件事做得好，本身就有樂趣，不必旁人的誇讚已有樂趣，此乃誠意。小花豹結婚了，生下兩個好看又好玩的小小花豹，鹿橋對婚姻生活有一段很美的描寫：

> 每次賽會他一定帶他一家都來……他的小小豹子又活潑，又不太聽話，他也要幫他的妻子看管他們。他們太鬧了，他就把他那毛色特別豐澤的

大粗尾巴伸過去一下把他兩個都掃倒在地上，然後就用尾巴把他們壓住。兩隻小小豹子就掙扎着爬也爬不起來，翻也翻不過去。仰著白毛毛的小肚皮，四隻爪子在空中舞着抓着，瞪了圓圓的眼睛，狠命的叫……他們的母親有時偏過頭來看看他們那份兒沒辦法的神氣，不但不給說情，還笑着說他們不乖！

會場上許多雌豹子愛慕他，故意逗他跑企圖接近他，這些不誠意的念頭每惹他反感，氣憤的回到妻子身邊去。由此可見作者十分肯定家庭生活。

其中一隻年輕雌豹，跑得很好，但不像其他雌豹想惹小花豹注意，或向他逞能較量，只單純愛慕他的壯美，編了一頂用鳥羽跟獸毛做的管狀長網子，想送給他套在尾巴上，配得更完美。做這事時她無雜念，所以不怕大家笑，也不怕小花豹會生氣。最初，小花豹不知怎麼辦，本能地想摔掉它，終於，接受了，在雌豹的誠意前，他反覺拒絕是一種粗魯。而且，感覺自己又回到小時候去，雌豹的單純，令他回復童年的快樂。

小花豹愛跑，故跑得好；小雌豹送禮，只為了對美好的尊敬，故被接受，這故事表揚天地間的誠懇，而誠意來自赤子之心。

〈宮堡〉篇，王子為宮堡之完美，訪尋一位女主人走遍天涯，到過面貌怪異、或言語不通的地區，可是都不覺陌生，他感到所有地方，像同一世界的不同色相，每一女子，不論美醜、種族、年紀、性情、身世，都不過是一位老朋友在各種不同情境下，一時之身影。最後，回到故鄉，發現自己懷戀的，是替他造宮堡那位老者的七歲小孫女，斯時，二人皆白髮蒼蒼了，而開宮堡之門匙亦鏽斷，矗立在夕陽下光輝如天堂，永遠被鎖，但王子含笑，拖著老婦人，走進小茅屋去，他知道理想已達。

各方女子，若一時色相，王子終悟：宮堡之完美或茅屋之簡陋，亦一時色相，我們的理想，其實只是一遙遠的指標，引我們前走，智慧，是邊走邊顯現的。若〈汪洋〉篇的舵手，終捨棄羅盤與帆，歸合於大水，於此，作者啟示出一種積極精神：理想，是一條路，一個過程，其終點可遠至天際一粒大星，但這路自我們足下開始。

〈皮貌〉上下兩篇，探討人外在行為，並喻意皮貌有變遷，內在的真我沒有變遷，千古以來，人類終是人類，內在的均衡世界仍是相通的。

上篇「美貌」，女孩擁有的那種撩人情思，勾人魂魄，那些不自覺，又無法自制的神情，是一塊青春的皮，長大後，就消失了，再不夜夜在窗前對月流淚，她得到一個安謐的家，幻夢少了，平實的生活著。作者告訴我們：青春，是一種姿采，我們不能恃此而驕，無論你喜歡否，它總會慢慢褪色，不被追逐，也不可捉摸。

下篇「皮相」，指出人日常行為其實多虛偽，都一些雜質，人與人產生感情與相知，皆雜質外真性情之作用，即皮相下的精魂，老法師發現了這個大道理。

> 這個瞳孔裏面表現出來的情感才是那精魂的情感，而那臉皮所作出來的表情祇是這老人一生經歷所累積的習慣。精魂是原來有的，習慣是學會的。老法師自此就漸漸看穿了所交往的朋友的皮相，而直接與他們的精魂作朋友。

皮相隨時日衰老，精魂卻可操縱，有些人把自己保持著十七、八歲的心態，有些甚至一直是小孩，精魂年紀，才是一個人的真年紀，此乃人之超越處。小孩子與神靈相近，精魂愈停在小孩歲月，愈多創造力，小孩不會處事，大人該以皮相養小孩的精魂，帶它進入世間創造，借它顯示神靈。

兩則皮貌故事，說出天賦之青春不可恃，天賦之雜質應超越，後天努力可修煉出獨立自主的真我，不被時間，秉賦所限。

〈鷂鷹〉篇，明顯的說及教育問題。如何去做好一個人，是那麼困難，故應視其經驗，傳授下一代；文化愈厚，教育出的新生命就應更睿智。故事裡鷹師數次跪向祖先禱告，見他之虔誠態度，若含一份使命感。作者對傳統正面價值，是肯定的。

鷹師與鷂鷹朝夕相處，感情是教育之首要義，老師教導，最好不讓學生感覺他在教，老師的好意該不是一條繩子，而是春風挑撥小孩心上的泉水。

> 他訓練她，並不是因為他想捉鳥或捕兔。他也不想把她訓練好，轉賣給別人去用她捉鳥、捕兔。他是要教她知道怎樣竭盡她的天賦，並且作一個最有靈性的鷂鷹。

此段揭示出教育的意義，乃充分發揮人潛能，排圖口腹之慾的準備，故鷹師採興趣教學法，每次餵飽才開始學習，那些功課就是遊戲，不要鷂鷹為了生存吃食捕鳥，要她為了遊戲而捕鳥，如此，捕鳥才會盡善盡美，後來她餓著肚子也願學習，因喜歡遊戲。人若如此，會不為名利所動，盡情實踐其理想，甚至垂節氣，捨身取義。

技術學習得完美了，最後放鷂鷹出野外覓食，開導她本來的獸性。

> 這個又軟，又單薄，又溫暖，又微微跳動的胸膛是鷂鷹從來沒有經驗過的，這個與她同樣有翅膀，會飛的活物，就在她自己的爪子裏改變成了她的食物。

但鷹師並不於覓食為最後一課，他與代代祖先同有一希望，望加上人性的出色鷂鷹，能尋覓得生命現象的通性，以及那裡面的道德與倫理。因此，鷹師冒險脫下皮手套，讓鷂鷹直直降落手腕上！要考驗她是否有自制能力，面對鮮美的血肉，是否仍存著靈性中的道德與情感。她愛鷹師，但也愛爪尖抓住手臂時可怕的快感，到底，慾望是迷人的，它挑動著生命，使我們感到豐實而血潮叫吼！但慾望之美，是否要充分的靈性才能欣賞呢？

終於，鷂鷹克制住，未傷害心愛的老師，作者肯定了靈性是主宰。

〈獸言〉篇，是文化發展到終極的一個轉彎。整篇若詮釋著老莊的話：「反璞歸真」；「吾生也有涯，而知也無涯，以有涯隨無涯，殆矣！」

各國文化在這世紀正面臨衝擊，因大家都可以走出國外看世界。雖然孩子降生都是牙牙學語，但整個文化根脈是老的，我們出世就含著老血液，故事裡那位學者，象徵著一代文化。上篇表揚祖先心得之可貴，此篇，為豐厚傳統下新的一代另尋出路。故當學者歷盡世間文化，更進一步就是走出人間，碰到與人類最相近的猩猩！猩猩文化學盡了，使人想到鸚鵡呢？甲蟲呢？地球以外尚有月球！追尋是無止境的。這知識爆發的時代，人反觀所知的，只有自歎渺小，因此，我們應取適合於自己的學問，能增進幸福就夠了。書中老學者為追求知識智慧，走到猩猩世界，抽象的道理並無多少心得，卻獲到許多近身的快樂，終悟出生活之目的在生活中，此乃最踏實之人生。

人類自以為比猩猩進步，其實是自大。學問愈深博，才知道每一事物都有可愛處，假使常人，當認為猩猩不足法吧？更何況鸚鵡、甲蟲？老學者之低首猩猩，使人想到本以為卑小的不是卑小。一看見卑小者其實是看見本身的缺陷，天地間，各物類有其自足之靈性。《人子》每篇都有啟發作用，〈獸言〉更使人之智慧開闊無限，其說出物皆有性，為人之追求上進心打通一切路。

故事本身也有趣極了，猩猩宴會一節，充滿想像，作者說：

> 猩猩的語言不一定說話，有時是手勢，有時是眼圈的顏色由淺紅變成深紅……。猩猩宴會的食物豐富，有死青蛙、田鼠、蛇，也有草莓、桑椹、桃、李子……

這些文字簡直如小孩子好吹牛的得意樣子。

他所求的知識、學問，在猩猩都不重要，像桃子，李子這種植學上的分類，在猩猩心目中都不及這果物的色澤，香味要緊。他世代家傳的求智慧、真理的心願都不及踞坐在樹梢看晚霞，跳進清泉去戲水有意義。自從他受了猩猩的教育，他才真領略山石、樹木之莊嚴，溪水性情之奔瀉，四季更換，及生死的至情至理。

夏去秋來的時候，他們常常去風涼高處的山岩上靜候那繁密的蟬鳴，自寬厚聒噪的聲响，慢慢變得稀疏清脆，又漸漸添了金石的音調。

在這種時間同心情裏，他們三個常一時分不出彼此，忘了你我。

〈獸言〉整篇，就帶著泉林的清涼。

〈明還〉篇，再不能容你分析什麼比喻什麼了，因它結合得那麼完整，本身就是一個世界，彷彿作者也不知自己寫了什麼，他被一些渺茫的，曖曖生滅的意象帶領著，身不由主織出如斯一幅〈明還〉圖畫。

它觸到你心深處最脆弱的部分，它在那兒輕輕敲彈，令你舒服，隨又自憐而痛楚。歎為何今天得遇此文章，為何今天才遇此文章，寫文章的人懂得嗎？他把人心井之圖象描出，呵癢輕輕——若畫了一張符咒往那兒貼。

想講些話，恐落筆便把小小孩褻瀆了，他只是個孩子，原不懂什麼。他來是帶你看景色，看小鳥飛來跟他玩，看他十個指頭上都是螢火蟲，看他把日月兩大球往身上耍，看他抱著大球慢慢飛升。

美，無言地劃破空中。

要給第 12 篇〈渾沌〉解釋，還需借作者自己的話：

自〈幽谷〉到〈明還〉，一篇一篇像是作加法：一加一，加一，加一。〈明還〉裏幾次呈現一種渾圓又運轉的意象，把〈渾沌〉引來。〈渾沌〉則做了乘法：變化從此不但加快，而且可能性也忽然增多，因此可以達到無窮！

於是，才在冥冥中意識到永恆。

——〈前言〉

「可能性」與「變化」，使〈渾沌〉篇很自由。作者隨意寫，讀者隨意想，全篇分十節，有些理論，有些故事。理論無組織，那些話如心智開時，一閃一閃的光，故事亦無邏輯結構，似剎那間的想像，如在打瞌睡的課堂，在人擠人的公車裡，腦袋蒸著所有你認識的人，他們自登場活動。故事內容以前 11 篇作骨幹，一些似某故事之上半，一些似某故事之下集，有時我們聽故事總愛追問：「後來怎樣了？」、「那個人以前是幹什麼的？」鹿橋就在〈渾沌〉中為我們解答。

人之一生也是一個故事，是把宇宙破開看到一個片段，祖先是我們的上集，兒孫是下集，誰在冥冥中為我們解說呢？

人生之每個小節也有其前因後果，有無限的可能性，把〈渾沌〉篇小故事與前面大故事相對，會啞然失笑，以前認為看得完全的事，原來不過是許多可能性，許多變化中的某一面而已。

作者把故事的另一面也翻了出來，若幕終了，後臺旋轉作前臺，角色好，演員本身就有其可歌泣之故事，人在看罷幕前幕後，得到慧悟而解救。故作者說：「看了〈渾沌〉之後，〈汪洋〉就再也約束不了那少年航海手了。」

〈不成人子〉，是附加的一篇壓最後，以前 12 篇講人生經驗，是做了「人」才可聽懂的，作者另寫此未成人的世界，就要將人的世界烘托出。

生而為人，是很幸運的事。要常常記住自己難得的機遇，珍惜這可寶貴的身世，也要常常想念著那些不得生為人子的萬象生靈。

「那些」就是躲在東北吉林省，常走出來想學人樣的蹩犢子。它們在黑暗陰濕中過活，期待著人世界的明朗。做人很難，做不成，就變作野獸。我們既是人的模樣，是修煉了好幾千年的成果哩！故應該珍愛它。

珍惜的心念，將萬事萬物都翻出了意義。

珍惜，人就變得步步勤謹、踏實。

懂得珍惜，人該減少些煩惱。

人常因不知自身環境，故茫昧苟且度日，若看出每一環境都是獨一無二的存在、都會變遷時，就知積極了。這意思每人都曉，尤其面臨失敗時，但少有人能就自己一生去想，去參悟這道理。

鹿橋帶我們這樣想。

書中文辭簡單，以最快的方法使你明白，它無花巧，但很中用，故耐看。初接觸或許覺它淡些，且像小學生初寫文章不懂形容，慢慢卻感到它美在骨子裡，不在每字每句，而在整段，整篇的氣氛中，例如〈皮貌〉篇：

> 夢裏她好像又受了甚麼旨意支使那樣，把被蓋、衣服都丟掉了，都棄到地下，而光就照在她整個勻稱的少女的肢體上。這柔和的月光，比任何衣服、材料都更能配合她好看的身體。
> 就這樣，月亮就停在天上不動，一直用她的寒光浸潤這女孩，女孩的皮膚，就慢慢開始吸收得透明了，又像冰雪、又像水晶。

這是一種柔和的美。再看〈鷂鷹〉篇：

> 出門的盔也有好幾頂，有的上面有羽毛，有的有鈴聲，若是戴著有鈴的，他們就在一串鈴聲裏，穿林越野。若是戴的是沒有鈴的，他們就一同欣賞這靜寂的旅程。
> 蒙了頭盔，架在她主人的手腕上，這鷂鷹就這樣經歷了秋天的寒霜，冬天的風雪。她雖然看不見這些景緻，但是她聽得出來馬蹄下霜草枯折的輕響，也覺得出深雪裏那艱難的馬步，馬慢了下來，她耳邊也就沒有風

霜了。

雪把馬蹄的聲音深深埋在一片沉寂裏，鷂鷹的心就為想像所充滿。

鷹師要貫澈其拔乎眾流的教育理想就是孤獨的，這段文字寫出此孤寂的美。

若把鹿橋文章比作一女孩，這女孩是善良可愛的，例如〈幽谷〉中各小花，一心一意為那蓓蕾祝福，忘記比不上人家的自卑或嫉妒；例如〈花豹〉中平原的豹子，野山裡的豹子，各自尋路到賽會場中，就單純為了比賽或欣賞；例如「皮相」裡老法師都不似「老」人，他竟專心摸那塊裂開的皮，還試著將皮撕開，想道：「這傷口弄了半天也不痛，反正不流血，若是弄大了，又痛又流血呢？那就趕快停，趕快上藥也不遲。」這想法竟有小孩子的好奇冒險精神了，不過大人內心恐都會有像小孩的時候，被鹿橋指出覺得很好。

她又帶一雙聰慧的大眼，你從瞳孔望進去，清幽幽的是一泓水，她審查事物不會加多，也不會減少，只把它完整反映出來，鹿橋的形容方式就這樣。文字樸素，其美在意境，這境界就是人性之美，大自然之美。

《人子》此書，一片是生機，在這是非不明戰亂動盪之時代，作者對人性堅執的信念，至為難能可貴。寫實文學作品使人反省，《人子》則做了提升作用，使人大著膽子，睜著眼睛，冒了危險，爽直地，渴慕地向著善，愛著美。

它的涵義嚴肅，表達方式卻不嚴肅，若一個智者把累積的經驗編成故事，說給愛聽故事的小孩聽。

大家圍著，有些伸長腳直直坐地上；有些聽一個故事滾一個筋斗；有些側躺地上托起腮來；有些伏他膝上微微笑，大家要不停的動著，聽聽又看看天上雲朵有沒有小花豹與仙女，雖然有些懂有些不懂，但這都沒有關係，聽著聽著，手和腳的泥巴若被水慢慢沖洗了，皮膚光溜溜的，我們都因心裡喜歡，臉兒紅得亮了，母親們也很高興，都說：「你們就聽故事吧，不用做功課了，今天你們身子乾淨，也不用洗澡了」。

——選自廣城出版社編輯部編著《見仁見智談《人子》》
臺北：廣城出版社，1975年10月

談《人子》

◎周夢蝶講*
◎應鳳凰記錄整理**

前言

幾個朋友曾和周夢蝶開玩笑，要他開一個「《人子》講座」。一來，朋友聚會時談談《人子》，實在是一件愉快的事；二來，周公善於「閒談」——只要氣氛不錯，情緒也好，周公談詩詞或文學，獨到深入，確實很令聽者入迷，欲罷不能。剛好逢《人子》出書，我們路經武昌街時，問他：

——《人子》怎樣？

——好。

——怎麼好法？

——有空我慢慢講給你聽。

下面便是周公講《人子》時，我陸陸續續作下來的紀錄。因為是隨手記的，沒有錄音，語氣也就無法傳真，但內容大致是不差的。

關於《人子》

有的人讀了《人子》之後很喜歡，也有很多人看了以後，覺得不喜歡。這些情況各有他們的道理。

如果純粹就小說藝術來看，《人子》並不是很完美的文學作品。好的小

*周夢蝶（1920～2014），本名周起述，河南淅川人。詩人。
**筆名項青。發表文章時為中央銀行職員，現為臺北教育大學臺灣文化研究所教授。

說，雖然情節我們早已知道了，但還是想看，因為小說本身有吸引力。《人子》的好處，不在小說的結構或形式，也不在文字之間，而在作者藉故事以表現的哲理。我們可以把它當作寓言小說或哲理小說來讀，因為它的美，全是從文章裡的寓言或哲理表現出來。喜歡讀《人子》的人，或許是讀了太多文字意象濃厚的東西之後，反覺得這樣的作品很清新，很特別。就像吃了太多油膩的東西以後，特別喜歡新鮮的小菜。

《人子》的文字，流利清暢，「辭達而已」。它是求真先於求美的——想法本身美，形式上，並不刻意雕琢。從作品的表現中看，可知作者是有相當的哲學與宗教修養的。如果說詩有兩種，一種是言志的，一種是載道的，《人子》屬於後者。它太重視「本質」，於是「外表」就忽略了，說不定作者認為：文字上的雕琢，對這樣的作品反是一種妨害。事實上，古今中外的大文學作品，形式與內容全用了大工夫，互相並不妨害。好的文學作品，我們總希望它有滋味，又吃得飽；換句話說：我們理想中的文學作品，應是看著又能美妙動人，吃了又能從中獲得養分，魚與熊掌兼備，才能流傳千古。

從《人子》的〈前言〉裡，可以知道作者的寫作過程是很快樂的：

> 《人子》寫到最後幾篇時，我心上越來越清楚這一段美好的寫作生活要告一段落了，便越來越捨不得收束。

心裡有話說，就把他說出來，自然是一種快樂。還有一句，說：「我不但寫的時候沒有想這懂不懂的問題，到現在自己也未必真懂得都說了些甚麼」。這也是老實話。老子說：「言者不知，知者不言」，有許多境界，你真的站到那情況之中，反倒不想說話了，所謂「言者不知之言」。是以作者說他也未必「真懂得」都說了些什麼，我們相信他並非故作謙虛之言。

> 今天，我動筆要把近四十年來，斷斷續續構想的一串兒寓言式的小故事

> 寫下來時，我不僅懷想那時的師長……更無一刻不惦念這光輝無限的文化的命運。

〈原序〉中，這句話很重要，包括了作者寫作《人子》的動機與過程，內容和形式。書裡，充滿的都是「小故事」，寓言式的小故事。而作者寫作時，心裡惦念的，卻是——光輝無限的，文化的命運。

汪洋

〈汪洋〉一篇，是智慧與經驗的融合。

從青年到壯年，從壯年到老年，這中間有種種成長的過程。青年時，憑著自己的聰明才智，覺得天下之事，沒有一件是達不到的。而到了老年，想法便有很大的不同。舉一個例子：曾有一位青年人，他總以為，只要有了聰明，便可成大功立大業；等他中年以後，他的見解修正了，他認為要「聰明與笨拙結合」，要加上傻勁，流血流汗，才能成功，光有聰明是不夠的。一旦到老年，他想法又變了：以為光要「笨拙」才能成功，有了聰明，反是障礙，反而一事無成了。

> 向一個方位走得時間越長，距相反方向的港口也就越遠了！就這樣，他又從壯年航行到衰老。

第十頁的前二段，寫的全是航行的過程。

青年，而壯年，而老年。走了長長的一段，雖然沒有成功，但卻得到了「智慧」。

中年以後，知道世界的一切知識行為，只有相對沒有絕對的：「守法的對面一定是犯罪，法官、律師的對面一定強盜、小偷！他們之中到底誰是真正誠實的，倒很難說！」（頁 11）他現在已覺得沒有奔向任何一個港口的必要——他不想「得」的時候，反而有所「得」了，因為他已經知道：

不奔向任何一個港口實在是一個積極的態度。

> 他的生涯在水上，海洋是他的家，港口不是。此後不再想港口了。
> 在思想上他也拋棄了航海的儀器，接受一個新解悟。歷史、時間、古往、今來都與他同在。
>
> ——頁 12

「在思想上」這四個字很重要。

> 慈祥的老者教他抬起一條腿來，兩人同時一舉足，就從時間的領域裏邁步走了出來。他簡直不能相信這新自由的無限美妙，及這永恆境界的無限莊嚴！
>
> ——頁 12

能從時間的領域裡，邁步走了出來——在思想上，他已經能「超脫」而不受時間的桎梏。

從佛家的境界中來講，他已經能擺脫眾生疾苦的滾滾紅塵，能放下剎那生滅的名利追逐，而到達無牽無掛的「羅漢境界」。

而羅漢是「小乘」。小乘只能自渡，他們卻不渡人。他們自己脫離了塵苦，只管自己享福。

鹿橋在〈汪洋〉裡所顯示的，頂多是個有思想的文學家，或者說，他是有心人，是哲學家。「兩人同時一舉足，就從時間的領域裏邁步走了出來」，他們但止於此，並沒有再投進來，他們享受到自由世界的無限美妙，便不願再回頭。

這比「大菩薩」的境界又差了一點點——「大乘」的境界是要自渡渡人的。他們在永恆境界的無限莊嚴裡，還想到尚有千千萬萬的人，未能解脫，未能達到「自由美妙」的彼岸，所以他們還要走進疾苦的世界裡去——

去引渡眾生。

佛家的慈悲是在能「出世」，亦能「入世」。能夠出世間，又能入世間，才是真正菩薩境界。能夠丟棄「羅盤、航海圖、帆」種種，與汪洋合為一體，此項超脫固然不易，在汪洋的無限自由裡，更能向眾生引渡，尤為困難。〈汪洋〉的終篇，只是「與這位慈祥的長者……沈默地一同欣賞這些景象、經驗，同故事」。站在彼岸看世間——畢竟是「小乘境界」的悠然。

幽谷

〈幽谷〉的重點在後半部。

〈幽谷〉中的一大片花草在開花之前的熱烈興奮，占了文中的大部分，充塞著一片生機與創造活力。整個故事卻很隱晦，故事本身要表達的線索很細，細到幾乎看不見。

故事裡，主人公的周圍環境，是在曠野，又是靜夜——萬籟無聲之際，最易啟發偉大的思想。「靜是聽覺的透明狀態」，多少偉大的哲理，都是思想家在面對天地的浩壯與靜默的沉思之中得到的；例如釋迦牟尼在菩提樹下的頓悟。

〈幽谷〉中有成千成萬的小花。各種「花」，代表萬法。每一朵花，只是萬法中之一法，只是一面，或稱「一相」。〈幽谷〉之中，最後那一朵「沒有開就枯萎了」的小花，乃是「隨拈一花（法），以概其餘」。

第 24 頁裡，這朵小花有一句話，特別不可忽略的，她說：「在這麼一個顏色熱鬧的花叢裏，我最好開一朵素靜的花。」這正代表這朵花的思想。「她衹自己靜默地苦思着」，但時間太緊迫，又不能太冒險，她終於決定開一朵「素靜」的花。

開花代表一種成就。成就有大有小，有善有惡；成就大的，影響的人會更多，反則少些。善的成就，如聖賢的立功立德，有善的影響；惡的成就，如野心家的「一世之雄也」，便有了惡的影響。

小花最終的決定是：沒有開。她不肯匆匆忙忙選擇，足見她並不潦草。

她選擇了「不開花」是自決的。開了反而不好。花如果開了，必有顏色，而顏色是「相對」的東西。不開，也就不落，也就不枯萎，所以她不能夠開所有顏色的花——因為她還沒有開，所以任何種顏色的，都「可能」開。

此篇最後二行，點開了全篇的意義。「在這千千萬萬應時盛開的叢花裏……」（頁 26），這句話之中，「應時盛開」這四個字非常重要。花開既是應時而開，可見都是很短暫，旋生旋滅。不開花的小蓓蕾，永遠是將開而未開，永遠在「眾法」的旋轉之中，屹立不變。若說未開的小蓓蕾是「道之體」，開出的各類花朵便是「道之用」。以道為中心，可以呈現任何種不同的法相和不同的色體——只要存在著小蓓蕾，便孕藏著各種開花的可能。

最後一段，當主人公忽想起，在一片花草中仔細尋找時，「他找到一株美好的枝梗，擎着一個沒有顏色、沒有開放，可是就已經枯萎了的小蓓蕾」（頁 26）。

「枯萎」二字用得不好，或者說用得不妥。因為「枯萎」，表示花已經開過了。事實上不然，她是「沒有顏色，沒有開放」的，既沒有開，怎算枯萎？可是，想想除了這兩個字，也真不易找到更適當的字來形容。

忘情

「忘情」，重在「忘」字上。是忘情，不是沒有情，與道地的宗教看法不同。

〈忘情〉一文裡的思想，是文人的思想，不是思想家的思想——它並不是非常有邏輯，有體系的。

從文章的表面看——除了送「感情」的小精靈來得太遲了以外，其他的禮物，統統及時趕上。什麼都有了，單獨「感情」慢了一步，乍看似乎是一種遺憾；從另一個角度看，別的都不會忘，單單丟了它，足見感情雖然頂重要，似乎是可輕可重，可有可無了。

他今生要享有絕頂的聰明，他健康，永不生病……他英明、果斷。幻想豐富而又極端地理智堅強。

——頁 35～36

體力、智慧、美貌，這些都是很重要的。看完了〈忘情〉我們不禁要問：作者這樣來描寫「感情」，他到底是贊成感情呢？還是反對感情？

我們來看看這位感情的使者——

……一路飛來像是燒着一個小火把。

她飛的路線也不直，速度也不均勻，快一陣，慢一陣。……她的那個包裹又大又沉重，在枝上也放不穩，她氣喘短促地還要不停忙着左扶、右扶怕把它掉下來！

——頁 33

不直，不均，無寧是對感情的一種批駁；包裹又大又沉重，對於前進似乎也是一種妨礙。

在人生的驚濤駭浪裡，有了「感情」的沉重包裹以後，航行的船便不輕捷。一個沉重的包袱，在奮鬥的過程中，無寧是一件累贅了。速度不均，方向不確定，如何能成功？

「感情」的亮光是紅色的，她的亮光比別人都強——感情的生活原也是多采多姿，又光又熱的。

「收得這麼嚴緊，找都幾乎沒有找着！」（頁 34）情之為物，又是此等的自珍、自愛、自私。它是被收得緊緊的，不容易搶來的。

我們可以這樣設想——當嬰孩投胎之際，各種要素，如體力、智慧、美貌等等，都去了，唯獨自私自珍的感情沒有去。是福是禍，倒不必太早肯定。

充塞著「情感」的一生是很美的，但也多半是「悲劇美」。林黛玉是個好例子。其他諸如哈姆雷特、項羽等等，一生充塞著情感的悲劇英雄，也都很令我們同情。只要是人，無不需要「感情」的慰藉，可惜感情她太尊貴、太蒼白，她常將門關得太緊，使陽光不得進來。

看世界上事業成功的人，他們便缺乏這種浪漫色彩：他們多半能把是非利害，通盤籌畫，只知平平實實往前走；他們沒有太鮮明的愛憎，她們知道如何把智、情、意三者，調整平衡。薛寶釵是一個例子（雖然有人說她「樣樣在行得令人討厭」)。

情忘了，是否可惜呢？情沒有趕上，是否遺憾呢？能忘情，真是好的。作者把自珍的感情放到最後才趕來，並非沒有原因。愛情本身帶有悲劇性——追不到它，很悲慘；追到了，更悲慘——那是幻想的破滅，是厭倦。所以說：忘情不是遺憾；但是，只怕也太不容易的。

人子

何以取名「人子」？

「人子」象徵道之終始，真理的起點和終點。

佛經裡，大菩薩叫「法王子」，他負有「擔荷如來家業」的責任——繼往開來。

孟子言：「聖者，人之至者也」。取名為「人子」便有這樣的意思。所謂「內聖外王」；僅僅「真理」二字，是抽象的、無形的，如何顯示它、完成它，只有藉具體的東西：「人」來作這件事。人是有靈性的，周作人有幾句話說得很好：「人是從『禽獸』進化而來的，所以，他的血管裏尚有不少獸性的遺留。但是，人既從禽獸『進化』而來，所以他能兢兢業業、欲日新其德，以求昇華、超越……」

王子要在九歲這一年，把太子的號稱留在宮裡，只扮作一個小僧侶的樣子，隱姓埋名，隨了師父到處歷練，增長見識，受他的教誨。一直到了15歲生日才回宮裡來，準備繼承王位。

這個國家選太子並不一定要「國王的頭生」，「而是他們認為天資最聰明，性情最溫和，身體最健康，容顏最端莊的」（頁 38）。這些包括著智慧、仁慈、健康、外貌等等，都是作一個王子該具備的要件。「王子如果到了九歲還沒有被選就不會被選了」（頁 38）——「九」是數之終——數目字從一到九，九已經是數的頂點了，到了十，又恢復一和零的結合，周而復始。小孩在十歲之前，是蒙昧時期，九歲以後，心竅便開，九歲相當於他生命的轉捩點，由此向善向惡，十分重要。王子在這之間，若能有很好的教育，就是聖王。

在第 40 頁，老法師說：「我教你做太子的第一課是分辨善惡。六年以後，我要教你做太子的最後一課，也還是分辨善惡！」

這是明圓。整個過程是智慧的成就。

第一課是分辨善惡，到最後一課，還是分辨善惡，其間程度不同，要透澈，才算圓滿。所以說「明圓」最難。

小王子從老法師那裡學來的劍法，與其說是劍「法」，不如說是劍「道」。因為小王子已經能夠把劍法和人生哲學融合，能將身心和自然法則打成一片。正如莊子所謂「技也，而進乎道矣！」這是劍法的最高境界。

你一定要在善惡不能兩存時才可以殺惡，而且要殺得快，殺得決絕。

——頁 49

這段話很要緊，因為劍的最大功能，不在殺，而在以殺止殺。古人說：「聖君耀德不觀兵」，又說：「兵者，兇器也，人君不得已而用之」。但在善惡不能兩存的時候，就非出之於斬殺不可。從前釋迦牟尼為救五百珠寶商人的性命，不得不襲殺意圖謀害五百商人的某一強盜。這樣的殺不是殘忍而是大慈大悲的另一種應用。一向許多中國人對所謂「中庸」二字的看法，有一些偏差，一般人都認為所謂「中庸」就是不痛不癢，不黑不白。這種看法不但似是而非，而且錯誤得很嚴重。要知道，中者中（去聲）也。當賞即賞，賞即是中；當罰即罰，罰即是中；當赦即赦，赦即是中；當殺即殺，殺即是中。不但要殺，而且要殺得快，殺得決絕，所謂「除惡務盡」也。否則，婦人之仁耳。

然而，真理是多元的，有正面的真理，也有反面的真理。人心千差萬別，是非善惡的形象與種類也千差萬別。情況不同，劍之處理的方式也不同。這就要歸結到「運用之妙存乎一心」了。

> 小王子大吃一驚……老法師身子左右一晃，忽然分成兩個人，一樣高矮，一樣胖瘦……「你看我是善？還是惡？」
>
> ——頁 58

老法師一個人分成相同的兩個人，也就是說：善惡在「形體」上分不出來，必要從「本質」上分。這是告訴小王子，分別善惡不可從外貌上肯定，而要看動機、目的等等。諸葛青雲的某本武俠小說上，曾有這麼一副對聯——

> 百行孝當先，在心不在跡。在跡，則貧家無孝子。
>
> 萬惡淫為首，在跡不在心。在心，則世間少聖人。

「在心」與「在跡」的分別，也可說是動機與外形的分別。

最後一場結業典禮，老法師給小王子最後一課的「分辨善惡」，要小王子分別「你看我是善？是惡？」

小王子沒有分出來。

他善惡看不出來，也就不肯付諸行動，顯示了小王子的不肯潦草。

小王子不肯輕舉妄動，不苟且，寧願自己被殺，這是一種執善固執的精神。他不動手的原因可能有二：1.他分不出善惡；2.從本質上看，善與惡在王子心目中，已經泯合。

他已經掌握了宇宙萬物的本質。

「祇有老法師自己知道這位才華蓋世的太子，終久是不宜作國王的」（頁 59），就舉起手一劍將他劈了。

一個理想的皇帝並不是「看見每一個人都是好人」。要成就一位國王，善惡一定要分明。但他真的是不宜於作國王嗎？在我看來，一個明君不一定成佛，但成了佛，則必然是一位明君的。

靈妻

從〈靈妻〉裡，顯見鹿橋對男女之愛並不排斥，甚至可以說是歌頌，以為是歡樂的泉源。凡是妨礙、摧毀、阻隔此一愛情的禮俗或教條，都應該反抗、捨棄的。

他似乎不像宗教家，把男女之愛看得那麼嚴重。「菩薩見慾，如避蛇蠍」（《楞嚴經》），那是剛剛修行的人，這一層愛欲，要下很大很勇猛的工夫才能割斷——而文學家有文學家的看法，鹿橋對愛的境界，在〈靈妻〉裡，作了很細膩而深刻的描寫。

〈靈妻〉裡，寫的是從「少女」到「少婦」的成長過程。

> 坐在鏡子前面，女孩看自己裝束好了的樣子也不悲哀，也不歡喜。
>
> ——頁 70
>
> 自己年輕美好的肢體為層層的衣裙裹住。她心上想：「若是神靈不收我，怎能怨他？祇能怨中間的這幾層脂粉，衣服，同這古老的祭禮，把自己勞頓得半死！」
>
> ——頁 71

這裡有著批判世俗祭禮，人為陋俗的意思。

「到底是你們大家去嫁給他呀？還是我嫁給他？」（頁 71）女孩這句話問得生動，也問得合理。

從女孩的各種準備，到一群人員的帶著她上山，整個祭祀的過程，有一種「延宕」的氣氛，那是作者的寫作技巧。讀者跟著他的文字，慢慢覺得高潮就要降臨了，心情也跟著緊張起來。

> 她們用來縛她的是柔軟彩色的絲綢，不是繫生畜的麻索。
>
> ——頁 75

我們從這裡可以看到：愛情的束縛，原是美麗而溫柔的。

後面神靈降臨的一段，尤其顯示作者鹿橋的敏於感受，妙於想像——

> 風又緊了一點，漸漸又夾下了些微雨。
>
> 風又輕狂了些。……便祇有羞得把雙眼緊緊閉上。
>
> 她的衣服如疾走的戰場上的旌旗，為風拍擊，條條碎破，然後一絲兒又一絲兒地吹走了。……
>
> 雨水把她的脂粉完全洗去……。
>
> ——頁 76～77

此文越到後來，詩意越濃。一篇文章，能以引人入勝為始，發人深省為終，便是上乘。

叔本華把愛情的能力稱為是「盲目的意志」，這是消極的說法。

中國人以為「陰陽合」，才能「生」，整個宇宙就是「陰」與「陽」的磨擦、激盪。

> 等到她氣息平定了，她才想起這整個時光都是緊閉着雙眼。她就要微微閃開眼來看看她自己眷愛的神靈。但是她睜不開眼來！
>
> ——頁 78

整個時光都緊閉著雙眼，使我們想起「愛神是盲目的」這句話。而這裡的「神靈」呢？此神與一般所謂的神不一樣——我以為，這「神」是宇宙間生生不息的主宰——所謂「大能」。萬物之間有陰陽，動植物界有雌雄，人類有男女，但有了此一使之生生不息的「大能」，宇宙之間才能孕育萬物，才能互尅互生，永遠不息。「道」之體無形無相，「大能」正是這無形無相之間的一種功能。

〈靈妻〉到了最後一句，我們感覺整個宇宙的和諧——

> 擁抱着她的神靈已經感覺到了，就輕輕地把她帶起來，在夜空中飛走了。
>
> ——頁 78

愛的最高境，有很深的默契，這種愛就越來越抽象。女孩的眼睛再也睜不開之後，「也不恐懼，也不失望，也不好奇，因為她感到整個，完美的滿足」。

這是真愛。把自己整個的溶入對方，寧願沒有自己的意見、看法。戀愛中的夫妻，就會像水和糖的溶合，再也分不出那裡是水，那裡是糖了。最後甚至化成氣體，連糖水也不見了——「愛」是要不受束縛，且要百分之百獻給對方的。還有一點也很重要：要對方能感覺到。若作了一切犧牲而對方不知，豈非十分悲慘而不完整嗎？愛有待於「交感」，而後完成。

〈靈妻〉將哲理包含於情趣之中，讀來使人驚歎不絕口，前一篇的〈人子〉，相較之下便顯得嚴肅而哲理太多了。

花豹

〈花豹〉一篇，還是寫的男女關係。如果前篇是寫愛的最高境界，那麼這篇便是寫「追求異性的藝術」。

小花豹「跑得最高興的時候，他的尾巴……會忽地……滾圓筆直地豎在那裏像一位得勝的大將豎起他威武的旗幟一樣」（頁 83）。

這尾巴是小花豹勝利的標誌，也是雄性動物勝利的象徵。

這篇文章，表面是說雄豹子很了不起，整篇描寫他一切得意的姿態，而事實上，雌豹子卻更厲害，更敏銳了——因為雄豹是幕前的英雄，雌豹卻是幕後的導演者。

「一般說來，雌豹子比雄豹子跑得快」（頁 86），這個「快」字，當用廣義的解釋：它表示敏銳、迅速。女性雖然在表面上很羞怯、柔弱；而本質上，卻十分勇敢——她不但知道該「怎麼作」，她也敢於認真去作。

《易經》上說男性是「其動也直」，足見在行動上，男性遠不如女性來得細緻、委曲、含蓄。

> 她心思又細，手工又巧，她想用這個網子來表示她對小花豹愛慕的誠意。她不願叫任何別的豹子知道。
>
> ——頁 88

這是女性的心思。

對方需要什麼，女性適得其時的獻給他——並且要有分寸。流露太過分，沒有技巧，太拘謹或太放肆，都會引起男性的反感。男性有男性特有的尊嚴，讚美不能太過或者不及。

> 小花豹……似乎是要把這個網子摔脫掉。可是網子的大小織得剛剛合適，套得緊緊地，摔不走。
>
> ——頁 92

這個「剛剛合適」非常重要，也相當不容易。

如果小花豹的尾巴是「勝利的象徵」，這一個白色的網子便是「勝利的冠冕」：她把那「勝利」裝點得更鮮明，更美麗。白色的網子是美人的愛，是對勝利的裝飾、襯托，同時更是一種鼓舞。

「小花豹彷彿感覺自己又回到小時候去了……」（頁 92）。男人不論如何的成功，高官厚祿，在愛情裡都會變得天真活潑——真正在戀愛的境界裡，是沒有什麼戒心或顧忌的。

雌豹子的一舉一動，我們不但不討厭，而且喜歡；因為她用心機並沒有別的，只是想對他好。「為被愛而愛，是人；為愛而愛，便是天使了」。最後，「大雪更下得密了，他們也更跑得遠了，就漸漸都看不見了」（頁92）。她的念頭是純白的，是很純潔很本色的，所以在雪中漸行漸遠的消失，以至看不見了。

馴服就是征服。如果說：男人征服世界，女人征服男人——我們可以說：雌豹子是征服勝利者的勝利者。

宮堡

什麼是幸福？如何追求幸福？

〈宮堡〉一篇的過程是追求幸福的過程。

真正的幸福是什麼，是「名位」嗎？「眼看他起高樓，眼看見他宴賓客，眼看他樓塌了」（孔尚任）。是財富嗎？被搶了，情何以堪？是愛情嗎？失戀如何？真正的幸福——只在「知足」二字。

> 這三年來教導、啟發鼓勵他的是一位清瘦、身高、鬢髮又白又長的老者。他是甚麼人，自甚麼地方來的，都沒有人知道。
>
> ——頁97

老者是學問與經驗結合的象徵，是智慧的代表。而智慧從哪裡來，又是很不易說的。他身高、清瘦——若是追求物質享受的人，當然不會清瘦。常年的思考，加上淡泊，所以瘦。智者的表面，也都是平平凡凡，純純樸樸的；智者的鋒芒內斂，並不會在外表上顯得光芒四射。他的智，不喜向外展覽、炫耀，寧願退藏於密，所以「他把布口袋留在……小木房裏」（頁97）。

「老人扶了孫女則自由到處查看、指點」（頁 97）。這裡先點出悲與智結合的象徵。

等宮堡建好之後，王子便用了一把鑰匙，將宮堡鎖起來，他預備出外遠行，訪求一位公主。

大鑰匙是個關鍵，它一方面也是智慧的鑰匙，真理的鑰匙。

王子自己擁有一座豐富的城堡，有一處理想的殿堂，而他自己不知道。他興沖沖把他擁有的天堂鎖起來，把鑰匙交給別人，然後自己孑然一身出去飄泊。在自己的城堡裡，他富有四海，貴為王子，在這裡要什麼有什麼，這一些，他都不懂得珍惜——現在他走了，剩下無盡的時間與里程，剩下一大段路途等著他走；他不知道「眼前一剎那，足下一寸土，才是你唯一的所有」。

臨行，老者對王子說：「我就把它（鑰匙）掛在門上，人人看得見，專等你回來」（頁 103）。

明擺在眼前的東西總沒有人注意。人總喜歡往難處找，往遠處找。而王子呢，他心上突有「淒涼的啟示，一時也不明白，也就策馬走了」（頁 103）。

王子拜訪各地的公主，越走越遠。他也就感覺到「每一個女子，不論美醜、種族、年紀、性情、身世，都不過是一位老朋友在各種不同情境下，一時之身影」（頁 104～105）。

這時的王子已經智慧漸開——「行囊雖然仍是輕簡，已不是原來帶出來的」（頁 104）。智慧不占面積，沒有重量，王子還是以前的王子，心卻已非以前的心了。他知道不同的人類，都不過是一時色相，一時之身影。

等王子成了白髮老人回來，已年過七十。

他牽著老婦人一同去開宮堡的門。未牽到老婦之前，智慧是智慧，生命是生命，沒有「證入」。攜她，生命與智慧才結合為一，才相輔而行。「這時兩個人，四隻手，才同時用力，一齊旋動那鑰匙」（頁 106）。這裡說的兩個人四隻手，我們可以再發揮一下。

《易經》說：「孤陰不生，孤陽不長」。宇宙之間，最高的是太極——「太極，陰陽之所自生」；它即是能夠誕生陰，誕生陽的那個至高無上的「大能」。

陰陽是「相對的真理」：一個是發散的功能，一個是收斂的功能；一個是經，一個是緯，陰與陽互相激盪，於是產生了這個社會、國家、人世。

太極生兩儀（陰陽），二儀生四相（長男長女，少男少女），四相生八卦，八卦生六十四卦，六十四卦生萬物。

四隻手同時用力，二陰二陽合而為一，「克察」一聲，鑰匙斷了——這一結合，再也無法分出。

智光與慈光結合，互相輝映、烘托，世界再也沒有陰暗的部分——於是「他們背後矗立在夕陽裏的宮堡就光輝得如同天堂一樣」（頁 106）。他們一同走進小木屋，此時是整個宇宙的大合諧，大光明，大寧靜，大莊嚴。

皮貌

「真我」與「假我」可以分兩層意思來說：一層就是「五蘊之身」（色受想行識）與「法身」（無始無終）的對立；另一層，就是「色身」與「意身」的對立。本篇只從第二層的觀點來討論。

形體是不重要的，只要有著活潑天真的心性和情懷，他就是一個年輕人。

美與形體也沒有直接的關係——更有一層「韻味」是超乎形體之上的——所以女孩在月光下，脫去了一層美麗的皮膚而無所知覺。

女孩在柔和的月光下，「這柔和的月光，比任何衣服、材料都更能配合她好看的身體」（頁 111）。月光是自然的象徵：真正的「美」，必須與自然精神相通，與大自然息息相關。真正的裝飾是自然的、天然的，不是顏色與脂粉。

月光下，她繚人情思的神情、體態，就都隨了那一層美麗的皮膚被揭去了。整個畫面，意境，真叫作「忘形」。前面有一篇，叫作〈忘情〉，鹿橋「忘」字的含意，都別有韻味。

最後的情景，是母與女在月夜裡塗抹著月光的動作，恬柔優美。母親愛上自然以後，一切自然化了，變成自然的女兒。現在她又作了自然的母親——她現在把這一切又傳給她的女兒——這是母與子與自然的三位一體。

皮貌之二（皮相）

「精魂是原來有的，習慣是學會的」（頁 121）。一般人以年齡來分少年、青年、壯年、老年、殘年——實際上，這是一種皮相而粗淺的分法。真正老與少的分別在內而不在外，在心境不在體質。

這裡講一則梁武帝在他死後靈魂竟不認識自己形體的故事——

> 武帝既歿，回視遺蛻，衣冠儼然，以問誌公和尚，公曰：「昨我今我，轉眼便不識耶？」帝猛省，脫口述偈曰：「早知燈是火，飯熟已多時。」

靈魂與形體可以對立。書中的老法師一方面把形體留下來與人談話，陪客聊天，另一方面讓靈魂飛出去四外雲遊。法師甚至在自己死的時候，「靈魂」站在一邊看自己的「皮相」被徒弟們裝殮入棺。

照徹這一切真我與假我，皮相與精魂的，是智慧的明鏡——色身與意身，在智慧的大鏡之前，清晰洞見。

鷂鷹

讀完〈鷂鷹〉，不只覺得是鷹師在訓練一隻鷂鷹，更覺得是大思想家、大教育家在天地之間傳道。鷹師，可以拿他當儒家的孔子來讀。「所惡於上，勿以施下」；「所求於朋友，先施之」。這些是〈中庸〉裡的句子，原屬於儒家的思想；然後我們來看看這位鷹師——

> 他訓練她，並不是因為他想捉鳥或捕兔……他是要教她知道怎樣竭盡她的天賦，並且作一個最有靈性的鷂鷹。
>
> ——頁 139

〈鷂鷹〉一篇的文筆氣氛都雄厚，曲折性也很大。

青年鷹師對官佐們粗魯的舉動不忍看不忍聽，顯示他的慈悲；他對官佐不露聲色的態度顯示他的智慧；他對羽毛不好，肢體又不甚健全的幼鷹特別看中，更顯示他獨有慧眼，能見人之所不能見。

然後的大部分就是他訓練鷂鷹的過程。

他訓練時很能抓住重點，是啟發式的，是誘導不是強迫。

無論有多少食物，無論她飢餓與否，主人若不餵，她也絕想不到飛去偷吃。看看這一層師生關係，這種程度，十分可貴。所以，「這鷂鷹還沒有正式受狩獵的訓練就已經先修養成一隻尊貴有身分的鳥了」（頁 142）。

這一點教育的精神與原則非常重要。

在教育過程裡，師生需要互相溝通；而本文在師生之外，更有一層人獸間的隔閡——

> 她的主人也沒有翅膀，不過這一點她沒有想。在她心中，她的鷹師主人是萬能的，有沒有翅膀不要緊。如果他想飛，他就是沒有翅膀也可以飛；飛得比她還高，比她還快，比她還遠！但是鷹師怎麼會飛？這道理就是鷂鷹永遠不能了解的。
>
> ——頁 146

飛有二種：一種是形體的飛，如鷂鷹；另一種是想像力的飛，如人的「心智」。一個人的想像力是無窮無盡的，「豎窮三際，橫徧十方」。因著想像力，我們可以毫無限制的飛翔——這就是萬物之靈與禽獸不同的地方，也是文中的鷂鷹不能了解的地方。

> 她讀不出她主人心上有甚麼文章。因為鷹師用了極強的自制力量使他的心上成為一片空白。
>
> ——頁 164

不只人與獸，人與人亦同——若有「心」，即可互相交通，沒有「心」，就一點辦法也沒有了。因為主人的心上沒有任何意念，她也就無法知道什麼，儘管他們之間本有著很深的默契。

本篇的「人性」似乎顯示得比「鷹性」多些，或者也因為獸性不易顯示的原故。事實上，獸性裡有些東西是比人還要好，還要真摯的。篇尾，鷹師將鶻鷹放了，主人雖惆悵，心上卻非常肯定，「他心上十分悲傷，但是他沒有作錯」（頁 169）。最後他聽到他的鷹的聲音：

> 「夷——猶！」
>
> 「夷——猶！」

從一隻幼鷹，而被訓練成一隻有靈性有情操的鶻鷹，她是成長了。篇尾的飛回似乎表示著她對主人的戀戀不捨。鷹師是不把她當作鷹而當作人來訓練的，訓練她也不為口腹之欲。她知道老師是故意放走她的，也知道老師對她無任何祈求，更不要她報答。她對老師這樣的心情很了解，又愛又敬。

但她不能夠因感謝老師而再回到鷹師身邊。即使那樣，老師也不肯讓她回來。但她還是回來看看——最後的啼聲，可以有兩種解釋：一個是假定她確實飛回來了；另一個，也可以假定是青年鷹師因為懷想鶻鷹，而耳中彷彿又聽見他平日熟悉的鷹聲。不論二者之中的哪一種，都有一股動人的感情。

獸言

鸚鵡能言，不離飛鳥。

猩猩能言，不離禽獸。

以〈獸言〉的內容，而在篇首引用這兩句《曲禮》上的話，可算是鹿橋對儒家一個小小的調侃。

世間人進入了猩猩世界，也進入了另一個完全不同的生活和文化。

這個……宴會，秩序的道理同標準自然也不是可以用人的看法來衡量。他因為學識廣，見聞多，自然不會犯這種幼稚的錯誤。他已整個把心放平，衹觀察、不批評。

——頁 183

「把心放平」這句話很重要，所謂「學問深時意氣平」。心放平，一切才能客觀，才能明晰。

他自己現在是猩猩王國的珍異禽獸了！

——頁 183

能這樣想，也就相當的不容易，有一種自我諷刺的情操，一種幽默感。並且，「這兩三年來，猩猩們不但已經拿他當一個猩猩，並且認為他是一隻很有智慧的猩猩了」(頁 188)。

此時，猩猩世界裡接納了他，他「慢慢地也發現了猩猩的心智活動自有其一種與人類不同的典雅」(頁 189)。

「典雅」二字很值得我們品味，在這樣的字眼裡，可以見出作者對獸類的尊重。

老猩猩與山中人就與他成為至友，他們就給他起了一個親愛又禮敬的綽號，用猩猩語拼音就是「苦若能甘」，意思就是「世間猿」。

——頁 189

「苦若能甘」，「若」字在這裡很有意思，它使得這個詞意變得很有彈性。去了此字，「苦能甘」，只是「隨遇而安」的意思，比較死板。現在加了一個若字，不但把苦能甘的意思包括了，甚至可以生出另一種意思來。加上「若」字，苦就溶化了，包括在樂裡了，苦亦樂，樂亦樂——「苦若能甘，苦於何有？」

一直到「山中人」負了箭受了傷回來，成為本文故事的一個轉折。山中人的身分是介於猩猩與人之間的，他象徵獸進入「人」的過程，也是人獸間的分水嶺。進化過程總是艱苦的，此階段一跨上，便是一大進步。所謂「困知勉行」——山中人挨了這一箭，正是這「苦」的意思。

到此，故事有了一個轉彎。它的附帶意義是：「非我族類，其心必異」。他們於是也就不得不忍痛分手。

分手的一段，讀起來相當感動。主人公請求猩猩們不吃甲蟲，充分顯示受過文化洗禮的人類，一種「不妨害他類生存」的慈愛。在兩種不同的生存法則裡，也許依猩猩們的想法：「自己要生存而不傷害其他生物是不可能的」；然而猩猩答應了。「我就答應你吧」，這口氣顯然不是百分之百出於自己的本心，只是對友誼的一種尊重，不一定是贊同他的主張。

在這些對話裡，流露出彼此的深厚友誼與互相尊重了解。來自不同的背景，而能有這樣水乳交融，莫逆於心的精神境界，真是稀有而可貴。

他回到人間了，好多人圍著他看。他也回到家，聽到兒輩的朗朗書聲，他突然憤怒起來。

這些書都是他讀過的！這些書的文字都是他心上記熟的！這些書裏的理

想都是他無條件接受過的！

——頁198

但是，這些東西都不是真理。如果把這些東西都抓得死死的，妄自尊大，以為天下之道，盡在於此，以為半部《論語》可以治天下，把書本當作一切——一到社會便行不通了。泰戈爾有一句詩：「文字的塵土把思想的光明掩蓋了」——這是說，凡是「說出來」的真理，都是掛一漏萬的真理，都是以管窺天，以蠡測海，都差了一大段距離。

於是他把自己的著作燒了，把小孩統統趕出去玩。

總結〈獸言〉，我們可以引一句莊子的話：「吾生也有涯，而知也無涯，以有涯逐無涯，殆矣」。〈獸言〉的過人之處，是把整個概念巧妙的隱藏在故事裡。

一個人能有這樣的胸懷，知道宇宙是無限大，學問和智慧都沒有止境，便不會狂妄，便知虛心。人不過是滄海中之一粟，多少煩惱多少愚蠢，都因人不了解自己而造成。一個人一旦明白於此，就容易快樂，容易滿足，就能在苦中求樂，在不滿足中求滿足。

明還

「明還日月，暗還虛空」。因現象界的一切，都有個來處，它從哪裡來，我們便將它歸還哪裡去——把「色」還給土，把「行」還給風，把「明」還給日月，把「暗」還給虛空——把所有有來處的都還了，剩下一個沒有法子還的，無來處，無去處，不能還的——「不汝還者，非汝而誰」？

鹿橋真善用襯托法，看他筆下描寫的小小孩：

小小孩還是願意跟大孩子們在一起，不過後來他就不多說話了。

——頁202

小小孩很有耐力，也很有大品德大智慧，全身如渾金璞玉，不露鋒芒。「他若是伸出一個手指頭向上指，一個蜻蜓就落在上面」（頁 202）。小小孩不但是這樣的與世無爭，與人無忤，更在天地之間，充分表露「有至人之心，而無其跡」的靈氣。

舉一個《呂氏春秋》的故事：

> 海上有好蜻者，日從蜻遊，蜻之至者以百數，前後左右盡蜻也。其父曰：「聞蜻皆與汝狎，捉而來，吾將玩之」。明日之海上，而蜻無至者矣。

這是喻「人不可有機心」的故事。

所以「頑皮的孩子們要上樹去偷小鳥」，「大鳥早就急叫起來並且要撲下來啄他們的眼睛」（頁 202）。

小小孩用手招小鳥，那鳥卻會飛過來。不只如此，「小小孩就伸出兩隻手，小手指頭統統分開着。一個又一個螢火蟲就從草裏飛出來，每個指頭上落一個。一個也不多，一個也不少。小小孩的小手同小臉為螢火蟲的光照着，就好看極了」（頁 204）。

這裡再舉一個釋迦牟尼的故事：

> 舍利弗隨佛經行。有鷹逐鴿。鴿飛來佛邊住。佛影覆鴿，即得安隱。舍利弗影至，便作聲顫慄。舍利弗驚問：「是何故也？」佛曰：「汝三毒未盡，故鴿猶懷恐懼耳」。

三毒是指佛家所謂的「貪、瞋、痴」。要連根斷卻人世間這三種習氣是相當不易的——鴿子躲在釋迦牟尼的影下便不發抖顫慄，我們可以引申來看小小孩與蜻蜓、螢火蟲等等融合一體的微妙境界。

在〈明還〉裡，「小小孩祇是不說話」（頁 207，第三、六行），鹿橋也未曾提到小小孩的容貌，小小孩是什麼呢？在這裡我要點破這「日月」與「小小孩」的關係。

前面說過，「太極」是宇宙萬物的來源。太極一動生兩儀。兩儀便是日月，是陰陽。老子言：「道可道，非常道」。道也可說是太極。

小小孩玩日月，那渾圓運轉的意象——廣義的說，小小孩就是太極本身。太極是道，也是萬物賴以生生不息的「大能」。

說他是「小小孩」——因為無法給予具體的形象，只好勉強稱他作小小孩，表示無法再小了——而「大能」是永遠存在，永遠不死的。正像小小孩的形象是永遠存在的。

小小孩「祇是不說話」。孔子在《論語》裡的「天何言哉！四時行焉，萬物生焉，天何言哉！」他說的「天」也是太極。

現在我們便可回到題目的「明還」——「明還日月，暗還虛空。不汝還者，非汝而誰？」光明還給日月，凡是有來處的，都還去，只剩一個無來處，無去處，無法還的——便是大能，也就是人在形體之外的，唯一的「真我」。

看看這一段——

> 他同時耍兩個大球！一個黃的，一個白的。這兩個球在他混身上、下、前、後、左、右，團團地滾。他的兩手只輕輕地推送着，那兩個球好像是懂事一樣繞着他玩。他的小臉照得通紅，眼睛耀着歡喜的光芒，整個一個小孩的身影裹在一團亮光裏。

——頁 209～210

如果說「造化無功」——無功的意思，可說是「不用力」，或者說「不居功」。小小孩在這裡的形象，彷彿天地古今都是由他隨手輕輕地推送。《易經》說：「天地之大德曰生」；不論叫「太極」或者「道」，都可算作一股力量，這股大能的力量，有向心力，也有離心力，這力量是不可思議的。《指月錄》裡有這樣一首偈子——

> 有物先天地，無形本寂寥；
> 能為萬物主，不逐四時凋。

就是說的這個。

渾沌

〈渾沌〉一篇從「心智」到「太極」分十個小段落，在這裡，總結前面 11 篇不同的故事，成為一完整的收尾。在最後的一段「太極」，再回復到「汪洋」等人物——

> 汪洋上有一個航海手。他同時間的老人在小船上閑談欣賞了許許多多故事。這些故事之外又有千千萬萬，或然，未然，未必然的可能。他們就閑閑地比較，討論。

——頁 235

這一篇就是這樣的用了幾個故事，把全書 11 個篇段，連綴畫成了一個圓。

鹿橋引了莊子的話：「中央之帝為渾沌」。這叫人想起鹿橋受莊子影響的地方。《人子》的文體，便受莊子的影響很大——莊子善用故事體、寓言體來詮釋，解說他對人生的領悟與理解，鹿橋的故事，便用的是相同的方法。

不成人子

> 生而為人，是很幸運的事。要常常記住自己難得的機運，珍惜這可寶貴的身世，也要常常想念着那些不得生為人子的萬眾生靈。

——頁 239

很好，很感人。我們要知道也要珍惜這有限的生命，去追求那無涯的智慧。莊子「以有涯逐無涯，殆矣」的說法，那是指一般的學問知識，是「分別智」。而有別於「分別智」的，就是相對的「根本智」——也即是明心見性。

「一切眾生皆有如來智慧德相，只因妄想執着，不能證得」。不論是人，或是一切不成人子的萬眾生靈，都是可以努力超越，以期更上一層樓的。有生之年，就該好好努力——

人身難得今已得，
佛法難聞今已聞；
此身不向今生度，
更向何生度此身。

——選自廣城出版社編輯部編著《見仁見智談《人子》》
臺北：廣城出版社，1975 年 10 月

神祕的觸鬚

論《小王子》與《人子》的寓言象徵

◎羊子喬*

當我們研讀文學作品時，往往從四個角度來窺溯洞察作者著書立說的用意：1.字面的意義；2.寓言的意義；3.道德的意義；4.神祕的意義。[1]如今僅就以寓言的意義來探討《小王子》、《人子》的題旨含義。由於從寓言的意象來觀照作品，便可振葉以尋根，找出作品潛藏的主題。

《小王子》與《人子》皆以散文體書寫的文學作品，書中處處含有寓言象徵的意圖，其作用相似雷同之處甚夥，且其內容都未觸及現實社會的層面，可說都從作者的沉思冥想中創造了他們各自的理想世界。《小王子》為寫給小孩和成人看的奇怪、可愛的寓言故事；《人子》為寫給 9 歲到 99 歲的讀者看的，作者的用意頗有異曲同工之妙。

一、中西寓言象徵的詮釋

寓言象徵在中西文學作品中，是不可或缺的寫作手法。中國人對於寓言的體認，大致始自《莊子》。莊子自說他的文章是寓言，蓋能知寓言之理者，則知萬物之造形，萬物皆是大自然的寓言。[2]《莊子‧寓言》篇云：「寓言十九，藉外論之。」郭象注：「寄之他人，則十言而九見信。」[3]因此後人對於寓言的箋註，大約認為是「遯辭以隱意，譎譬以指事」、「以所

---

*本名楊順明。發表文章時為遠景出版公司主編，現為國立臺灣文學館助理研究員。

[1]John Davies Jump 主編；顏元叔譯，〈中世紀的寓言理論〉，《西洋文學術語叢刊》（臺北：黎明文化公司），頁 656。

[2]胡蘭成，〈評《人子》〉，《中國時報》，1975 年 2 月 6～7 日，第 12 版。

[3]郭慶藩輯，《莊子集釋》（臺北：河洛圖書出版社），頁 948。

知諭其所不知」或「意在言外，別有所指」的一種物語，而又認為其內涵具有諷刺的啟示和透悟的作用。[4]

中國所謂「象徵」，往往是指「隱喻」，也就是劉勰所謂「比興」的意思。「依詩取興，引類譬喻」，使用「隱喻」來造成「象徵」的作用，借用神話與歷史故事來託喻，形成了「象徵」技巧的運用。

由於寓言是假借外物來「以物代人，以人代物」，象徵則「引類譬喻」，因此寓言象徵便自然地運用於中國傳統文學作品之中。

在西洋文學的寓言觀念，認為寓言是一則簡短故事，其角色為動物或是無生命的事物，用以諷刺人類的愚昧與不智，它來自隱喻的延伸，在故事中發揮意在言外的作用。象徵則以具體的意象，表達抽象的觀念與情感；象徵著重於以外在物質世界的表象，來達到內在的心靈世界的顯露。

因此我們綜合中西的寓言象徵觀念可知：寓言是一則完整的簡短故事，採用虛構隱喻的寫作技巧，讓人得取教訓或啟示的效果；由於寓言是從隱喻而來，它擴大和延伸了「隱喻」的表現方法，借用動物或無生命的事物來託喻，形成了寓言象徵的作用。

二、《小王子》與《人子》的寓言形式

《小王子》一書，作者桑特蘇白里（Antoine de Saint-Exupéry）以第一人稱講童話的口吻，敘述了整個故事情節，表現寓言形式；《人子》一書，作者鹿橋以成人的口吻，藉用似如老莊的哲理，裸裎了寓言形式。

寓言的形式，大致可分為下列幾種：1.野獸或非動物相互談話；2.表面上看起來混合有虛構與事實；3.比較像歷史事實而不像寓言；4.絕對不含表面或隱藏的事實。[5]

《小王子》書中，敘述一個飛行員在沙漠中飛機發生故障後，遇到小王子的一段故事。全書共分 27 小節，第 1 節，作者敘述個人的童年記憶，

[4]汪惠敏，〈先秦寓言的考察〉，《文學評論》第五集，頁 39。
[5]John Davies Jump 主編；顏元叔譯，〈中世紀的寓言理論〉，《西洋文學術語叢刊》，頁 647。

傳達了大蟒吞象的寓言，具有引發讀者的想像力。從第 2 小節至第 9 小節，描寫作者與小王子見面的對話，訴說小行星、羊與箱子、猢猻麵包樹、好壞植物、涙鄉、阿拉伯天文學家、花兒、火山的寓言。從第 10 小節至第 15 小節，則是小王子遊歷星球的故事，作者刻畫了國王、自大狂、酒鬼、商人、點燈的人、地理學家等人物個性的象徵寓言。自第 16 小節至第 27 小節，則是小王子在地球所遭遇的經過，作者表現了蛇、玫瑰花、狐狸、鐵路板閘員、水、星星等的寓言，然而在第 24 小節至第 27 小節，作者敘述與小王子別離的情況，並且加強了水、蛇、星星、花兒的寓言象徵，這可能牽涉了故事發生的地點——撒哈拉沙漠。

在《小王子》這本書，可發現作者利用故事的第一人稱「我」與小王子的對話，來推進其寓言的展現，其寓言形式大致可歸納為二種：其一為表面上看起來混合有虛構與事實。其二為野獸與人，人與人，人與植物之間的對話。

《人子》一書，其章法結構，以〈汪洋〉為始，〈渾沌〉為終，中間共有十篇，計為：〈幽谷〉、〈忘情〉、〈人子〉、〈靈妻〉、〈花豹〉、〈宮堡〉、〈皮貌〉、〈鷂鷹〉、〈獸言〉、〈明還〉。另外，在最後還有一篇迴光返照的〈不成人子〉。

《人子》的文字簡明，書中人物都沒有姓名，甚至故事發生地方都沒有地名，超出個別的實際經驗，故事是荒誕又真摯的世界。作者試圖創造的世界是：在有限的人生中只可模擬、冥想而不可捉摸的永恆。[6]

首篇〈汪洋〉，作者敘述了一位十七、八歲的航海水手探險的雄心壯志，傳達了汪洋和港口的寓言象徵。〈幽谷〉敘述了一株小草為了開出最好的顏色、最美的花，因此在猶疑、自視過高之際，而趕不上開花的晨光，致使小蓓蕾枯萎。〈忘情〉刻畫了愛情的變化，忘情乃需深智高慧方能忘我。〈人子〉這篇表達了善惡兩分法，敘述了一個「人子」必須具有善惡是

[6]鹿橋，〈原序〉，《人子》，頁 5。

非的判斷能力。〈靈妻〉描寫部落選女祭神的故事，以這個女子的犧牲來求神靈的恩典，這乃是源自中國的民間神話。〈花豹〉敘說一隻跑得頂快的小花豹之生活情況，在雪天尾巴舉著大白絨球。〈宮堡〉寫的是王子戀著智者的孫女的經過。〈皮貌〉裡的法師，作者刻畫了其皮相與內心的世界。〈鷂鷹〉流露了人的自然天機與鷂鷹的本性，作者述說了年輕鷹師如何關照鳥獸的天性與真情。〈獸言〉諷刺了人類自以為是的機心，表露了猩猩的語言與行儀的寓言含義。〈明還〉以小孩與螞蟻與小鳥的玩耍，揭露小孩的天真無邪。〈渾沌〉匯流作者思想與內容，追究心智活動，闡釋了「易卦」、「森林」、「天女」、「洲島」、「藥翁」、「琴韻」、「沙漠」、「太極」的寓言象徵。

細品《人子》這本書，窺悉作者以第三人稱，來訴說筆下寓言的演進，其寓言形式亦可歸納為二：其一為表面上看起來含有虛構事實，其二為神話、人與動物、人與人、人與植物之間的衍化。

三、《小王子》與《人子》寓言象徵的意義

成功的文學作品，通常都依靠戲劇性的衝突，來加強感人效果，敘述形態也許很複雜，然而如果利用寓言以擴大隱喻作用，形成寓言象徵，讓文字的背面隱藏更深的含義，則作品更具有多義性。

有些偉大的作家，經常利用寓言，在超乎現實的素材之中，暗示出他對於理想的追求，以及自我人格和志節的信念，把自我提升到一個出塵拔俗的境界。就一般而言，寓言是假外物來以物代人，以人代物，其象徵意義大致可歸納為三種：1.反諷作用：以正代反，以反代正；2.想像作用：從甲到乙，從乙到丙；3.詮釋作用：以物注人，以人解物。

以反諷作用而言：《小王子》書中，作者以一位阿拉伯天文學家發現小行星的經過，諷刺了世人對於外表衣著的價值判斷。另外對於國王的領袖慾、自大狂的掌聲、酒鬼的個性、商人的占有慾、點燈人的毅力、地理學家的自以為是……等諸如上列的人性弱點，加以反諷，在於刺激人類自我的內省，把寓言的反諷作用，發揮得淋漓盡致。

《人子》書中的寓言意義，在〈獸言〉這篇作品，可窺見其反諷作用，作者以溫和的方式，諷刺了人類自以為是的機心，以一個博學之士進了猩猩居住的深山之後，他必須忘懷前所具有的語言和學問，方能領略山水花木的情趣。

以想像作用而言：《小王子》在第一小節，作者便以畫面配合文字，以大蟒吞象的寓言，點燃了讀者的想像力，並且在羊與箱子、花兒有刺、淚鄉、火山、蛇、狐狸、玫瑰花的寓言，激發讀者的想像力，讓讀者從文字的涵義，去思考更深遠的哲理。《人子》第一篇〈汪洋〉，作者亦以海洋比喻為知識的領域，以港口象徵知識的途徑、人生的方向；在〈幽谷〉以小草開花的寓言，說明人生不可猶疑不定；於〈人子〉表白人類善惡的判斷；在〈皮貌〉第二則故事，賦予老法師外在與內在的象徵寓意，讓人對於善惡真假發生聯想。

以詮釋作用而言：《小王子》書中，往往以「羚羊掛角，無跡可尋」的方式，不著痕跡地暗喻了是非善惡，但並不以二分法來作價值判斷，答案大都由讀者去決定。例如談到人類的友誼，以及人與人之間的疏離感，作者借用小王子與蛇、與狐狸的寓言，來說明「人與人中間也很寂寞」、「人們沒有多的時間了解任何事情，他們買店舖裡一切現成的東西，可是任何地方，都沒有店舖買得到友誼，所以人們再也沒有友誼了」(頁 88)，蛇、狐狸是冷血狡猾的動物，牠們且具備反諷作用。然而，《人子》卻處處表露了解說的痕跡，作者以〈忘情〉來說明欲得情必須經過忘情的歷練；以〈人子〉中的善惡之心，來印證知識的追求；以〈皮貌〉的第一則故事，從母親與嬰兒的臉上光輝，解說人生的過程；在〈渾沌〉流露了儒家的思想，堅定追求心智的信念。

四、《小王子》與《人子》寓言象徵的異同

《小王子》與《人子》二書，皆以赤子之心來傳達作者的意念，讓人感到處處充滿了好奇、神祕的意義，乃是來自明喻、隱喻的寓言象徵。

就寓言象徵的形式來觀照，《小王子》與《人子》相似之處頗多，兩位作者同樣地用花草人獸來裸裎寓言意象。然而《小王子》著重於「對話」的表現方式，《人子》則以「記錄」的方法為主。就寓言象徵的內容來審視，《小王子》與《人子》同樣具有反諷、嘲弄、想像、詮釋的作用。但是《小王子》的寓言象徵，往往景物交融，天衣無縫，故事的推進不落言詮，反之，《人子》作者往往對於筆下人物下斷語，論成敗，在中國文學傳統中，亦屢見不鮮。

就寓言象徵的表達技巧來體察，《小王子》與《人子》皆以純粹的故事來暗示，表達作者的寓意，同樣具有啟發性的作品。

《小王子》以親自參與的荒誕又真摯的寓言來表現，《人子》則以旁觀者記錄下的寓言來傳達；《小王子》以孩童的眼光來觀看這個世界，《人子》卻以成人的角度來透視人間。

《小王子》能賦意象以生命，是該書成功之處，無論是明喻、暗喻皆活潑新鮮；《人子》書中的意象運用，具有《莊子》「荒唐之言，謬悠之辭」的筆法，發揮了作者的匠心獨運，處處見其玄機。

神話是寓言象徵的主要素材之一，《小王子》以沙漠中發生的故事為經，以人物的對話為緯，貫穿全書的是現代文明可能產生的寓言；《人子》以汪洋、渾沌象徵宇宙的整體為經，以人物的事件為緯，貫穿全書的是想像的神話，是以前、現在或未來可能發生的寓言。

《小王子》的寓言象徵，繁富而統一；《人子》的寓言象徵，繁富而紛雜。然此二書的寓言象徵皆具多義性，讓人走入神祕的經驗，擴大讀者的心靈世界。

參考書目：

- John Davies Jump 主編；顏元叔譯，《西洋文學術語叢刊》（臺北：黎明文化公司）。
- William Kurtz Wimsatt、Cleanth Brooks 著；顏元叔譯，《西洋文學批評

史》（臺北：志文出版社）。
- 郭慶藩輯，《莊子集釋》（臺北：河洛圖書出版社）。
- 郭紹虞，《中國文學指評史》（臺北：明倫出版社）。
- 王夢鷗譯，《文學論》（臺北：志文出版社）。
- 胡蘭成，〈評《人子》〉，《中國時報》，1975 年 2 月 6～7 日，第 12 版。
- 汪惠敏，〈先秦寓言的考察〉，《文學評論》第五集。
- 彭毅，〈屈原作品中隱喻和象徵的探討〉，《文學評論》第一集。

原載《書評書目》第 76 期，1979 年 8 月 1 日出版

——選自羊子喬《神祕的觸鬚——羊子喬文學評論集》
臺南：臺南縣立文化中心，1995 年 6 月

南方有佳人，遺世而獨立

談鹿橋及其《人子》

◎王文進*

一

王國維《人間詞話》嘗云：「客觀之詩人，不可不閱世，閱世愈深，則材料愈豐富，愈變化……主觀之詩人，不必多閱世，閱世愈淺，則性情愈真。」如果用《未央歌》的幽谷清音和《人子》的雲山飄渺來品題鹿橋，則其該歸屬王氏所謂的「主觀之詩人」矣。無論是《未央歌》或是《人子》，雖然時時閃爍著品味極高的慧見，但是總覺不沾人間煙火，讀來恍如置身世外，這是一般人對鹿橋作品的印象。也許正因為這個原因，雖然鹿橋擁有極廣大的讀者群，但一直很少被學院派「嚴肅的批評家」作過「嚴肅的評論」。換句話說，鹿橋的作品極可能拂逆了學院派的一些基本原則，諸如：不真實，未能充分反映時代，用詞過度濫情……等。但是所謂「真實」的概念本來就不易定義，究竟生活細節才是真實呢？還是作家經由理念對世界的詮釋才是真實？所謂未能充分反映時代，就中國近代史而言，一旦語涉時代，似乎無可避免地要和「鮮血」、「苦難」劃上等號，殊不知「時代」實在是一個中性名詞，作家可以在這裡找到他要找的旋律。唐代的安史之亂使杜甫寫下蒼莽血淚的詩史，但也使同時的王維在痛定之際，果敢地置放一切，寫下「君問窮通理，漁歌入浦深」的抉擇。而唐人本身亦不以為忤，與王維並世的殷璠《河嶽英靈集》就收錄了王維以及同一風

*發表文章時為東華大學中國語文學系教授兼主任，現為東華大學中國語文學系教授。

格的孟浩然、儲光羲諸家之作，甚至杜甫本身亦推崇王維，云其：「最傳秀句寰區滿」，這種恢宏的大度，寬容的胸襟正是中國詩史上羨稱的「盛唐氣象」。川端康成完成他纖細柔美的「新感覺派」作品時，正是日本捲身二次世界大戰之際，新潮社的《川端康成全集》16 卷還是在日本敗後四年（1948 年）百廢待興的境況下出版，《千羽鶴》則是在次一年刊出，足見日本戰後文壇並沒有要求川端作「時代的見證」。川端也一本初衷走著自己的路。然而，1968 年諾貝爾的頒獎詞說得好：「川端經過日本決定性的敗仗，他知道要復興日本，必須有進取精神，生產力和勞動力。可是，在戰後受美國強烈影響之下，川端卻透過他的作品，以沉穩的筆致呼籲：為了新日本，必須維護一些古老日本的美與個性。這從他精心描繪京都的宗教儀式，細心選擇傳統腰帶的圖樣中可以看出來……」原來作品與時代的辯證方式是可以如此多重性的，有些人一味在時代中看到了苦難，有些人卻始終能在苦難的時代中激起倔強的堅定的美的信仰。

所以我們沒有必要對鹿橋未能正面描寫抗戰而感到遺憾，反過來，我們要慶幸鹿橋沒有草率地隨波逐流。因為一但質性不合，勉強去寫，我們頂多只是平添一部二流的「大時代作品」。現在，因為鹿橋自我謙遜地抑制，我們反而流傳著另一種誠摯的永恆的旋律。

歌德和席勒曾經相互通信，討論一個重要的問題：「詩人究竟是為一般而找特殊，還是在特殊中顯出一般」。所謂「為一般而找特殊」，就是詩人心理先有一種待表現的普遍性概念，然後找個別具體形象來作為自己的例證和說明；至於「在特殊中顯出一般」，則是詩人先抓住現實中生動的個別具體形象，再由此而顯示浮現出一般或普遍的真理。事實上，王國維所說的「主觀之詩人」指的是前者，「客觀之詩人」指的是後者，而鹿橋當然是典型的「主觀的詩人」。《未央歌》並非從細微的生活細節長出來，而是從理想境界臨空飛下來。並非這個大學的人都原本是如此這般活著，想著，而是鹿橋認為這個大學的人都應該如此這般唱著、舞著。這個分野極具重要性；若不狠心揮下這一刀，太多的讀者會失去品鑑文學作品的自由，轉而成為俘虜。《未央歌》的內容題材是大學的生活，而其讀者群又都以大學生或準備考大學的高中生為主。由於作品和讀者的關係過於密切，使得讀者無法維持欣賞藝術品該有的適度間距，其實鹿橋自己說過：

> 它要活鮮鮮地保持一個情調，那些年裡特有的一種又活潑、又自信、又企望、又矜持的樂觀情調。那情調在故事情節個性人物之外，充沛於光線、聲音、節奏、動靜之中。要寫出這個來，故事不但次要；太寫實了、太熱鬧了反而會喧賓奪主，反之一個情調可以選多少不同的故事來表達。

鹿橋實在是希望大家把《未央歌》當成一部有永恆性價值的文學作品來看，而不僅止於「西南大學實錄」。換句話說，鹿橋是文學家，不是教育家，他有刻意要講的話，而他選擇了文學的形式來代言。我們不能只管內容不管形式。但是《未央歌》的讀者似乎過度關心作品的內容而冷落了作品的形式。如果這種情形繼續下去，鹿橋「教育家」的風采可能將逐漸掩蓋住他「文學家」的本質。

其實《未央歌》應該可以放到近代文學史中來讀。司馬長風是少數具有慧眼者之一，在其《中國新文學史》中赫然將巴金的《人間三部曲》、沈從文的《長河》、無名氏的「無名書」、鹿橋的《未央歌》並列為戰時戰後時期的四大巨峰。但是作品結構分析略嫌簡陋。張素貞〈從浪漫到寫實——談《未央歌》與《滾滾遼河》的創作模式〉對《未央歌》有極細微的解析，可惜受限於要和《滾滾遼河》對等來談，反而無法專注焦點盡興談來。也許到目前為止，我們對《未央歌》的回應大概是熱情有餘，深度尚不足。鹿橋表面上熱鬧，其實是寂寞的。

二

不論《未央歌》獲得怎樣的反應，終究還只是二十幾歲時的少作，無法顯示其格局。30 年後重拾舊筆寫成的《人子》，則再度顯示出其恢宏的氣魄。這一次鹿橋出人意料地採用了可以斬斷一切時空限制的寓言體，「好讓我們越過國界，打開時間的隔膜來向人性直接打招呼」。其實這項用心他自己早已說過了：「故事困於時代、地點、人物，往往事過境遷顯得歷史氣太重很是陳舊。」顯然鹿橋對於自己的作品是否能穿越時空、得到永恆性的存在一事，是一直耿耿於懷的。

其實這樣的野心，早已見諸於其早期的《未央歌》中對文字的運用自覺性。鹿橋自己宣稱：「我們又生在五四之後，在白話文運動中成長，被迫接受一個很貧乏的新文藝的試驗室！《未央歌》是我主張、提倡、力行實踐我所謂『新文言』的一篇試作……《未央歌》每在情感一上升的時候文字就往新文言方向走。到了第 13 章，全書最短的一章，文字還是可以上口，可是離口語就越來越遠，或化成散文詩或是帶了韻。」壯哉斯言！原來二十幾歲的鹿橋儼然已有向 30 年來文學思潮挑戰的氣魄。掌握到了這點，也就能夠諒解《未央歌》中為何有許多地方顯得「突兀」的原因了。但是浪漫傾向的讀者往往如中了蠱般地隨歌起舞，而寫實傾向的讀者卻又不解風情，正襟危坐地斥之為「濫情」。其次就章法而言，鹿橋也是極講究的。〈緣起〉極像宋代話本中的「定場詩」，〈楔子〉是中國傳統章回小說最熟悉的結構。當年先在紐約《華美日報》的文藝副刊發表，極獲讚美。就這一點而論，司馬長風的說法極有見地：中國的小說自魯迅的《狂人日記》以來，刻意學習外國，並無民族風格，而《未央歌》則重新找回《水滸》、《紅樓》、《儒林外史》的旋律。

書中第一個高潮係小童等人在一個寒假至燕梅家作客，燕梅在父親鋼琴伴奏下表演過舞蹈後，捧出一盒親手做的荷蘭鼠蛋糕，極精巧美麗，而荷蘭鼠的眼睛則是用燕梅衣服的黑色釦扣裝上去的。這盒蛋糕是燕梅在孩子氣中為小童做的，這段小小情事，後來竟成了全書旋乾轉坤的「天機」；這倒真是《三國演義》的規格了。藺燕梅參演歡送畢業生的晚會則是全書第二個高潮，當玫瑰三願的祈禱顫抖地唱自燕梅口中，鹿橋已經繼湯顯祖的杜麗娘、曹雪芹的林黛玉之後，大膽地又創造出中國女子另一種美的造型。小說藝術中極成功的成分在《未央歌》中出現，然而極疏略的地方也夾雜在這裡。讚美藺燕梅踩到水坑的一閃比白鴿子展翅膀還好看的，居然是聖人余孟勤（頁 41），而不是小童，這敘事觀點就錯得離譜了。余孟勤最後又草草和伍寶笙配成對，似乎又有點過度「人道主義」的溫情。按理說，余孟勤這樣的個性是挺得住的，不必那麼快就替他安排歸宿，但是《未央歌》的確時常困擾在這兩個落差過大的音階上。這也許是鹿橋的特性在運用小說體裁上有著基本上的「二律相背」吧！

而這些問題到了《人子》一書中，好像是化之於無形。也許鹿橋的功力已臻渾厚圓融，也許是鹿橋採用「寓言」體本身就是個極聰明的選擇。一個主觀的詩人，一個傾向於為一般而找特殊的作家，「寓言」是一個值得嘗試開拓的領域。從神化的角度而言，寓言是使神話化石化的因素之一，然而從文學的角度而言，寓言卻是重建文學與神話想像力的橋樑，生在冷硬的 20 世紀而能從事神化思考與寓言寫作，的確要有極難得的秉賦和生命處境。這是胡蘭成對鹿橋最歎羨的地方。

「寓言」既是一種以寓意為主的思想性文字，一般思想性的文字通常都較不注意詞藻、章法，一如昭明太子所責難的「老莊之作，管孟之流，蓋以立意為宗，不以能文為本」。相對之下，鹿橋這 12 篇《人子》卻是既要「立意」也求「能文」。古典中國史上的例子暫且不論，就現代文學史而言，鹿橋這本《人子》極可能是件創舉，自周氏兄弟以下、老舍、沈從文諸家，尚未見有用心於此者。

嚴格說來，《人子》一共有 13 篇。〈汪洋〉、〈幽谷〉、〈忘情〉、〈人子〉、〈靈妻〉、〈花豹〉、〈宮堡〉、〈皮貌〉、〈鷂鷹〉、〈獸言〉、〈明還〉、〈渾沌〉、〈不成人子〉。更嚴格說來，應該是 11 篇，因為〈渾沌〉把前面的 11 篇的人物場景又作了極似幻還真的調度，像極了佛經上的求法而後破法執。〈不成人子〉則是作家出來自己作總結。

〈汪洋〉是全書的卷首。據鹿橋自述：〈汪洋〉及〈幽谷〉兩篇係早於

《未央歌》之前著手的。有些評論據此指責鹿橋居然以學生時期的「習作」來頂替。其實許多偉大的作家，其格局、氣魄均在青年時奠定，往後的歲月只是不斷咀嚼，印證，強化而已。魯迅的作品不也大多受制於少年時的回憶？所以鹿橋說「〈汪洋〉孕育著所有的人子故事」。〈汪洋〉寫一個十七、八歲的航海手的豪情與迷惘。「哪裡有一個港口值得用一生的精力、時間，向它駛去？哪裡有一個港口值得為了它就捨去所有其他港口的風光？」正因為是經由一個十七、八歲青年的詢問口吻，所以鹿橋刻意保留了這種「習作體」的語調吧。換成王國維的語氣，大概就是「昨夜西風凋碧樹，獨上高樓，望盡天涯路」了。可是航程是漫長無涯的，「就這樣，他由青年而壯年而老年地繼續航行下去。就在他感覺到沒有成績，失敗的時候，他忽然發現自己的智慧增長了」。原來每一個人終其一生追求目標的成否並不是最重要的，重要的是在追求目標的過程中，潛移默化地增長智慧。就像一個登山者，攀登峰頂並不是最重要的，最重要的是在不斷的攀登歷程中，鍛鍊了自身的體力和氣魄。每一個過程就是意義，不要為了忙著趕路而忽略每一個步伐的價值。像極了《未央歌》中履善和尚一再叮嚀的「莫忘了腳跟的事」。注意，這是鹿橋的主旋律，要有遙望未來的灑脫，更要有珍愛眼前的嚴肅。同樣的旋律，到了〈幽谷〉，只是變換樂器來演奏。

〈幽谷〉的文字極嫵媚，極像用蘭燕梅的聲調說出來的故事。深夜的谷中喧嘩著一群小蓓蕾的雀躍，因為只要陽光一射進山谷，她們就可以綻開她們的花瓣，在陽光中閃耀。她們都興奮地接受著「花使」安排的顏色，顯得無牽無掛。這時候，有一株特別受眷顧的小草卻在更大的興奮中隱藏著凝重的神色。因為她太幸運了，她可以挑選任何一種她自己喜愛的顏色。同時她也挑起了一副沉重的擔子。她面對一項難以選擇的困惑：「宇宙之間顏色真是多呀！又都這麼好看，沒有一個顏色本身不是美麗的、純粹的。而這些顏色又有無窮的配成雜花樣的可能！」色澤三千，她無所適從。

於是「她每決定好了一個顏色就又責備自己未盡最大力量，沒有把整個時間充分利用。但是時間太緊迫」。是的，時間是太緊迫了。「陽光追逐起黑影時跑得多快！一剎那，就從幽谷這頭跑到那頭。」當所有的蓓蕾應時開放在滿幽谷時，這朵幸運的蓓蕾卻不幸地，默默地枯萎了。

在一片惋惜聲中，〈幽谷〉的寓意出來了：世路茫遠無邊無際，一念求全則萬緒紛起，反而無所適從。胡蘭成「評〈幽谷〉」引了古希臘人的話：「與其不全，寧可沒有」，說這株蓓蕾「是稍稍帶負氣的決裂的選擇」——我想鹿橋並不是講負氣的人，我還是選擇用《紅樓夢》的「任憑弱水三千，但取一瓢飲」來作注腳。

〈忘情〉是鹿橋對「情感」的評議。一個嬰孩誕生，眾小天使都送了禮物去。有聰明、才幹等人間諸美德，唯獨忘了送「感情」。歷來諸家對這篇的品題，以周夢蝶的最為獨到精闢。周夢蝶注意到鹿橋對感情使者的描寫：「……一路飛來像是燒著一個小火把。她飛的路線也不直，速度也不均勻。……她的那個包裹又大又沉重，在枝上也放不穩，她氣喘短促地還要不停忙著左扶右扶怕它掉下來！」情之為物原來就是這般，誰背著它上路，路線不能直，速度難均勻，是一個又大又沉重的包裹，但誰也捨不得讓它掉下來。胡適的小詩「也想不相思，可免相思苦，幾度細思量，寧願相思苦」，寫得雖好，稍嫌黏膩，只有〈忘情〉一文能夠將最纏綿的東西，用最靈巧的文字來描寫。

〈人子〉一篇是全書中最凝重的一段。老法師的宣令如山：「我教你作太子的第一課是分辨善惡。六年以後，我要教你的最後一課，也還是分辨善惡！」可是這位小王子天生一片冰潔，「經典學得好，因為他愛經典之美；哲理學得好，因為他愛哲理之美；劍法學得好，因為他身心兩方面都深深體會到劍法裡的美感。他似乎從不想到怎樣應用他所學的一切。」雖然老法師一再利用機緣激發小王子生命的義憤，但是每個人生命的本質是勉強不來的。當老法師在最後一刻要小王子在自己的兩個化身中分出善惡時，小王子寧願犧牲喪生，也不願因為判斷錯誤而殺了善，悔恨千古。老法師要小王子的那一劍，胡蘭成認為如果照中國黃老一派路子下來，小王子是可以毫不遲疑劈下這一劍，因為劈對了是「天幸」，錯了則是「天意」。看來中國還是走儒家的路子妥當些。

〈花豹〉一篇企圖敘述一個天才的寂寞以及一個天才如何才能真正被點燃，甚至極可能是對婚姻制度誠懇的討論。小花豹有了妻子，有了小小花豹，有了一個溫馨的家室，一個天才也許因為過度的安定而遠離充滿活力的舞臺。這個時候，要怎樣讓這個天才再度燃燒光芒呢？那隻小雌豹寫得真是千鈞一髮，小雌豹必須沒有機心，小花豹必須沒有野心，而如此一切就都是思無邪。

〈美貌〉中那位女孩如此美麗，為什麼她總是不快樂呢？因為她太過於牽掛著自己的美麗，她為著別人的誇獎而美麗著，那不是真正的美。

真正的美必須揚棄「顧影自憐」的存心，忘掉自己的美去和整個自然人間的韻律一起跳動，像〈明還〉中的小孩一樣，他從來沒有覺得自己和外界有什麼距離。他要小鳥，小鳥就飛下來，他要螢火蟲，螢火蟲就閃爍在他的指頭上，甚至他可以和月亮、太陽玩在一起，在哲學上來說，那是與萬物合一的化境，只因為他沒有機心，因此他可以把整個宇宙不受到私情的割裂而完全納入懷中。

〈鷂鷹〉是全書中最大氣磅礴的一章。一位鷹師用盡心血馴養鷂鷹，然後又將其還諸天地的歷程，原來這位鷹師不僅是養鷹，事實上是在證道。「他同他的代代祖先都一直希望早晚有這麼一天，最出色的鷂鷹同最出色的鷹師會遇到一起。他們也許會以絕頂的人性與絕頂聰明的鷹性作基礎，尋覓到生命現象的通性，同那裡面的道德與倫理。」所以鷹師從不在飢餓的時候訓練她，要她將覓食和求道分開來。鷂鷹收發自如展翅天空了，鷹師卻將其還諸天地，那種默默地替天行道的姿態令人為之動容。在鷂鷹與花豹中，鹿橋描寫鷂鷹在天空飛翔和花豹在原野奔馳的文字，其動感寫來如聞風馳電掣之聲，足可當上等散文來欣賞。至於〈獸言〉一篇寫人類棄智絕學的大澈悟，〈宮堡〉寫一位王子追尋愛情的歷程，均有極豐富的想像力和詞采。

像鹿橋這樣的作家，雖然可謂之名滿天下，但是並沒有得到文學批評界應有的重視。是不是他的作品超出了目前我們批評方法的有效半徑，所以嚴肅的批評界一直對之使不出力氣來？如果是這個原因，那麼努力的路還長著。

——原載《中央日報》

——選自王文進《豐田筆記》

臺北：九歌出版社，2000 年 7 月

君子儒的靈修內省

鹿橋的散文集《市廛居》

◎張素貞

2500 年前，孔老夫子跟他的學生子夏說過：「女（汝）為君子儒，無為小人儒。」（《論語・雍也篇》）意思是說：希望你能做一個道德品質優秀的君子式的儒者，不要去做品質惡劣的儒者。鹿橋五十幾年前寫作《未央歌》，主題之一便是呈現一群青年對美麗理想的追尋與完美人格的實踐。仔細閱讀《市廛居》中的〈《未央歌》裡的大宴——少年李達海〉，見到文末署名：

同學友弟　束髮受教為君子儒　野老鹿橋敬譔　時年七十六
朋而不黨更不吞聲哭

我猛然頓悟：這篇紀念文字署名的附筆，「束髮受教為君子儒、朋而不黨更不吞聲哭」，事實上宣示了鹿橋數十年來永恆不變的行身處世準則，「君子儒」正是一個指標。

鹿橋暌違臺灣 18 年，這次應歷史博物館的邀請到高雄一個學術研討會上演講，正好時報出版社出版了他的散文集《市廛居》，格林文化出版公司出版了他的繪本《小小孩》。他回來了，給臺北的藝文界帶來了熱鬧，《市廛居》頓時又成了搶手貨，也許可以迎頭趕上《未央歌》、《人子》的銷售量，亦未可知。可能有許多人閱讀過《未央歌》、《人子》，受到無比的感動，做過詳細的筆記，得到某些啟發。但是包括《懺情書》在內，讀了三本書，我們還未必了解鹿橋。

鹿橋從 1945 年進入美國耶魯大學攻讀美術史以後，他旅居美國已逾半個世紀，他既是名聞國際、學有專精的東方美術史學者，他的興趣廣泛，小說、散文、詩、歌曲、書法、繪畫、田園設計、房舍建築、戲劇、電影，也都嘗試過。他關於美術、建築的學術論文大多以英文出版，有的譯成德國、義大利及日本文字。儘管他寫的作品遠比發表的作品多得多，他的中文文學作品，膾炙人口的就是暢銷而且長銷的小說《未央歌》，以及哲理小品《人子》、日記體裁的《懺情書》。這之後就是《市廛居》與《小小孩》了。《小小孩》是《人子》中〈明還〉的插畫和會話本，要想探索鹿橋的思想情境，勢必得從《市廛居》尋覓更多的線索了。

鹿橋在 1951 年，用兩千多美金買下康州且溪鎮的一片山林，按照自己的理想營造了延陵乙園，鹿橋形容延陵乙園「半是難民營，半是靈修舍」。這年九月，《未央歌》裡的大宴——前經濟部長李達海來且溪延陵乙園看鹿橋的時候，「乙園連難民營都稱不上」；而每年六月的第一個星期六舉辦的「乙園文會」就算是靈修吧！讓文友在會上發表作品，或展覽，或朗誦，或表演，1965 年參加的竟有七百多人。靈修其實不止是如此，筆者認為：鹿橋在散文集《市廛居》中所展現的各種思考，包含人性理解、人文觀察、環保觀念和農家情操等等，無一不是鹿橋多年始終如一的對人群的關懷引致的內省，我以為正是他的靈修成果。

《市廛居》這部散文集，賅涵「市廛居」、「利涉大川」、「人物憶往」三部分。鹿橋夫婦有四個子女，各自有忙不完的工作，為了取得更多與兒女團聚的會，他們「逐兒女而居」，到麻省劍橋去度假，他把這段時間身居鬧市所見所聞引發的思考寫成了《市廛居》，所談的是 1978 到 1979 年的事。「利涉大川」14 篇文章陸續在 1992 年刊出，涉及的年月幾乎是作者從幼稚園到做了爺爺，內容牽涉面很廣；「人物憶往」則是記敘李達海的事蹟及由張愛玲〈天才夢〉引發的一些文壇掌故和相關的回憶。

《市廛居》確實如作者所說，是：「採取一種慢而竭力不散漫的筆調，當作打坐靜思似的自修。」讀《市廛居》，必須對《未央歌》、《人子》略有了解，因為鹿橋在很多理念上是和以往的著作一貫相通的；讀《市廛居》，也必須懂得細品慢賞，鹿橋採行蘊藉的筆法，常是有待讀者自己揣玩，而後心領神會的。

一、盡物之性

〈可憐的鶻鷹〉一文，真要體會整篇文章的深意，你得重新溫習《人子》中的〈鶻鷹〉，還得先弄明白〈鶻鷹〉這則故事隱含的哲理。一位有理想的馴鷹師買回一隻頗具潛力、卻尚未發育完全的幼雌鷹，按照父子相傳對幼鷹最好的訓練方式，把幼鷹調教得既通人性、又能充分施展鶻鷹的本能，一切飛翔、搏擊、升騰或俯衝，無論速度與姿勢都達到十全十美的地步，然後馴鷹師把鶻鷹放縱回大自然界。故事隱含的未盡之意，或者說，作者沒有明顯點出，有待讀者去品味的哲理，應該是：人若是愛護鶻鷹（動物），最高的境界就是尊重鶻鷹，訓練牠，是為了幫助牠施展牠的潛能，一旦牠的能力具足，可以在自然界自由自在地生存了，就該讓牠回到自然界去。這個有理想的馴鷹師，也正是藉重這隻有靈性的鶻鷹來完成一項完美的實驗，人與鷹的相處，絕對超然於名利之外。現在說鶻鷹可憐，可憐牠雖然深愛主人，卻不能領略主人盡「鷹」之性，要縱放牠回去自然界的苦心，還流連徘徊，發出一聲聲哀鳴。而〈可憐的鶻鷹〉中記敘外籍友人校譯〈鶻鷹〉，喜歡它的描寫，可是對故事的結局感到失望。依她們的看法，費盡心思訓練成功的鶻鷹，應該去參加比賽，「最後被邀請去與宮廷養的那些鷹去較量，她不但項項節目都占先，還能用智力躲開宮廷鷹師的傷害」。那樣就可能被大導演把故事買去拍成電影。顯然，美國讀者採取了完全不同的理解角度，買櫝還珠，用功利的觀點抹煞了〈鶻鷹〉原文崇高的意境。可憐的鶻鷹！即使鹿橋 24 年前已經替牠安排了最完美的出路，人們還是要採取自以為是的功利觀點來臆測牠的歸宿！以上的申論只是筆者的推述，希望接近作者的本意，因為鹿橋只作了適度的呈現，他的蘊藉筆法留給讀者深入思索的廣闊空間。

二、體貼人情

對物有情，對人更是期待純美的本質能夠勝過物慾的誘惑。所以在〈一個土豆，兩個土豆〉裡，從一位女管事推拒說明郵局的地點，與另一位年輕熱忱的女服務生比手畫腳的解說作了對比，鹿橋陷入深沉的思考。文末跳出《未央歌》裡的小童，說是他會跑去找那位女管事，「指手劃腳，把走法形容一大陣。高興地告訴她說：『下次再有客人打聽怎樣去郵局，你就知道怎麼說了。』」小童的純美，在於沒有機心，也不知道別人會有虛矯。都市人的不耐煩、冷漠、不誠懇，不像南方小鎮充滿濃厚的人情味，鹿橋完全能同情的了解，只是不免感歎小童那樣純美的人物幾乎要變成傳奇了。他自己原本是小童，花甲之年的鹿橋也理性成長了，但是，多麼可愛的小童！

由於對人性純美的期待，即使在遭竊遇搶之後，他仍然思考了許多問題。他記得做學生時，曾到麻省春田市附近克瑞斯森夫婦的家中去過感恩節，才知道克家多年的規矩是不鎖家門，「在客廳的壁爐架上一個青花白瓷有蓋的罐子裡還經常放著幾塊零錢」。為的是自己不在家，也能略盡地主之誼，過路的人或者需要買長途公共汽車票，可以自取所需。他們若是在家，「克夫人自然會把女主人的責任做到完美的程度」。然而「那是接受幫助仍保自尊心的時代」，那樣的時代已如風消逝，不可再得。原以為照相器材放回且溪乙園鄉下，比存放在劍橋都會更安全，不料竟在且溪遭竊。鹿橋夫婦與么兒昭楹回且溪，主要為了修繕幾處破漏的地方。照相器材遭竊，除了痛惜研究成果毀於一刻，就是怕延誤工作，再來就是為竊賊擔憂。他寧願這偷兒是個積習難改的慣竊，不希望真如警方推測的是鎮裡的青少年，因為期待新一代受到良好教養的可能，慶幸的是「這隻從暗地裡伸出的手沒有執著一把利刃」。我們得把「產生一隻盜竊的手的原因」除去，否則犯罪的殺傷力勢必變本加厲。

〈三類接觸〉一文，「暗地」寫且溪遭竊，「光天」寫劍橋遇劫，小標題對偶成趣。作者用了整整四頁的篇幅描繪那個搶犯的形貌舉止：20 歲左右，帶著西班牙腔調，穿著好質料的襯衣，胸前垂著細金鍊，從跟蹤、搭訕，到「急如閃電」的動手搶手提包，「他那儀表不錯的臉面還是笑著」，皮包沒有被碰脫手，他最後留下一句話：「我知道你那皮包裏裝滿了都是錢。」鹿橋細細為這「吹、打、彈、唱都能來一手的浪子燕青型的人物」設想了一些可能，語氣裡充滿憐惜；事後他描敘一個粗眉大眼的中年漢子細心挽救一隻受傷的松鼠，看來像電影上兇猛的黑暗殺手，那漢子的眼目之中卻有如許的仁慈。這又是一種對襯，形貌與實質，果真不是可以輕易粗率判斷的。

因為體貼人情，看了路邊別有創意的花攤，不禁要買枝粉紅玫瑰。也因為體貼人情，在〈三類接觸〉的小標題「疑懼」末尾，他敘述自己在哈佛院簡裝散步，為了問路，如何嚇壞一位美國標準「女主人」，幸虧「趕緊在禮貌與誤會之中抉擇」，她「鬆了一口氣」。作者之筆戛然而止，但那種不忍之情，可以揣探得知。

三、農家情操

鹿橋在劍橋住的是女兒昭婷小公寓式的工作室，「書架不是撿的破舊的，就是自己用木板架的」。鹿橋「心喜」，孩子們是如此教養大的，密蘇里州鹿邑家中也是這樣簡單。

談到「物盡其用」，鹿橋觀察到日本人廢物回收的環保工作，期待一個領先國家的誕生，特點是：「處理物資再循環有辦法，使已污染致死的河流再生，以教育方法使下一代對自然愛敬，不把生物趕盡殺絕，而直接建立情感上的健康，促進情緒愉悅。」於是他檢討了在「圓餅匣」小店裡發生的事。為了不浪費物資，他一向要求「不用給我軟炸土豆塊」。這天櫃檯來了一位新人，便向他宣傳本店軟炸土豆塊的好處，並且說：吃不下剩在盤子上好了。麵包要求少拿一個，好心的店員說：「麵包不要錢的，還是兩個罷。」原來彼此的思考重點不一樣。鹿橋是不想浪費食物，她說的是錢，反正同樣付費，不拿白不拿，不吃白不吃。後來鹿橋離座取咖啡，未用完的食物被撤收，她們居然另外送來一份全餐，強調不要錢。鹿橋心上說：「可憐的這一切，可憐的我們大家喲！」他仍然含蓄地點到為止。

在〈農家情操〉一文裡，他檢討彼此善意的三個人，沒能溝通成功。「她們的立場是貨幣經濟的、工業社會的」，「我的情操是農家的」，尤其是「那份美好的對物的『情』，及中國那既平淡又深遠的『天人合一』的觀念」。於是他有了大方而容忍的態度，他搭乘頭等艙去加州大學演講，豪華的美食，牛排還剩餘四分之三，他大方地要求帶走，說：「在我的家鄉，丟棄食物是很不好的。」從〈徽州饅頭劍橋魚〉，我們了解到：鹿橋雖不是出身農家，他在天津中學求學時代就多次作長途徒步旅行，有心認識都市以外的大中華。由浙江省經桐廬入安徽，身上帶了一個「高妝饅頭」，沿途買得到吃食，就捨不得吃它，到了去休寧的大道上，取出時已長滿了綠色的霉。此去不愁食物，連農人也覺得不該吃這饅頭了；但年輕的鹿橋竟以一種宗教的體驗，把發霉的饅頭烤焦了吃掉。他正因為有著這樣的農家情操，在劍橋的魚市場，看到連著好多魚肉的鱈魚頭，「知道不久以後，美國人也要學會利用魚頭及現在棄去作貓食的部分」，但是自己目前能做的只是多買個魚頭，太賤價了，老闆乾脆餽送，他收下，謝了他。回家以後「魚頭二吃」，美味又營養，「煮得白淨的魚頭可以研究，可以賞玩」。孩子們打算常吃魚頭，還要告訴同學吃魚頭。這一段的結筆是：「如果我是鱈魚，我也要說：『到底是這樣合理些。』」讀者讀此怎能不會心微笑？

這樣的農家情操，加上中年以後的成熟，使鹿橋不顧流俗、做著愛物惜物，讓自己心安的事，當然也就不致「因為怕難為情而委屈了自己的性情」。

四、朋而不黨

西南聯大畢業留美，鹿橋「客星落江湖」已超過半世紀之久，自己專業享譽國際，兒女也都卓然有成，兒女婚配的對象並非華裔。他常稱許很多美國人比中國人還有中國味，他的視角是世界性的，只論人的人品教養，不計他的膚色國籍，他喜歡的一句格言，就是「朋而不黨」。「朋而不黨」是直承孔子餘緒的，孔子說：「君子矜而不爭，群而不黨。」（《論語・衛靈公篇》）西南聯大的精神是自然、自由、自在，《未央歌》中的少男少女重視的是友情，他們不時興拉黨結派。李達海為了對國家有所奉獻，不得不入黨，那是時代的局限；一些滯留大陸的朋友們加入共產黨，也強調「入黨不是目的，目的是以科技貢獻國家」。

最怕的是，人們因為「黨」，彼此就有了疏離、阻隔，甚至是互相排拒、仇視。

在〈鄉音、官話、國語〉一文，鹿橋把 1958 年秋利用休假，得到獎金輔助研究，一家六口繞地球一周的經驗描繪出來。〈海客談瀛洲〉中提及次年夏天在非洲開羅機場遇到二男三女五位中國人，彼此被中國話吸引，女客走過來談話，吳家六口也迎上去。但第三位女客走近，忽然步伐慢下來，不住回頭看；另外兩位也「停了話頭，往那兩個穿制服的男子看。然後一句告別的話也沒有，她們三個就都回到一起去了」。想到旅行一年遇見很多不同國家的人，「就是言語不通，都有『同車、同船、三世修來』可珍的緣分。聽見鄉音，反而不能交接，其難過可知」。跟外國人反而比自己中國人親，政治因素造成的疏離，令人感歎。

國語，在文字統一之外，達到了語言溝通的作用；然而國語曾經是各地人說的官話，因為鄉音而帶了方言的特質。鹿橋祖籍福州，記得福建、廣東人到了北京，會聽人說：「天不怕、地不怕，就怕福建、廣東人說官話。」人們因為鄉音不同就互相排斥，鹿橋在漢口幼稚園就深受其苦。孩子們玩遊戲，把「六」得唸作「簍」，北京腔的小鹿橋被大喝砍殺，嚇出病來。〈來學與往教〉一文，強調雙向的文化溝通。基督教的桂格會舉辦研討會，著重獨立思考及交換看法，會中有回教徒、猶太人、印度教、佛教、天主教、基督教及無宗教的青年男女，或發言，或沉思，都有交流、切磋、溝通的機會。

鹿橋懷念李達海的文章，提及當年「學得做事相當勇敢，憑了天良」。那時他們很快愛上了雲南，日後了解，唯有適應環境、了解環境，才能對環境有真貢獻。李達海之於臺灣也是如此。「中國教育理想是造就整個人格，不止是訓練出專業人才。」「達海他們在修建高雄煉油廠，生產石化工業出品時，還辦了一個水準高的《拾穗》雜誌，相當注重文藝。」文化教養是人生延續的最大希望。根據鹿橋的觀察：美國文化在保存尊重少數民族的文化之外，也強調少數族裔的公民對美國現處社會應盡分內的義務。筆者認為：善盡公民的義務是多元化社會的複雜成員和平共處的大前提，「朋而不黨」恰好是彼此善意對待的最佳信條。

五、腳底事、天下事

《未央歌》裡的幻蓮師父有句警語，是：「莫忘自家腳跟下大事。」積極樂觀，仍是面對現實，《市廛居》中〈美國的女主人〉提及：「『腳跟底下的大事』則是自觀察起。」正是沿用了《未央歌》的寓意。鹿橋的觀察由切身的經驗起，拓廣到整個世界的當代現勢。

鹿橋長年有記日記的習慣，一些看來閒淡的文章，其實都有具體的依據。〈委屈、冤枉，追慰一代才女張愛玲〉文中，除了辨明當年《西風》雜誌徵文的細節及引致的報導偏差，他拈出中國的氣質與風度的重點來。他了解張愛玲「把握住見人、不見人的決策。」自有她個人獨特的風格；他讚歎張愛玲畫的上海女人寫真簡單、傳神、有創意，「簡直是好得出奇」。張愛玲〈天才夢〉的名句：「生命是一襲華美的袍，爬滿了蚤子。」他同意水晶把「蚤」修正為「蝨」。於是又以自己經歷描敘了 1936 年、1940 年被蝨、蚤噬咬的狀況，大約一般讀者都意想不到，也真的要歎為觀止了。

鹿橋憑著美術、建築的專業審美觀念，對北京天安門廣場有意見。「我認為這個新廣場徹底改變了這建築群的性質。那人民英雄紀念碑『就像是一柄匕首，直插入這條活生生的、龍也似的建築空間的心臟。』」「那原來尊貴的建築空間，代表中國以人為中心的哲理」，整個被破壞掉了。他希望未來的規劃，「車站、商店街，自有他們的地位，但不要侵犯到這有關歷史意義及命運的土壤下面來」。這樣的思考背景是純學術文化的，與政治不相干。他認為「北京的病源是使命太多」，事實上「北京的特點是文化重鎮」，他的構想是把北京還原為文化區，可以「包括西郊的大學及高科技研究所」，「為我們悠久不斷的歷史做一個向全世界展示的場所」。如此設想讓政治首都移走，保留下來古蹟、歷史、文化，確實別具眼光，鹿橋的省思是超然的、全面的、有深遠的顧慮的。

由於採取開闊的視點，在〈歷史沒有「假如」，未來有無限「可能」〉一文中，鹿橋讚揚捷克劇作家哈維爾的胸襟。他曾經是俄共的階下囚，1990 年 2 月，他以捷克總理的身分到華盛頓，向美國國會致辭。「他的文采美國國會無人能比，他一生抗拒蘇聯事蹟又是無人不知；而他向美國呼籲，請美國救濟他的敵人——蘇聯。這事大出美國國會的意外。」鹿橋分析：哈維爾並不是要救蘇聯這霸主，而是看出霸權崩潰後的危機。美、蘇的長期較量，使蘇聯喘不過氣，美國也難以為繼了；如今美國再不伸出援手，將來要收拾殘局，花費可能更大。同樣在密蘇里州西敏大學，1946 年，退職在野的前英國首相邱吉爾發表有名的「鐵幕」演說；經過 45 年的冷戰，從俄國政壇退休的戈巴契夫來此發表冷戰結束的演說，呼籲人類要共同追求世界和平。這些天下大事的觀察，當然也反映了鹿橋對人類未來前途的深度關切。

閱讀《市廛居》，還有兩個值得重視的特點：他對一些英譯名詞別有講究，他對家庭幸福和樂的描摹令人欣羨。一段父子親愛的遊戲對話，可以作為幼教的啟蒙：「小寶寶，爸爸為甚麼這麼喜歡你？」

「因為我是媽媽肚肚裏生出來的。」讓天底下做父親的、做子女的都在這項遊戲裡體會天倫血緣的無可替換；也彰顯出美滿家庭中夫妻關係恆為親子關係的先奠基礎。

——選自《中央日報》，1999 年 2 月 24～26 日，第 22 版

關於鹿橋的〈結婚第一年〉

◎魏子雲*

民國 28 年間，上海《西風》雜誌的創刊三周年紀念徵文，入選的 13 篇作品，我們只知道其中兩篇的作者——吳訥孫與張愛玲，至今仍馳騁於當代文壇，而且是主領了采邑的方面人物。上一期，我們重刊了張愛玲的〈天才夢〉。在我介紹〈天才夢〉時，提到了入選該次徵文的另一篇吳訥孫作〈結婚第一年〉（原名〈我的妻子——結婚第一年〉），因而讀者要求本刊能把吳先生的這篇作品，重刊一次。湊巧，吳先生正好在國內出席會議，我們在一次聚會中，談到了他這篇入選徵文。於是，吳先生憶述了這篇徵文的經過。

這事，聽吳先生說來，頗饒趣味。吳先生說：「有一天大家坐茶館，一位同學剪有一片上海《西風》雜誌的徵文印花，我誇說像這類徵文，只要花上半天時間，就可以寫出一篇入選。」所以吳先生就憑了這片徵文印花，寄出了這篇〈結婚第一年〉。最後，吳先生對於這個問題，頗為感慨地說：「想不到此文入選發表之後，卻招來老父『不告而娶』的責備。」實則，〈結婚第一年〉完全是一篇虛構的故事。

英美人冠稱「小說」與「虛構」（Fiction），誠是一個名副其實的字彙。倘使小說家必須依據既有的故事，才能寫出作品，那就不配稱為小說家了。毛姆在《餅與酒》的序跋中，對於《餅與酒》的題材，曾作過一些解釋。因為《餅與酒》中的男主角德瑞菲爾，是毛姆有意假借哈代作模

*魏子雲（1918～2005），安徽宿縣人。散文家、小說家、文學評論家、戲劇家。發表文章時為育達高級商業家事職業學校國文教師。

型。所以諸如毛姆與德瑞菲爾年歲上的差距，以及德瑞菲爾的出身寒微，鄉居寫作，結婚兩次，到晚年才享盛名等等，都從哈代借來安在德瑞菲爾的頭上。而另一位人物亞爾魯衣・濟爾，則以他的朋友魏爾波作模型，事後曾惹起這位朋友的抗議。然而毛姆說他和湯瑪斯哈代只在某次宴會上，有過一面之緣，只寒暄了幾句，從此便沒有再見過他。對他的兩位夫人更一無所知。他說他塑造的愛德華這個人物，是他青年時代所見過的兩個作家的印象揉成的。一個是他和叔叔住在鄉間一個名叫 Whitadle 小鎮上（書中把這個小鎮的名字改為 Black-Staple），遇見一位不出名的作家夫婦，那是他此生中遇見的第一位作家，早連名字都忘記了。另一位就是在另一個地方遇見的一位名叫海波曼的德國劇作家。只是根據他對這兩個人的印象來寫愛德華・德瑞菲爾的。（但在理想中，則以哈代為對象。）至於濟爾雖是借用了他的朋友魏爾波的影像，事實上《餅與酒》中的濟爾，也並不就是魏爾波。至於蘿西，他說那是他少年時代和他有過密切交往的少婦，時常想把她寫在書裡，遂把她寫在《餅與酒》中了。

毛姆對於題材與人物模型的處理，還說了這樣一段話：「沒有一個作家，能憑空創造一個人物。他必須有一個模特兒作為一個起點；然後，他的想像才發生了作用。他在這裏那裏加上了特性，這些特性都是模特兒不曾據有的。當他用她完成了一個人物呈獻給讀者的時候，最先由模特兒得來的成分，在人物身上則已經很少了。」這是毛姆如何塑造人物的理論。然而其他小說家，又何能出此。

所以，〈結婚第一年〉雖然是一則虛構的小故事，這個故事及人物，也未必有所依據。然而，〈結婚第一年〉的故事，卻未嘗不是作者對於婚姻的假想。假想像他們這樣的青年，與相愛的同學結婚後，在生活上可能產生的事件。當然，也由於作者平素對人生觀察的精密，所以這篇虛構的故事，虛構得非常真實，使人讀來，不得不認為是那作者的「我的——」真實生活素描。請大家一讀此文，就會感於作者所寫這段生活情實的摯切；絕不由你去懷疑它會是一篇虛構。由此，亦足以說明作家與作品的關係，兩者間所具有的真實性，並不在故事的本身，而在於那作者平時對生活的體驗，夠不夠深；對於人生的觀察，精不精到；以及處理題材的行文技巧夠不夠純熟。這些，才是作家與作品的真實關係。縱然那小說的故事，就是那作家的真實生活，那小說家如不能把一己的故事，使之達成小說的藝術要求，那小說的真實故事，又與小說何干？

〈結婚第一年〉是吳先生青年時代的遊戲之作，他虛構的「我的妻子」，不止是符合了徵文的入選條件，卻也符合了小說的條件。雖說，從小說的藝術觀點來看，吳先生的這篇遊戲之作，只屬於「真實的故事」這一類型的故事，還算不得是一篇具有高乘藝術的小說。但吳先生卻能把這個故事的形成，歸咎於「個性」，可見吳先生在青年時代，即向人生的本然上去體會了。他論斷說：「這以上所述，即使不發生結果也一樣；因為人的個性既已如此，不發生這種也自會發生那種，然後造成同樣的結果。」這幾句話，應是千古不易的真理。人的個性是決定一切事件產生的根源。所以吳先生對於〈結婚第一年〉的事件，曾作另一角度的看法：「我們本本分分的或可白頭偕老。但是，因好心的多事，便打碎了夢想。」這幾句平實的語言，良是夫婦白頭偕老的基礎。這些話都非常值得讀者去深切吟味。這些哲理，也許你能在《未央歌》與《人子》這兩部巨著中，印證到吳先生對人生問題的探討。

最後，我要向讀者作一說明的是，不要誤會這一篇〈結婚第一年〉是鹿橋先生的處女作，不是。鹿橋先生在小學時代，即已開始投稿了。

——選自《皇冠》第259期，1975年9月

鹿橋的〈邂逅三章〉
《當代中國小說大展》作品之一

◎陳克環*

作者那支真真假假，虛虛實實的筆，使得讀者和作品裡的人物的感受達成一致——疑惑迷糊，莫知所以，一直到最後幾行，雙方才大醒大悟，一切都原來是一場夢。作者的技巧可以說已經達到隨心所欲的境地，或許就是因為如此，作者不免有耽溺技巧的琢磨的傾向。

本篇的結構有如一座層出不窮的迷宮，尋尋復尋尋，一次尋覓便有一番新的發現。

作者讓人物在睡眠之中進入夢境，在夢裡又進入睡鄉，在夢中的睡眠裡又驚醒……。主角在睡覺之前，「把金鎖繫鎖的細鍊子取之來，習慣地也放在床邊的小桌上」；在夢中，那一對男女替他剖開胸腔的時候，那女的卻伸手把掛在他胸前的金鎖拂到一邊，而他記得他分明在睡覺之前把金鎖取下了的，這表示受人宰割的他並非在現實裡午睡的他，而是夢中午睡的他。

在第二章裡，主角出門看朋友，「想起午睡時的那一幕，就走到鏡子前自己揭起衣服查看一下」，初讀之下，會以為這一段已經回到現實裡來，可是，作者以「他又一次一次地把金鎖推開，好看個仔細」暗示這件事仍然是在夢裡行之，這裡所說的午睡是夢裡的午睡，因為，在現實的午睡裡，他的金鎖是放在床邊的小桌子上。更妙的是：「他每一推開那金鎖，他就想起午睡時那女人的手推開那無形的金鎖時的情景」，而他推的金鎖和那女人

---

*陳克環（1926～1980），湖北黃陂人。散文家、小說家。

推的金鎖都不過是夢裡的金鎖。到了第四段「幽明」裡，他「就把匕首連著自胸中拔出的刀鞘放在床前小桌上，換了衣服就上床睡了。他睏得連金鎖都沒有解」，這一次的睡又是夢中的睡，等到他真的醒來，躺著回味「這些怪經驗」的時候，「忽然想起上床前連金鎖都沒有摘，就伸手去胸前摸一摸，……那金鎖不見了。……趕忙望望……精緻的匕首在不在。那裡哪有什麼匕首？但是他的金鎖帶著細金鍊子卻好好地在桌上」。作者精心地運用金鍊和匕首在人物意識裡的轉移，來串成一道睡——（夢）——（醒）——（睡）——（夢）——醒相互銜接的連環套，初讀之下，頗覺撲朔迷離，若是仔細欣賞，便又見其中脈絡分明。

全篇共分為四章：幽明——知己——陌路——幽明。在第一章的「幽明」中，人物的意識從「明」轉「幽」。作者以一連串的「糢糊」、「茫然」、「好像」、「也許」、「彷彿」、「似乎」……將之引入幽晦夢境，主角在第一回合強迫進入的邂逅之下，任人宰割，埋刀鞘入胸，經歷了第一道人生的生死大關；在「知己」裡，藉著幾位知交戴上面具「造出一個好似邂逅相逢的新鮮場面……可以把心底的想法，向這些沒有表情的面具訴說」，暢言愛情哲學；在「陌路」裡，又在「一種邂逅相逢的陌生的品質」的誘惑之下，體驗到愛情的實質之後，再度經歷了第二次的生死大關；在第四章「幽明」裡，既辨明了自己的生死，奮力自救，拔刀而出，鞘亦隨之出胸，到此自幽轉明，全篇告終。

一種迷幻又似清晰的氣氛使人從頭到尾浸沉入懸宕之中，一直到最末一句：「他想起了晚上還要到朋友家開會」，真相雖已大白，還使人禁不住好奇：他這次總算真的是要去開會了，他在會裡所見到的，會不會就像他在夢中的那樣一樣？他是不是也會走過那個菜市場？……

本篇的結構和布局，不但有峰迴路轉的曲折、詭譎和驚險，而且餘音嬝嬝，令人回味無窮。

作者以人物夢中的種種奇遇來表現他對人生某些問題的觀點，而非著眼取材於現實。本篇的人物連個名字也沒有（娣乙和笛兒也是假名），我們不知道他們從事何種行業，也不了解他們的個性（事實上，主角在被審問有關於愛情各種所表現的獨斷見解，與他在別的方面所表現的「窩囊」大相逈異）。作者的目的是要讀者通過這些人物所扮演的角色，去認識他本人對若干問題的詮釋，而非要獲得讀者對於人物好惡的感情反應。因此，你會感到這些人物有如道具，而不是血肉之軀，真真實實的人。

作者對於文字的運用有著驚人的成就。而且這一成就是多面的。全篇一共有九位主要的人物，而作者連名字也不給他們一個，對能夠把一些極為繁雜微妙的局面交代得清清楚楚，即使在成熟的作家當中，用字的明確能夠達到這種地步，確也並非多見。作者充分地利用語象造成如夢的幻境，而且，他的文字更具有一種不著痕跡的含蓄的韻味，「仲夏夜的情侶是多煩擾，多憂慮，又容易意氣用事的。這時光還沒有搭好巢兒的鳥，沒有舖好窠穴的獸，就沒有妥當的地方孵蛋，或育幼小。」「從春深到初夏，由自然的規律行令，要萬物養育一代新生命，仲夏的煩惱是人自己惹的，自然實在顧不及這許多。」「我一路到這裡來，過大街，走小巷子，看見了好些女人，這也都要算？」朗讀一篇小說或者可以說是笑話，但是，我發覺，如果你朗讀便更能夠體會到作者的文字裡深藏的美。

作者在第一章「幽明」裡，以主角的沉悶，無法排遣，只想睡覺，表示其生活之空洞貧乏。主角在睡夢中，任由旁人私自進入他的住處，他的頭一個反應是「趕緊假裝睡覺」，待那一對男女揭去他身上的毯子，並且掀動他的短衫，他的次一個反應是或許金鎖可以救一命，自己仍然「不敢動」，甚至於自己都覺得假裝得難以為情，唯一可做的就是找些藉口，為自己解嘲，及至看到了刀，便只好像隻「切菜板上的燻鷄」任人剁了。等到醫師將刀刺入，他對於自己受刀刺而能保有知覺的事，引以為快，覺得這種離奇經驗真勝過平凡庸碌的生活千百倍。作者藉這一段，說明「他」的懦弱怠惰，和苟且偷安；對「生」既無盼望，對「死」也不介意，只對於「好玩」，「新鮮」，和「玄妙」的離奇經驗，感到莫大的興趣和滿足。這樣的人甘於任人擺布宰割，最後還要看「你何必假裝睡覺！」式的譏笑。

在第三章「陌路」裡，「他」又被那邂逅相逢的女子的男友用匕首刺入他的胸腔，雖然，他這次「認為自己真是死定了」，可是，他也只覺得「沒有辦法」，「灰心已極」的倒在地上，「一人孤單地等死」而已。當他發覺自己仍然沒有死，等救又無望，便「祇有想辦法自救」，這才是他生命的轉機。他躺在地上尋思許久，決定「冒險自己起來試試」，由坐起來試到站起來走，一直走到了家，方才把匕首連著鞘一起自胸腔裡拔了出來，終於「一滴血也沒有流」地解除了再一次死亡的威脅。

作者藉著溫和的幽默和淡淡的嘲諷，述說主角的奇遇。人唯有自救才能得救，妥協只能自取其辱，等待只換回失望。

在第二章「知己」裡，作者將友情和愛情作了一番剖析。「他」在友情和愛情之中尋找的也是新鮮的花樣和經驗。他「覺得這些面具為他們幾位知交造出一個好似邂逅相逢的新鮮場面，他覺得他自己也可以受到這些面具的保護，可以把心底的想法，向這些沒有表情的面具訴說」。他「彷彿覺得即使是知交朋友，平日為了禮貌或是為了關切，彼此交談也都像是戴了面具」。在他們四、五位智識分子的知交之間，聚談之際仍然令人有戴了無形的面具的感覺，可見人與人心靈交通之不易，難怪乎朋友們索性戴上有形面具，俾使他在一些「陌生者」面前，忘掉顧忌，而「從自己意識的底層翻出些隱藏得更深的意念來」。雖然，大家都覺得這次的談話十分暢快，可是女主人卻宣布:「若是審問她，不管戴面具不戴，她都不說實話。」知交朋友之間，說實話已是這般困難，更何況陌生者，和彼此心有芥蒂的人之間的交談？人人都不過是戴上無形的面具，扮演角色而已。

作者以季候的轉變譬喻人生戀愛的歷程，由早春到仲春，由初夏到仲夏。若是說戀愛一經發展到「仲夏」，雙方便只記得彼此的壞處和不愉快的經驗，那麼，結婚只好算是滿目肅殺的嚴冬，或是真就是戀愛的墳墓？

在朋友們戴上面具的審問之下，暢談對三個女人用情的分野。他喜歡的不是某一個指定的女人，而是這個女人的好品質，可是這裡所謂的「好品質」並不含有道德行為觀念。譬如說，笛兒那一片亂糟糟也是好品質，可是她這好品質他頂多只受得了半天，而娣乙的好品質又把他自己的壞品質襯得更壞，因此，好品質並無助於愛情的滋長，只能供人欣賞而已。他覺得第三個女人可愛，只因為她是個陌生人，因為她具有「一種邂逅相逢的陌生品質」，也即是新鮮感，情侶之間之所以從早春到仲夏，也就是日常接觸將這種新鮮感逐漸磨損的緣故，因之，愛情的衰褪也可以說是命定的悲劇。

在第三章「陌路」裡，「他」在回家的路上，與那對情侶重逢，作者從「他發現這女人沒有事就放心了一點」，到他「就把女孩子很體貼地挪到一邊」，在短短不到一章之內，便將一個陌生人，匆匆一瞥的邂逅引入一場三角式的「格殺」，交代得清清楚楚。作者先寫「那女人」，後用「那女孩子」來轉達同樣一個女子在「他」心目中所引起的微妙的情感變化。接著下去，那女子從「就嬌嬌地偎在他胸前」到「她左右遲疑了一下之後，忙忙地奔向那個大巷子，去追她的男朋友去了」，由那女子對「他」默生情愫到棄而去之，成為陌路，作者只費了六百多字的篇幅。

那女子和「他」之間，由於陌生的邂逅而生情，終於又因「他」的被刺倒地而遽爾化為陌路，那女子並不因為「他」是為了保護她被刺身「亡」而對他有所關切，還終於奔向那殺人的男友，邂逅的陌生品質的魅力終敵不過已經全然失去新鮮感的仲夏戀情，這一切只是因為：「他」是一個倒下的人，而她的男友卻是一個強者。難道這才是愛情的真諦？

「他」強調「祇欣賞一個人的品質，而不佔有她，才是真正社會中的和平因素……」他卻「又覺得自己全身偏偏有點像是要迎上去的樣子，並且很喜歡這個女孩的身高正跟自己合適，她的頭大概將將到他顋邊，她的頭髮就在他的眼下」，這一段不正就是他在潛意識裡意圖將她占有麼？因此，他和那女子之間的默默含情勢必引起了男友的不安和嫉妒，而「社會中的和平」也就必然斷送在雪亮的匕首之下。這些，當然都是「為一種自己看不見的意志所安排，不由他作主」的。

顯然，作者對人生一般的態度雖然是積極的，肯定的；但是，對於友情和愛情的看法卻具有否定的存疑。

——選自陳克環《陳克環自選集》
臺北：黎明文化公司，1977 年 7 月

鹿橋〈鷂鷹〉析論

◎常秀珍*

一、前言

《人子》是鹿橋膾炙人口的作品，〈鷂鷹〉即是《人子》中的一篇文章，描述年輕鷹師與鷂鷹的互動過程。筆者於此採取「讀者反應理論」（Theory of Reader-Response）的觀點，將作品之不確定性、意義空白與斷裂處，透過讀者的參與、創造與填補，形成讀者的閱讀視域與詮釋作品義涵的方式。

論述內容主要從兩方面來探討：心理分析（psychoanalysis）方面，文中主角年輕鷹師與一般鷹師之訓鷹方法不同：一般鷹師以斯肯納（Burrhus F. Skinner, 1904～1990）操作制約（operant conditioning）方法訓鷹，年輕鷹師則以恩斯渥斯（Mary Ainsworth, 1913～1999）於西元 1978 年提出的「安全依附型」（secure attachment）、馬斯洛（Abraham Maslow, 1908～1970）的自我實現論（self-actualization theory）、桑代克（Edward L. Thorndike, 1874～1949）嘗試錯誤學習（trial-and-error learning）等方式訓鷹。道德—哲學（moral and philosophical）分析則於「自我實現需求」（self-actualization needs）中提及，年輕鷹師設計兩難情境的「價值澄清」（value clarification）歷程，企圖建立鷂鷹的價值信念，使其符合皮亞傑（Jean Piaget, 1896～1980）道德認知發展中由他律達到自律的道德價值觀。

---

*發表文章時為中山大學中國文學研究所碩士生，現為國小教師。

由此論述〈鷂鷹〉，可了解人類與萬物互動的方式，明瞭萬物共存的道理，亦可對原文作更深入的解析。

二、年輕鷹師的訓鷹歷程

（一）建立鷂鷹情感的「依附」（attachment）型態

年輕鷹師祖上世代都是鷹師，關於訓養鷂鷹，他認為應先與鷂鷹培植深厚的情感，建立良好的關係，此由其與訓鷹侍衛選購鷂鷹之態度即可見之。

穿著官佐制服的訓鷹侍衛，他們總是在鷹市圈上看看、挑挑，對鷂鷹一知半解，只依主觀好惡任意挑選。選購之後，並非個個都喜愛所選的鷂鷹，卻會帶著訓養的鷂鷹到市集炫耀、比賽，比賽贏了便耀武揚威，洋洋得意；輸了便惱羞成怒，把氣發在鷂鷹身上，甚至猛力扯鷹腿上的鏈環作為懲罰，或將牠憤擲到地上摔死。這些訓鷹侍衛並不了解鷂鷹的天性與真情，只以比賽勝負作為獎懲鷂鷹的方式，他們訓養鷂鷹純粹是為配合自己的性情與鬥志，鷂鷹不過是其發洩性情的工具而已。

年輕鷹師則與之不同。他的穿著純樸，在鷹市圈裡總是仔細打量這些出賣的幼鷹。他了解鷂鷹的性情，關心鷂鷹的生活狀況：

> 皮盔同腿鏈都是隨手為了上市才給帶上的，有的連大小尺寸都不合適，更不用提皮子的刻花、彩繪、跟裝飾的銅釘，與出風的獸毛了。

他走向正要返家的賣鷹者身旁，打量的是一隻羽毛尚未長好，肢體也不甚健全的幼鷹。一般訓鷹者初看新鷹皆用一根羽毛輕刷幼鷹的雙羽，等訓熟了才用手摸。但他並未如此，他只是看了看賣主，也不等回答，就將手放在鷹的肩背上，輕輕摸這隻雌幼鷹。幼鷹很馴伏，並未因此感到訝異。

雌幼鷹的羽毛並不光澤，餓紋也很明顯，筋骨似乎沒有殘傷。他未徵求賣主的同意便大膽地將幼鷹頭上的皮盔輕輕取掉；對幼鷹以「人」相待——把所有的心力專注於她身上，與她對看許久，用「心」來跟她說話，完全未在意賣主所說的話。

由於年輕鷹師對雌幼鷹的親近，使幼鷹感到安全與滿足，安心將情感「依附」於新主人身上。他帶著她返家後，她很快便將新環境聽熟，更熱愛她的新家與新主人。幼鷹的頭盔一被摘去，清明的雙眼從未離開主人身上。年輕的鷹師幾乎片刻都未離開她，不但與她一起探索環境，以眼神詢問她的意見，甚至事事與她一同做，使得她願意處處跟隨著他，注意著他，建立幼鷹對他情感上的「安全依附」。

（二）教導鴿鷹使其達自我實現（self-actualization）的境界

一般訓鷹者養鷹乃為將其訓練成自己「打獵的工具」，為達此目的，他們並未與鷹建立良好的關係。他們常常採用「操作制約」方法：狠狠地把幼鷹先餓上一陣，藉此機會訓練牠學會某些動作，如兇殘的爭奪、與別人搶某物等，再給牠滿足飲食需求的「原增強物」（primary reinforcer）——食物，以使鴿鷹學習某些反應，達到訓鷹者的目的。

年輕鷹師則非如此。他以人的智慧導引鴿鷹發揮她的最高靈性，這是他的心願，也是他以往與父親訓鷹時共同的理想。那麼，年輕鷹師如何促使她發揮她的最高靈性？如何指導她將每件事做得盡善盡美？

從心理學的角度來看，年輕鷹師訓鷹時所掌握的「**使個體本身生而俱有但潛藏未漏的良好品質，得以在現實生活環境中充分展現出來**」的觀點，即是馬斯洛所強調的「自我實現」。自我實現的意義是指個體在成長中，身心各方面的潛力都能獲得充分發展的歷程與結果。按馬斯洛的理論，個體之所以存在，之所以有生命意義，就是為了自我實現。在達到自我實現這個境界之前，馬斯洛提出了「需求」（needs）層次的觀念。他認為成長發展的內在力量是「動機」（motivation）。唯動機是由多種不同層次的「需求」所組成，這些需求被安排成一個層次或階梯，底層的需求獲得滿足後，上一層的需求才會變得重要。

依馬斯洛的理論來看，年輕鷹師如何促使雌鷹達到自我實現？

1.滿足其「生理需求」(physiological needs)

他決定為幼鷹做一套新裝配。鷹腿上的套子原本是厚重的鐵鍊子，易將鷹腿磨破，於是他為她做了一套絲絛編製的腳套：

> 選了一塊軟皮，在手裏搓了幾下，覺得既柔和也堅韌，就用來為她縫脚管套子。……這種用上等好絲編成辮子，然後再把絲辮子合股織成滾圓的絲絡，用來繫幼鷹的脚是這年輕人家傳的秘法。

這一派鷹師主張教導他們的鷹接受這絲絛的約束，使幼鷹不但不想去啄它，甚至不去想它，不知覺她腿上有它繫著。

然後，他在桌上放了皮子、針線、剪刀、錐子、油蠟等等做頭盔的材料：

> 頭盔用的皮革要稍微硬一點纔好不走樣。這樣才能在裏面給鷹頭空隙，不壓她的臉。大小又一定要將將合適，不太緊，也不能隨便摔脫掉。他就仔細地比好了大小，就開始剪、開始縫。鑽針孔、穿線，給線上打蠟，一針、一針地做……。

他把頭盔縫好了，給她戴上試試，又把做好的頭盔用指尖拿著，她「偏了頭，看一看，不等主人給戴上，自己就鑽進去了」。

關於飲食，他：

> 總是在鷹架前桌子上加一個小方木凳，然後在這上面為他的鵨鷹預備飼料，鵨鷹就在一邊看着。他有時給她鷄肉吃，有時給她兎肝吃。冬天的時候給她加倍的分量，並且多給她煮老了的蛋黃同軟骨吃。

他提供她身體發育上的需求，諸如腳套、頭盔、飲食等，一一作了細心的安排，使其生理需求上沒有匱乏。

2.滿足其「安全需求」(safety needs)

初到他的家，鷂鷹仍不知如何自力更生，對生活抱持不確定感，對未來的安全仍有疑惑。

對此鷹師早已顧及。在安全方面，他已將她的家移在自己睡房外簷下的架子上。初來時，她還常常想起從前的日子，不知其他的鷂鷹過得如何。日子久後，發現自己是此處唯一的鷂鷹，就不再想念從前農舍的夥伴。他十分照顧她、保護她，冬天快到時，簷下過夜已經有點冷，他就在下了三次雪後的寒天，收她到屋裡過夜。若冬季裡天氣時有晴暖，便讓她回到外邊架上一兩晚。對於居住環境，在在讓她感到安全。

他無論做任何事，都會讓她站在旁邊看。所以她也拿他的事當自己的事一樣認真，樣樣注意，於是：

> 鷂鷹在長大的過程中，全心所想，及整日生活所維繫的都是這年輕鷹師的一切：他的面容，他的脚步，他的聲音，及撫摸她的那一雙手。

她信任鷹師，肯定鷹師為她所做的一切。

3.滿足其「愛與隸屬的需求」(love and belongingness needs)

年輕鷹師時常與她作意見上的交流，他為她所做的一切裝備，為她所處理的事，都讓她一起參與：

> 鷂鷹就樣樣都看在眼裏，好像她自己也參加這件好玩的工作似的，很用心地，樣樣都不放過。

他接納她，並與她進行良好的互動。此外，亦鼓勵她：

若是她扇翅扇得太猛了，從架子上掉了下來，為絲絛懸在那裡，他就輕輕幫她找辦法再爬回去，他就讓她定一定神，才把她頭盔揭開，伴她說說話，還摸摸她。

他十分愛護她，如為她縫腳套時：

看了她半晌，好像是說：「你恐怕自己都不知道你是多麼好的一隻幼鷹！我給你用絲絛來換下你的鐵鍊子。」

由於他滿足她愛的需求，因此鷂鷹對新主人自有一種歸屬感：

愛看他那文雅又靈巧的雙手，愛看他那作針線的動作。
她的心上更是除了她的鷹師以外甚麼別的都不能想。她滿頭滿腦都是她敬愛的鷹師，想的都是自那天市集上初遇以及為她製盔、製腿套、換絲絛，種種教養的事。她心上從來未有這麼熱烈地愛戀他過！
她的影子就在地上畫圈子，她故意一次又一次把自己的身影在她心愛的主人身上劃過。一次，又一次。

4. **滿足其「尊重需求」**（esteem needs）

馬斯洛認為「尊重需求」包括兩方面：一是他人對吾人尊重的需求，一是自我尊重的需求。關於前者，鷹師極為尊重鷂鷹，如他為她製作新裝配前，他告訴她：

我要做事了，兩隻手都要忙。你在這兒一塊兒看着。

又如：

> 這個鷹師事事都與他的鷂鷹一同做。
> 他從來不隨便餵她一塊廚房裏剩下的生鷄肉……。鷹師……在這上面為他的鷂鷹預備飼料，鷂鷹就在一邊看着。

這使得她在還沒有正式接受訓練前，就已先修養成一隻「尊貴有身份」的鳥：

> 他從來不隨便餵她一塊廚房裏剩下的生鷄肉，她也從來不想廚房裏的食物是給她吃的。
> 無論眼前有多少食物，無論她饑餓與否，他若是不餵她，就是她沒戴頭盔，也沒有繫在架子上，她也絕想不到飛去偷喫。

5. 滿足其「自我實現需求」

為促使鷂鷹達到自我實現，鷹師在促進其「知識與理解需求」（knowing as needs）、「審美需求」（aesthetic needs）、建立道德價值觀方面均有一系列教育課程。

（1）滿足其「知識與理解需求」——激發思考的潛能

鷹師訓導鷂鷹時不但激發其判斷思考的潛能，並告訴她許多做鷹的道理。在判斷思考方面，他不主張羈絆鷂鷹：

> 他們要訓練鷂鷹自己知道甚麼是為她好，甚麼是有害。

在知識方面，他解釋自己的立場，告訴鷂鷹他雖是人，卻比她還懂得做鷂鷹的道理：

> 比方說她才是一隻羽毛未長全的幼鷹，將來怎樣受訓練，怎樣學捕鳥、攫兎，怎樣在飛行或俯衝時保護自己，怎樣避免衝擊到地上。或是追逐

> 地面的走獸時不小心撞到樹上。這些事她現在都不知道，可是他是一位鷹師，他都知道，而且他祖上世代都是鷹師。

並告訴她她知覺潛能的極限：

> 祇要她記着他是一位鷹師要聽他的教導她就會學成一隻出色的鵰鷹。至於為甚麼有的事她永遠不會懂，那是因為她是一隻鵰鷹，而不是一位鷹師的原故。

也談及他的教育目的：

> 他訓練她，並不是因為他想捉鳥或捕兔……他是要教她知道怎樣竭盡她的天賦，並且作一個最有靈性的鵰鷹。

（2）滿足其「審美需求」——訓練鵰鷹的飛行技能

鷹師在訓練鵰鷹飛行方面，希求鵰鷹用自己的能力與智慧，將飛行做到盡善盡美。文中鷹師對她飛行動作的教導，顯然採取行為主義（behaviorism）學派桑代克的「嘗試錯誤學習」理論。桑代克認為學習是經由嘗試與錯誤的過程，亦即在問題情境中，個體表現出多種嘗試性的反應，直到其中正確的反應出現，將問題解決為止。鷹師期望她能透過學習以達精益求精，熟能生巧。他指導她練習飛行的歷程如下：

①使鵰鷹的肢體發育健全：

練習飛行必須在肢體發育完全的狀況下才可進行，正是桑代克在學習歷程中的基本原則之一——準備律（law of readiness）。鷹師滿足其「生理需求」後，她的身體發展已由原本「羽毛長得沒有什麼好，肢體也不甚健全」的情形下日趨完備，等到她肢體發展完全，鷹師才帶她到空曠的地方飛行：

暮春時候，她又開始脫換羽毛，這鷹師又把她調理了一冬天，把她調養得好，給她喫得豐盛，她的筋骨羽翼都出色地健壯。鈎形的嘴，卷曲的爪，也都發展得堅硬、銳利。

②使鴿鷹在練習中學習：

訓練飛行動作時，鷹師透過「練習」（exercise）與「增強物」（reinforcer），促使鴿鷹達到飛行的「效果」（effect）。此正與桑代克所云之「效果律」（law of effect）與「練習律」（law of exercise）若合符節。

訓練飛行前，他必先給她吃正規的飼料。她雖吃過飼料，看見他拿著預備給她的食物走到二、三十步以外，仍會發揮她的本性——張著發育的翅膀，飛過去抓取鴿肉攫食。在此過程中，鷹師以鴿肉為「原增強物」，促使鴿鷹發揮其追逐鳥獸的本能，以達飛行的效果，此即符合桑代克所云之「效果律」——刺激與反應的聯結，透過「原增強」（primary reinforcement）以達效果。

接著採取連續漸進的方式，為她準備假鳥，讓她練習攫取重物的飛行方式。「假鳥」乃為引發其追逐本能而製，是促使她練習飛行的「增強物」——鷹師在假鳥上已縫上雞胸脯肉或加上沉重的鉛心。他拿著假鳥在手上掂一掂，再走到平時去的二、三十步外，鴿鷹的眼便隨著他的手而估計假鳥的重量，然後飛過來攫去假鳥又翻回架上。爾後他便用不同的假鳥作為增強物，促使其繼續練習飛行。此過程中，前者符合桑代克之「效果律」，後者符合其「練習律」——反應隨練習次數之增多而加強。練習飛行時他重視的是新增的重量是否使她失去應有的高度，或者使她飛行的路線降低。然而，在鴿鷹飛行的來回路線中，動作皆已達完美。

等到她發育完全、飛行技能純熟後，他便把她從原來的庭院帶到山谷中的平原，盡心教導她盡性飛翔。這一次，鷹師將她的頭盔與腳套摘去，讓她在曠野中自由飛翔。他的作法乃為訓練她於戶外時如何飛行、吃食。她初見大地，震撼不已，但並未因此而忘記主人；她仍舊回到主人身邊，這是她的真情。他將繫繩的假雉放在空中掄舞，此時假雉已不是增強物，卻是鷹師刻意設計的有翅假鳥，以誘發她吃食。她首次攫取並未成功，鷹師要她「再來」，她在「嘗試錯誤學習」中因遭挫敗而不斷練習，最後終於攫取成功。

（3）滿足其達到「自我實現的需求」

①建立鴿鷹的道德價值觀：

> 這所謂最後的一課對她來說，希望不是最後一課……他們也許會以絕頂聰明的人性與絕頂聰明的鷹性作基礎，尋覓到生命現象的通性，同那裏面的道德與倫理。

故知鷹師希望在覓食一課後能建立鴿鷹的道德價值觀，但鷹師如何設計課程以激發鴿鷹對道德的思考？

第一階段：讓鴿鷹體會獵食時所感受的快感

透過多次練習飛行後，鷹師試圖為她上覓食的最後一課——讓她餓著肚子，在戶外自行獵取食物。她第一次在樹枝上吃不是從主人手裡接來的食物，食用時更發現活生生的獵物與平常主人所與的吃食，在感官上有極大的不同：這種用爪尖撥撕食物所產生的刺激感與刺進小鳥柔軟身體的快感，是平常的食物中完全感受不出的。鷹師讓其自行獵取食物，乃為使其發揮在天地之間獵取鳥獸的本性。

第二階段：設計兩難情境的「價值澄清」歷程

鷹師在她飛行一段時間後才伸出手臂，但她將雙足落於他的手臂時，才發現他原來沒有戴皮手套。此處「以手臂外顯」即是鷹師為鴿鷹設計的兩難困境——訓練鴿鷹乃鷹師的責任與義務，鴿鷹毋須報答，故她可作獵食與否的判斷與抉擇。鷹師的目的即希望她在判斷與抉擇中能澄清自己對獵食所作的「價值」（value）觀。此處「價值」是指個人從經驗中所產生的行為指南；而鷹師的課程設計，顯然屬瑞斯（Louis E. Raths）所提出的

「價值澄清」理論與活動。因鴿鷹面對主人的手臂時，同時產生兩種想法：

> 她的眼蒙着可是她覺得出那細緻的皮膚……她不知道怎樣忍受自己那按不住的心跳，及肢體裏奔騰的血潮……愛那自己的爪尖抓住她心愛的鷹師手臂時那可怕的快感。
>
> 她不要傷害她的主人……她滿頭滿腦都是她敬愛的鷹師，想的都是自那天市集上初遇以及為她製盔、製腿套、換絲絛，種種教養的事。

可知她在獵食時的兩難困境：

甲、若吃了手臂，可享受獵食的快感，同時失去主人。

乙、若不吃手臂，無法獵食，卻可留住主人。

在判斷之後她選擇「留住主人」：

> 立刻校正了她的降落姿勢同速度，又立刻調整了身體的平衡。就是她抓着的不是她主人的手腕，而是一隻麻雀，她也不會傷它一根毛！

原因是她對主人強烈的情感「依附」：

> 她心上從來未有這麼熱烈地愛戀他過！

透過價值澄清歷程，使鴿鷹在獵食時思緒更為清楚——澄清混淆與衝突的價值，建立了自己的道德認知與道德價值——促使鴿鷹成為一位自我實現者。

第三階段：鴿鷹的道德發展——由「他律期」（heteronomous stage）而進入「自律期」（autonomous stage）

第一階段鴿鷹獵食麻雀時，麻雀雖不是從主人手上接來的食物，卻是主人所釋放的鳥獸，故此時期她對道德的看法是遵守規範與戒律，服從主人的命令與約束，只重視行為的後果，不考慮行為的意向，乃屬皮亞傑道德發展之「他律期」。

第二階段鷹師伸出手臂，反使鷂鷹對獵食本性產生矛盾與困惑，此時期她重視的已不是行為後果，而是行為後果背後的「動機」——吃了手臂後即沒有主人，為保主人故不吃手臂，建立其道德價值觀，故屬皮亞傑道德發展之「自律期」。

②鷂鷹的自我實現：

鷹師在與鷂鷹建立情感依附型態後，進一步滿足其生理需求、安全需求、愛與隸屬的需求、尊重需求，以促進其達到自我實現。在自我實現需求中，鷹師又進而激發其思考潛能、訓練其飛行技能，滿足其求知需求，並使其飛行達到盡善盡美的境界——滿足其審美需求。尤其難得的是，鷹師更以自己的手臂為增強物，考驗鷂鷹獵食時的道德思考，以建立其道德價值觀；由是知鷹師對鷂鷹的道德發展採取循序漸進的方式，使她的道德發展由他律逐漸達到自律。

最後鷹師在曠野中讓她回歸自然，促成其達到自我實現。

> 他沐浴更衣了，就去他父親靈位前祈禱。他祈禱之後，晚飯也不喫就休息了。在床上他再三回想他所做的一切，他心上十分悲傷，但是他沒有作錯。

由此可知鷹師甚守本分，竭盡心力教導鷂鷹，目的不為求其報答，只為完成父親與他的理想——教導鷂鷹使其達到自我實現的境界。

三、結語

本文以恩斯渥斯「情感依附型態」與馬斯洛「自我實現論」為主，旁及瑞斯與皮亞傑的道德理論等，解析〈鷂鷹〉全文。綜觀原文，達到「高峰經驗」後的鷂鷹得到一片適性的自在，鷹師為滿足鷂鷹的天性，亦在鷂鷹不知情的情況下將鷹放回自然，想想萬物存在自有萬物的逍遙之樂，鷹師的作法看似無情，其實卻是大有情哩！

——選自《國文天地》第 247、248 期，2005 年 12 月、2006 年 1 月

輯五◎
研究評論資料目錄

作家生平、作品評論專書與學位論文

專書

1. 項青〔應鳳凰〕編　見仁見智談《人子》　臺北　廣城出版社　1975年10月　157頁

本書為評論《人子》專書，全書收錄：王鼎鈞〈若苦能甘——初讀鹿橋先生的《人子》〉、胡蘭成〈評人子〉、翁文嫻〈一個荒誕、真摯——讀鹿橋作品《人子》〉、靈修〈讀《人子》隨感〉、林雨〈鐵面看《人子》與中國文評〉、李利國〈我看《人子》〉、周夢蝶講，項青筆錄〈談《人子》〉、扶笠〈和阿青談《人子》〉共8篇。正文後附錄〈編後記〉。

2. 樸　月　鹿橋歌未央　臺北　臺灣商務印書館　2006年2月　497頁

本書編選關於鹿橋的回憶文章以及《未央歌》的評論篇目，呈現作家完整的文學及生命風貌。全書共6部分：1.鹿橋小傳；2.幸會鹿橋：收錄鹿橋親朋好友談論他的文章；3.《未央歌》人物寫真；4.《未央歌》書評；5.來鴻去雁：收錄鹿橋、慕蓮、祝宗嶺、樓成後等人與樸月的來往信件；6.翰墨因緣：收錄鹿橋的書法作品。

學位論文

3. 常秀珍　鹿橋《人子》研究　中山大學中國文學系　碩士論文　徐信義教授指導　2003年6月　155頁

本論文著重探述《人子》之創作形式與各篇章之意義，並採「讀者反應理論」為研究方法，以篇章意義為主，創作形式為輔，詮釋篇章的模式、作品的組織架構以及作者所蘊含的文思哲理。全文共7章：1.緒論；2.《人子》的章法及其組織架構；3.生命的缺憾；4.智慧的開啟；5.心智的成長；6.永恆的境界；7.結論。

4. 馬琇芬　鹿橋小說研究　中山大學中國文學系　博士論文　龔顯宗教授指導　2006年7月　486頁

本論文先以《鹿橋歌未央》為主要參考資料，從情感態度、生活情致、農家情操、寫作觀念4方面，鋪寫鹿橋的事略；進而論述《未央歌》如何發揚人性中的美善，以老子和莊子的思想為主要的詮釋依據。全文共6章：1.緒論；2.鹿橋的生平事略；3.《未央歌》研究；4.《人子》研究；5.從敘述方式綜論鹿橋的小說；6.結論。正文後附錄鹿橋〈鹿橋閑談〉、毛瓊英〈慕蓮是鹿橋的影子〉、雷戊白〈聖路易市華盛頓大學的吳訥孫教授，投入了二十多年的心血，一手創建亞洲藝術協會，宣揚東方文化有成〉、姚秀彥〈說鹿橋・話未央〉、李宗慬〈遙想文曲星——紀念吳師訥孫先生〉、謝宗憲〈永遠的小童——記鹿橋〉。

5. 胡德蕙　　鹿橋《未央歌》美學研究　銘傳大學應用中國文學系碩士在職專班碩士論文　江惜美教授指導　2006年12月　320頁

本論文先歸納整理作者生平與《未央歌》文本內容，奠定其美學研究的基礎，再就古典小說美學及西方美感經驗兩方面進行美學的分析探討，並於結論中呈現其美學成就與價值，彰顯《未央歌》一書的美學成就與價值。全文共6章：1.緒論；2.作者的生平概述；3.小說的背景與內容分析；4.《未央歌》小說的美學研究；5.《未央歌》的美感經驗體現；6.結論。正文後附錄〈鹿橋《未央歌》美學研究表〉。

6. 洪潔芳　　真善美的追尋——鹿橋文學作品研究　政治大學中國文學系　碩士論文　張堂錡教授指導　2007年3月　245頁

本論文旨在全面探討鹿橋的創作手法、思想主題及風格情調，並進一步解析《未央歌》出版所造成的現象。全文共 7 章：1.緒論；2.鹿橋及其作品概述；3.鹿橋作品的寫作手法；4.鹿橋作品的思想主題；5.鹿橋作品的風格情調；6.「《未央歌》現象」探討；7.結論。正文後附錄〈鹿橋年表〉。

7. 李志中　　遷延流徙中的文化追尋，利涉大川後的信念執守——鹿橋創作論　山東大學現當代文學研究所　碩士論文　黃萬華教授指導　2008年4月　63頁

本論文分析解讀鹿橋各個時期主要華文文學作品，挖掘其文化意味和藝術特色，多方面的研究鹿橋作品風格上的獨特性以及形成原因，以引起學界對鹿橋及其獨特創作的重視與研究。全文共 5 章：1.前言；2.流亡者的文化追尋；3.江湖客的文化播撒（《人子》、《世廛居》）4.管窺・鹿橋創作藝術特色分析；5.結語。

8. 宋孟津　　鹿橋《未央歌》研究　高雄師範大學國文學系回流中文碩士班　碩士論文　郭芳忠教授指導　2008年7月　202頁

本論文以《未央歌》為研究對象，採文獻分析法和文本分析法雙軌進行，一方面蒐集相關期刊報紙資料，一方面閱讀文本，再將二者相互參照，歸納出作家靈敏細觀、真誠自然、惜物簡樸、慈悲豁達、嚴謹認真的特色。全文共6章：1.緒論；2.鹿橋其人其事；3.《未央歌》之主題思想；4.《未央歌》之創作技巧；5.《未央歌》之語言藝術；6.結論。

9. 楊晴琦　　因情生文——小說《未央歌》創作手法淺論　上海外國語大學中國

現代文學研究所　碩士論文　陳福康教授指導　2009年5月　42頁

本論文主要從《未央歌》具有民族特色的創作手法、小說的風格情調及 1940 年代這一特殊歷史時期對作家創作此部小說的影響，三個不同角度對這部作品進行一番解讀，並在大陸文學史上，給這部小說一個客觀的文學定位。全文共 3 章：1.《未央歌》創作手法中的民族特色；2.《未央歌》風格情調論；3.《未央歌》創作中所受到的時代影響。

10. 梁素萍　鹿橋作品研究　高雄師範大學國文學系　碩士論文　林文欽教授指導　2012年7月　210頁

本論文以鹿橋作品《未央歌》、《人子》、《懺情書》、《市廛居》為研究對象，先探討作家的生命歷程，耙梳鹿橋生平、性格，再深入探討其作品的思想主題、藝術技巧及個人文學風格。全文共 6 章：1.緒論；2.鹿橋生平與時代背景；3.鹿橋作品介紹與主題內涵；4.鹿橋作品的藝術特色（上）；5.鹿橋作品的藝術特色（下）；6.結論。正文後附錄〈鹿橋年表〉。

11. 楊佳穎　鹿橋《人子》寓言研究　臺灣師範大學國文學系在職進修碩士班碩士論文　顏瑞芳教授指導　2014年　135頁

本論文針對《人子》故事所呈現之不同寓意，進行歸納與剖析，得悉其中寓意反映人生、底蘊深厚。全文共 6 章：1.緒論；2.鹿橋及其文學觀；3.鹿橋《人子》的思想基礎；4.鹿橋《人子》的寓意分析；5.鹿橋《人子》的角色形象；6.結論。正文後附錄〈鹿橋（吳訥孫）大事年表〉。

作家生平資料篇目

自述

12. 鹿　橋　前奏曲　未央歌　香港　美國康州且溪延陵乙園，人生出版社　1959年6月　頁1
13. 鹿　橋　前奏曲　未央歌　臺北　臺灣商務印書館　1972年10月　頁1
14. 鹿　橋　前奏曲　未央歌　臺北　臺灣商務印書館　1975年11月　頁1
15. 鹿　橋　前奏曲　未央歌　臺北　臺灣商務印書館　1982年3月　頁1
16. 鹿　橋　前奏曲　中國現代文學補遺書系・小說卷八　濟南　明天出版社　1990年10月　頁1—2

17. 鹿　橋　　前奏曲　未央歌　臺北　臺灣商務印書館　2007年5月　頁1
18. 鹿　橋　　緣起　未央歌　香港　美國康州且溪延陵乙園，人生出版社　1959年6月　頁1—2
19. 鹿　橋　　緣起　未央歌　臺北　臺灣商務印書館　1972年10月　頁1—2
20. 鹿　橋　　緣起　未央歌　臺北　臺灣商務印書館　1975年11月　頁1—2
21. 鹿　橋　　緣起　未央歌　臺北　臺灣商務印書館　1982年3月　頁1—2
22. 鹿　橋　　緣起　中國現代文學補遺書系・小說卷八　濟南　明天出版社　1990年10月　頁3—5
23. 鹿　橋　　緣起　未央歌　臺北　臺灣商務印書館　2007年5月　頁1—2
24. 鹿　橋　　尾聲　未央歌　香港　美國康州且溪延陵乙園，人生出版社　1959年6月　頁611
25. 鹿　橋　　尾聲　未央歌　臺北　臺灣商務印書館　1972年10月　頁611
26. 鹿　橋　　尾聲　未央歌　臺北　臺灣商務印書館　1975年11月　頁611
27. 鹿　橋　　尾聲　未央歌　臺北　臺灣商務印書館　1982年3月　頁611
28. 鹿　橋　　尾聲　中國現代文學補遺書系・小說卷八　濟南　明天出版社　1990年10月　頁777—778
29. 鹿　橋　　尾聲　未央歌　臺北　臺灣商務印書館　2007年5月　頁804
30. 鹿　橋　　謝辭　未央歌　香港　美國康州且溪延陵乙園，人生出版社　1959年6月　頁612—615
31. 鹿　橋　　謝辭　未央歌　臺北　臺灣商務印書館　1972年10月　頁612—615
32. 鹿　橋　　謝辭　未央歌　臺北　臺灣商務印書館　1975年11月　頁612—615
33. 鹿　橋　　謝辭　未央歌　臺北　臺灣商務印書館　1982年3月　頁612—615
34. 鹿　橋　　謝辭　中國現代文學補遺書系・小說卷八　濟南　明天出版社　1990年10月　頁779—783

35. 鹿　橋　　謝辭　未央歌　臺北　臺灣商務印書館　2007年5月　頁805—809

36. 鹿　橋　　出版後記　未央歌　香港　美國康州且溪延陵乙園，人生出版社　1959年6月　〔1〕頁

37. 鹿　橋　　出版後記　未央歌　臺北　臺灣商務印書館　1972年10月　〔1〕頁

38. 鹿　橋　　出版後記　未央歌　臺北　臺灣商務印書館　1975年11月　〔1〕頁

39. 鹿　橋　　出版後記　未央歌　臺北　臺灣商務印書館　1982年3月　〔1〕頁

40. 鹿　橋　　出版後記　中國現代文學補遺書系・小說卷八　濟南　明天出版社　1990年10月　頁784—785

41. 鹿　橋　　出版後記　未央歌　臺北　臺灣商務印書館　2007年5月　頁810—811

42. 鹿　橋　　Introduction　CHINESE AND INDIAN ARCHITECTURE: The City of Man, the Mountain of God, and the Realm of the Immortals　New York　George Braziller　1963年6月　頁8—10

43. 鹿橋；Grosse Zeiten，Werke der Architektur Hertha Kuntze 譯
EINFÜHRUNG　ARCHITEKTUR DER CHINESEN UND INDER　Ravensburg　Otto Maier　1963年　頁6—7

44. 鹿　橋　　再版致《未央歌》讀者　東方雜誌　復新號第1卷第7期　1968年1月　頁120—125

45. 鹿　橋　　再版致《未央歌》讀者　未央歌　臺北　臺灣商務印書館　1972年10月　頁1—11

46. 鹿　橋　　再版致《未央歌》讀者　未央歌　臺北　臺灣商務印書館　1975年11月　頁1—11

47. 鹿　橋　　再版致《未央歌》讀者　未央歌　臺北　臺灣商務印書館　1982年

3月　頁1—11

48. 鹿　橋　再版致《未央歌》讀者　未央歌　臺北　臺灣商務印書館　2007年5月　頁15—29

49. 鹿　橋　再版再致《未央歌》讀者　未央歌　合肥　黃山書社　2008年1月　頁12—24

50. 鹿　橋　前言　懺情錄　臺北　晨鐘出版社　1970年10月　頁1

51. 鹿　橋　寫在《人子》前面[1]　中國時報　1974年5月9日　12版

52. 鹿　橋　前言　人子　臺北　遠景出版公司　1974年9月　頁2—5

53. 鹿　橋　原序　人子（注音版）　臺北　遠景出版公司　1977年3月　頁1—5

54. 鹿　橋　原序　人子　臺北　遠景出版公司　1982年3月　頁1—5

55. 鹿　橋　原序　人子　臺北　臺灣商務印書館　2007年5月　頁7—10

56. 鹿　橋　尋覓一個門徑——寫在《人子》出版前[2]　中國時報　1974年9月11日　12版

57. 鹿　橋　楔子　人子　臺北　遠景出版公司　1974年9月　頁2—5

58. 鹿　橋　前言　人子（注音版）　臺北　遠景出版公司　1977年3月　頁1—4

59. 鹿　橋　前言　人子　臺北　遠景出版公司　1982年3月　頁1—4

60. 鹿　橋　前言　人子　臺北　臺灣商務印書館　2007年5月　頁3—6

61. 鹿　橋　後記　人子　臺北　遠景出版公司　1974年9月　頁261—265

62. 鹿　橋　後記　人子（注音版）　臺北　遠景出版公司　1977年3月　頁287—292

63. 鹿　橋　後記　人子　臺北　遠景出版公司　1982年3月　頁251—255

64. 鹿　橋　後記　人子　臺北　臺灣商務印書館　2007年5月　頁223—227

---

[1]本文後為《人子》初版時〈前言〉；注音版以降改篇名為〈原序〉。
[2]本文後為《人子》初版時〈楔子〉；注音版以降改篇名為〈前言〉。

65. 鹿　橋　寫在「黑皮書」第三冊摘錄發表前[3]　中國時報　1975年9月14日　12版
66. 鹿　橋　關於「黑皮書」　懺情書　臺北　遠景出版公司　1981年3月　頁197—200
67. 鹿　橋　關於「黑皮書」　懺情書　臺北　臺灣商務印書館　2007年5月　頁145—147
68. 鹿　橋　底事春來偏有恨・隔簾花影又一年——從「藍紋」、「黑皮書」到《懺情書》　中國時報　1975年9月19日　12版
69. 鹿　橋　八版贅言　未央歌　臺北　臺灣商務印書館　1975年11月　頁1
70. 鹿　橋　八版贅言　未央歌　臺北　臺灣商務印書館　1982年3月　頁1
71. 鹿　橋　八版贅言　未央歌　臺北　臺灣商務印書館　2007年5月　頁1
72. 鹿　橋　八版贅言　未央歌　合肥　黃山書社　2008年1月　頁1
73. 鹿　橋　六版再致《未央歌》讀者　未央歌　臺北　臺灣商務印書館　1975年11月　頁1—9
74. 鹿　橋　六版再致《未央歌》讀者　未央歌　臺北　臺灣商務印書館　1982年3月　頁1—9
75. 鹿　橋　六版再致《未央歌》讀者　未央歌　臺北　臺灣商務印書館　2007年5月　頁3—14
76. 鹿　橋　六版再致《未央歌》讀者　未央歌　合肥　黃山書社　2008年1月　頁2—11
77. 鹿　橋　鹿橋旁白　臺灣時報　1979年5月21日　12版
78. 鹿　橋　鹿橋旁白　鹿橋歌未央　臺北　臺灣商務印書館　2006年2月　頁122—123
79. 鹿　橋　前言　懺情書　臺北　遠景出版公司　1981年3月　頁1—11
80. 鹿　橋　前言　懺情書　臺北　臺灣商務印書館　2007年5月　頁3—11
81. 鹿　橋　憶《未央歌》裡的大宴——少年李達海（1—8）　中國時報　1995

[3]本文後改篇名為〈關於「黑皮書」〉。

年3月2—9日　39，34版

82. 鹿　橋　　憶《未央歌》裡的大宴：少年李達海　市廛居　臺北　時報文化出版公司　1998年12月　頁253—284

83. 鹿　橋　　憶《未央歌》裡的大宴：少年李達海　市廛居　臺北　臺灣商務印書館　2007年5月　頁279—313

84. 鹿　橋　　閒話市廛——《市廛居》出版前言[4]　中國時報　1998年12月9日　37版

85. 鹿　橋　　前言　市廛居　臺北　時報文化出版公司　1998年12月　頁1—2

86. 鹿　橋　　前言　市廛居　臺北　臺灣商務印書館　2007年5月　頁3—5

87. 鹿　橋　　戊午舊序　市廛居　臺北　時報文化出版公司　1998年12月　頁3—5

88. 鹿　橋　　戊午舊序　市廛居　臺北　臺灣商務印書館　2007年5月　頁6—8

89. 鹿橋講；錢莉　　利涉大川的文化志氣——鹿橋在美南作協漫談東西文化　中央日報　1999年5月10日　8版

90. 鹿橋講；陳紫薇記錄整理　　利涉大川——挾泰山以超北海　世界日報　1999年5月21日　F6版

91. 鹿　橋　　鹿橋閑談　鹿橋小說研究　中山大學中國文學系　博士論文　龔顯宗教授指導　2006年7月　頁1—12

他述

92. 陳　苓　　送別鹿橋教授　古今談　第110期　1974年6月　頁40

93. 邱秀文　　鹿橋的寫作空間沒有邊際，《未央歌》、《人子》以後三度創新　中國時報　1975年7月24日　3版

94. 胡有瑞　　《未央歌》與《人子》的作者——鹿橋回來了　中央日報　1975年7月24日　3版

95. 冷步梅　　鹿橋終身追求美　綜合月刊　第82期　1975年9月　頁46—53

---

[4]本文後為《市廛居》一書〈前言〉。

96. 〔民生報〕　鹿橋回來了　民生報　1979年2月22日　7版
97. 丘彥明　鹿橋印象　聯合報　1979年3月29日　12版
98. 胡有瑞　鹿橋熱愛中國文字　中央日報　1979年4月18日　11版
99. 梅新採訪；張素貞記　鹿橋太太談鹿橋　臺灣時報　1979年5月21日　12版
100. 梅新採訪；張素貞記　鹿橋太太談鹿橋　鹿橋歌未央　臺北　臺灣商務印書館　2006年2月　頁111—121
101. 白崇珠　且自高歌遣悲懷——話鹿橋　出版與研究　第45期　1979年5月　頁31—33
102. 應平書　吳訥孫就是鹿橋　學人風範　臺北　中華日報社　1980年12月　頁86—93
103. 林　鹿橋演說・講求氣氛　民生報　1981年1月18日　7版
104. 李霖燦　田園交響樂　會心不遠集　臺北　白雲文化公司　1981年7月　頁107—119
105. 李霖燦　田園交響樂　鹿橋歌未央　臺北　臺灣商務印書館　2006年2月　頁76—89
106. 王蘭芬　《未央歌》牽起兩代情・一個寫、一個唱・結成忘年之交——黃舒駿花了十年訪到鹿橋　民生報　1988年4月19日　15版
107. 〔文訊雜誌〕　鹿橋重返國內文壇　文訊雜誌　第36期　1988年6月　頁3
108. 朱惠娟　鹿橋抵高師大・《未央歌》沸騰　中央日報　1988年12月3日　8版
109. 林淑蘭　鹿橋：龍的傳人・立心立名・以中國倫理傳統文化參與世界・芳香四溢　中央日報　1988年12月20日　9版
110. 徐開塵　李達海談鹿橋・推崇老友常保赤子心・否認自己就是主人翁　民生報　1990年1月7日　14版
111. 張夢瑞　鹿橋4月返國・參加藝術座談　民生報　1992年2月1日　14版

112. 婷　一頭栽進孩童天地・鹿橋有絕佳組合　民生報　1992 年 6 月 20 日　29 版

113. 樸　月　永遠的「小童」　青年日報　1995 年 10 月 14 日　15 版

114. 王廣福　結婚 47 年慶鹿橋夫婦在高雄　中國時報　1998 年 12 月 3 日　19 版

115. 林美秀　港都文友熱情祝賀・鹿橋夫婦歡度結婚 47 周年　民生報　1998 年 12 月 3 日　19 版

116. 王廣福　鹿橋演講・學子排隊等簽名　中國時報　1998 年 12 月 4 日　18 版

117. 董成瑜　鹿橋與讀者分享異鄉歲月　中國時報　1998 年 12 月 10 日　42 版

118. 江中明　鹿橋・回臺自喻無軌電車　聯合報　1998 年 12 月 11 日　14 版

119. 陳文芬　鹿橋笑展天真容顏，侃談《市廛居》　中國時報　1998 年 12 月 11 日　11 版

120. 王瑞瑤　鹿橋：《未央歌》邁入 33 年，《市廛居》心情剖白　中時晚報　1998 年 12 月 13 日　12 版

121. 朱　虔　《未央歌》搬演電視・鹿橋說不　中國時報・桃竹苗　1998 年 12 月 18 日　18 版

122. 陳千惠　鹿橋：《未央歌》非寫實，是寫願望　聯合報　1998 年 12 月 18 日　14 版

123. 陳寧明　作品搬上螢幕，鹿橋誓死抵抗　中時晚報　1998 年 12 月 18 日　13 版

124. 潘彬松　鹿橋清大上網，網友樂透——不願原意被扭曲・「誓死抵抗」作品搬上螢幕　中央日報　1998 年 12 月 18 日　10 版

125. 田炎欣　《未央歌》完結篇？鹿橋有歎　聯合晚報　1998 年 12 月 19 日　7 版

126. 彭蕙仙　人子鹿橋八十矣，一派天真歌未央　中國時報　1998 年 12 月 27 日　33 版

127. 平常心　朋而不黨的君子儒　中央日報　1999年5月10日　8版
128. 劉毓玲　且縱歌聲話未央　中央日報　1999年5月10日　8版
129. 陳瑞琳　閃亮的時光河　中央日報　1999年5月10日　8版
130. 直　平　吳家二三事——鹿橋休士頓演講側記　世界日報　1999年5月21日　F6版
131. 耕　雨　鹿橋把書房搬進廚房　臺灣新聞報　2000年2月20日　B7版
132. 張夢瑞　《未央歌》字體放大，鹿橋向書店請命　民生報　2001年8月7日　6版
133. 李令儀　作家鹿橋19日病逝，留下《人子》、《未央歌》　聯合報　2002年3月22日　14版
134. 張夢瑞　鹿橋病逝，長留《未央歌》　民生報　2002年3月22日　12版
135. 　華　《未央歌》作者鹿橋病逝美國　中央日報　2002年3月22日　18版
136. 陳希林　鹿橋走了，名著《未央歌》傳世　中國時報　2002年3月22日　14版
137. 晏山農　《未央歌》不輟，鹿橋已逝　中國時報　2002年3月22日　39版
138. 李令儀　首版《未央歌》鹿橋親筆題字　聯合報　2002年3月23日　14版
139. 丁文玲　悼念鹿橋，一代宗師　中國時報　2002年3月24日　22版
140. 潘郁琦　秋實殞於春華——驟聞鹿橋先生辭世　自由時報　2002年3月28日　39版
141. 漢寶德　鹿橋的方圓之間　中國時報　2002年4月1日　39版
142. 姚秀彥　市廛間的人子　中央日報　2002年5月8日　15版
143. 樸　月　從小童到鹿橋　中國時報　2002年5月17日　39版
144. 樸　月　從「小童」到「鹿橋」　鹿橋歌未央　臺北　臺灣商務印書館　2006年2月　頁304—315

145. 夏小芸　關於鹿橋　新文學史料　2002年第2期　2002年5月　頁151—157
146. 謝惠生　一代哲人已萎，鹿橋步入歷史　文訊雜誌　第199期　2002年5月　頁70
147. 張　鳳　《未央歌》歌未央——懷念鹿橋先生　聯合文學　第211期　2002年5月　頁168—171
148. 張　鳳　《未央歌》歌未央——懷念鹿橋先生　一頭栽進哈佛　臺北　九歌出版社　2006年1月　頁149—155
149. 張　鳳　《未央歌》歌未央　采玉華章——美國華文作家選集　臺北　臺灣商務印書館　2013年12月　頁104—110
150. 洪士惠　知名作家鹿橋逝世　文訊雜誌　第199期　2002年5月　頁74
151. 雷戊白　哲人其萎，長歌未央——悼念吳訥孫教授　傳記文學　第482期　2002年7月　頁4—27
152. 雷戊白　哲人其萎，長歌未央——悼念吳訥孫教授　鹿橋歌未央　臺北　臺灣商務印書館　2006年2月　頁192—235
153. 樸　月　一生一代一雙人——鹿橋與慕蓮的故事（1—6）　中華日報　2003年8月4—9日　19版
154. 樸　月　一生一代一雙人——鹿橋與慕蓮的故事　鹿橋歌未央　臺北　臺灣商務印書館　2006年2月　頁158—191
155. 樸　月　往事如煙——鹿橋姑父與我（1—5）　中華日報　2004年6月28—30日，7月1—2日　19版
156. 樸　月　往事如煙——鹿橋姑父與我　鹿橋歌未央　臺北　臺灣商務印書館　2006年2月　頁124—157
157. 吳昭婷　回家——憶父親鹿橋、母親慕蓮（上、下）　中國時報　2006年2月7—8日　E7版
158. 吳昭婷　回家　鹿橋歌未央　臺北　臺灣商務印書館　2006年2月　頁236—246

159. 陳宛茜　鹿橋《未央歌》，樸月解密碼　聯合報　2006年2月22日　C6版

160. 謝宗憲　吳訥孫小傳　鹿橋歌未央　臺北　臺灣商務印書館　2006年2月　頁17—50

161. 雷　穎　憶訥孫　鹿橋歌未央　臺北　臺灣商務印書館　2006年2月　頁90—94

162. 吳昭楹　為父親而寫　鹿橋歌未央　臺北　臺灣商務印書館　2006年2月　頁247—258

163. 劉世琳　聖路易的啟示　鹿橋歌未央　臺北　臺灣商務印書館　2006年2月　頁259—267

164. 毛瓊英　慕蓮是鹿橋的影子　鹿橋小說研究　中山大學中國文學系　博士論文　龔顯宗教授指導　2006年7月　頁13—18

165. 雷戊白　聖路易市華盛頓大學的吳訥孫教授，投入了二十多年的心血，一手創建亞洲藝術協會，宣揚東方文化有成　鹿橋小說研究　中山大學中國文學系　博士論文　龔顯宗教授指導　2006年7月　頁19—24

166. 姚秀彥　說鹿橋．話未央　鹿橋小說研究　中山大學中國文學系　博士論文　龔顯宗教授指導　2006年7月　頁25—28

167. 李宗慬　遙想文曲星——紀念吳師訥孫先生　鹿橋小說研究　中山大學中國文學系　博士論文　龔顯宗教授指導　2006年7月　頁29—32

168. 謝宗憲　永遠的小童——記鹿橋　鹿橋小說研究　中山大學中國文學系　博士論文　龔顯宗教授指導　2006年7月　頁33—35

169. 〔封德屏主編〕　鹿橋　2007臺灣作家作品目錄　臺南　國立臺灣文學館　2008年7月　頁942—943

170. 封德屏等[5]　溫柔的文學火花——「作家的忘年情誼」座談紀實——樸月與鹿橋的忘年情誼　文訊雜誌　第277期　2008年11月　頁105

---

[5]與會者：宇文正、樸月；主持人：封德屏；紀錄：吳丹華。

171. 張　鳳　鹿橋與張愛玲——感念《未央歌》作者鹿橋先生辭世十年　聯合報　2012年3月31日　D3版

172. 李弘祺　延陵乙園：從《未央歌》說起　臺大校友　第88期　2013年7月　頁34—36

訪談、對談

173. 邱秀文專訪　《未央歌》作者鹿橋談藝術與文學不落俗套　中國時報　1972年4月10日　3版

174. 楚　戈　《未央歌》未央——鹿橋訪問記　幼獅文藝　第220期　1972年4月　頁42—53

175. 楚　戈　《未央歌》未央——鹿橋訪問記　咖啡館裡的流浪民族　臺北　九歌出版社　2005年4月　頁154—167

176. 楚　戈　《未央歌》未央——鹿橋訪問記　鹿橋歌未央　臺北　臺灣商務印書館　2006年2月　頁95—110

177. 風　尼　訪鹿橋詳記真實——明還日明，暗還虛空　中華文藝　第56期　1975年1月　頁68—76

178. 胡有瑞　鹿橋訪問記（吳訥孫）[6]　書評書目　第32期　1975年12月　頁83—96

179. 胡有瑞　懷舊的藝術家——鹿橋訪問記　現代學人散記　臺北　書評書目出版社　1977年6月　頁235—255

180. 胡有瑞　懷舊的藝術家——鹿橋訪問記　現代學人散記　臺北　爾雅出版社　1982年7月　頁249—270

181. 桂文亞　鹿橋印象記　心靈的菓園　臺北　皇冠出版社　1976年10月　頁136—141

182. 邱秀文　從《未央歌》到《人子》——訪鹿橋先生　智者群像　臺北　時報文化出版公司　1977年10月　頁171—179

183. 周　密　鹿橋談中國人的文化　世界周刊　第741期　1997年11月23日

[6]本文後改篇名為〈懷舊的藝術家——鹿橋訪問記〉。

頁 12—13
184. 周　密　鹿橋談中國人的文化（上、下）　聯合報　1997 年 12 月 19 日　41 版
185. 天　雷　鹿橋，你好！——在華盛頓訪吳訥孫　中國時報　1980 年 12 月 22 日　8 版

年表

186. 樸　月　吳訥孫年表　鹿橋歌未央　臺北　臺灣商務印書館　2006 年 2 月　頁 51—57
187. 洪潔芳　鹿橋年表　真善美的追尋——鹿橋文學作品研究　政治大學中國文學系　碩士論文　張堂錡教授指導　2006 年　頁 233—236
188. 梁素萍　鹿橋年表　鹿橋作品研究　高雄師範大學國文學系　碩士論文　林文欽教授指導　2012 年 7 月　頁 207—210
189. 楊佳穎　鹿橋（吳訥孫）大事年表　鹿橋《人子》寓言研究　臺灣師範大學國文學系在職進修碩士班　碩士論文　顏瑞芳教授指導　2014 年　頁 117—120

其他

190. 李青霖　鹿橋與讀友進行「網路筆談」　文訊雜誌　第 160 期　1999 年 2 月　頁 66

作品評論篇目

綜論

191. 張超主編　鹿橋　臺港澳及海外華人作家辭典　江蘇　南京大學出版社　1994 年 12 月　頁 323—324
192. 張萍萍　20 世紀 40 年代文學中的「文化宗教精神」〔鹿橋部分〕　文史哲　2002 年第 3 期　2002 年 5 月　頁 22—26
193. 吳啟銘　滿足想像及追尋的欲望——試論鹿橋和其作品　文訊雜誌　第 219 期　2004 年 1 月　頁 13—15

194. 張素貞　自然生色——鹿橋其人其文　文訊雜誌　第261期　2007年7月　頁14—18

分論

◆單行本作品

散文

《市廛居》

195. 張素貞　君子儒的靈修內省——鹿橋的散文集《市廛居》（上、中、下）　中央日報　1999年2月24—26日　22版

196. 張夢瑞　人在市廛居・悠然看生活——鹿橋新書，有很多經驗和看法要告訴讀者　民生報　1998年12月11日　19版

197. 彭蕙仙　《市廛居》　中時晚報　1999年1月17日　12版

198. 曾意芳　《未央歌》不再・鹿橋嘆校園亂象・發表新書《市廛居》人文生活觀仍見精微　中央日報　1988年12月11日　10版

199. 黃盈雰　鹿橋新書《市廛居》發表　文訊雜誌　第159期　1999年1月　頁63

小說

《未央歌》

200. 霽　月　我看《未央歌》　新夏　第5期　1969年11月　頁110—112

201. 松　香　我所認識的《未央歌》與吳訥孫教授　古今談　第108期　1974年4月　頁10—12

202. 林柏燕　香格里拉之歌——論《未央歌》的序及金童玉女（1—5）　中華日報　1975年1月15—19日　9版

203. 林柏燕　香格里拉之歌——論《未央歌》的序及金童玉女　文學印象　臺北　大林出版社　1978年8月　頁26—46

204. 譚瑞英　重讀《未央歌》　新亞中國文學系　第11期　1977年3月　頁96—112

205. 林〔羽卒〕　美好的中國文化與美好的中國人——談《未央歌》的世界兼

論儒家與道家的融合（上、下） 古今談 第153—154期 1978年2—3月 頁26—31，11—21

206. 司馬長風 鹿橋的《未央歌》 更生日報 1978年4月15日 7版

207. 張素貞 從浪漫到寫實——談《未央歌》與《滾滾遼河》的創作模式 抗戰文學研討會 臺北 文訊雜誌社主辦 1978年7月4—5日

208. 張素貞 從浪漫到寫實——談《未央歌》與《滾滾遼河》的創作模式 臺灣新聞報 1987年7月5日 8版

209. 張素貞 從浪漫到寫實——談《未央歌》與《滾滾遼河》的創作模式 續讀現代小說 臺北 東大圖書公司 1993年3月 頁57—88

210. 張素貞 從浪漫到寫實——談《未央歌》的創作模式 鹿橋歌未央 臺北 臺灣商務印書館 2006年2月 頁361—374

211. 舒傳世 校園裡的《未央歌》 臺灣日報 1982年1月5日 8版

212. 〔大學研讀社編〕 校園小說的開拓者——鹿橋——《未央歌》與八〇年代大學生的校園生活 改變大學生的書 臺北 前衛出版社 1984年8月 頁33—38

213. 周芬伶 以寫作技巧看《未央歌》 東海文藝季刊 第23期 1987年3月 頁163—167

214. 齊邦媛 與時代若即若離的《未央歌》 聯合報 1987年7月5日 8版

215. 齊邦媛 與時代若即若離的《未央歌》 千年之淚 臺北 爾雅出版社 1990年7月 頁49—57

216. 齊邦媛 烽火邊緣的青春——重讀《蓮漪表妹》與《未央歌》 聯合報 1988年7月7日 21版

217. 齊邦媛 烽火邊緣的青春——重讀《蓮漪表妹》與《未央歌》 七十七年文學批評選 臺北 爾雅出版社 1989年3月 頁197—218

218. 莊信正 《未央歌》的童話世界（鹿橋） 當代 第47期 1990年3月 頁130—148

219. 莊信正 《未央歌》的童話世界 海天集 臺北 三民書局 1991年5月

頁 51—83
220. 宋遂良　我讀《未央歌》　中國現代文學補遺書系・小說卷八　濟南　明天出版社　1990 年 10 月　頁 786—799
221. 王聖瑩　浪漫的成長——《未央歌》裡的「我」　出版人　臺北　出版人雜誌社　1992 年 1 月　頁 58—59
222. 祝振強　「情調」小說——鹿橋的《未央歌》　中國現代文學研究叢刊　1992 年第 1 期　1992 年 1 月　頁 127—140
223. 王幼華　《未央歌》[7]　文學星空　臺北　國家文藝基金管理委員會　1992 年 9 月　頁 71—73
224. 王幼華　臺灣當代名著短評十四篇——《未央歌》　當代文學評論集　苗栗　苗栗縣立文化中心　1997 年 12 月　頁 90—92
225. 陳旻志　雋永的抒情與抒情的雋永——《未央歌》的抒情典範　全國中研所在學研究生學術論文研討會　桃園　中央大學中國文學研究所　1993 年 4 月 18 日
226. 周昭翡　《未央歌》　錦囊開卷　臺北　國家文藝基金管理委員會　1993 年 6 月　頁 152—154
227. 季　映　西窗閒語話未央——讀《未央歌》有感　飛揚青春——中市青年選集　臺北　業強出版社　1993 年 12 月　頁 204—206
228. 王德威　《蓮漪表妹》——兼論三〇到五〇年代的政治小說〔《未央歌》部分〕　評論十家　臺北　爾雅出版社　1993 年 12 月　頁 152—153
229. 陳秀分　一本好書——《未央歌》　書評　第 14 期　1995 年 2 月　頁 69—70
230. 蕭鴻基　吹皺一池春水——且談《未央歌》　夜深忽夢少年事　臺北　新竹市立文化中心　1995 年 6 月　頁 47—52
231. 陳台生　未央之歌　自由時報　1995 年 9 月 19 日　34 版

[7]本文後改篇名為〈臺灣當代名著短評十四篇——《未央歌》〉。

232. 庭　音　《未央歌》VS.《新未央歌》　中華日報　1995年10月24日　15版

233. 楊　照　四十年臺灣大眾文學小史〔《未央歌》部分〕　文學、社會與歷史想像——戰後文學史散論　臺北　聯合文學出版社　1995年10月　頁47

234. 陳衍秀　星月悠揚——我讀《未央歌》　國語日報　1996年4月22日　4版

235. 馬偉業　愛與美與人生——論鹿橋的《未央歌》　呼蘭師專學報　1996年第3期　1996年8月　頁52—58

236. 宋遂良　追求人格的完備與完善——讀長篇小說《未央歌》　岱宗學刊　1997年第1期　1997年2月　頁41—45

237. 吳麗仙　《未央歌》　翰海觀潮　臺北　行政院文建會　1997年5月　頁50—52

238. 曾阿元　《未央歌》的世界　民眾日報　1997年10月1日　17版

239. 楊　照　浪漫樂觀的大學烏托邦——鹿橋的《未央歌》　中國時報　1998年4月7日　37版

240. 劉秀美　試論臺灣社會言情小說主題的變遷〔《未央歌》部分〕　中國現代文學理論季刊　第20期　2000年12月　頁629—630

241. 施淑姿　《未央歌》讀後感　書評　第59期　2002年8月　頁66—68

242. 尹玉珊　上篇・橫向的內涵呈示——第一章・追尋理想校園文化〔《未央歌》部分〕　生命的追尋——對西南聯合大學文學創作的一種關照　山東大學中國現當代文學研究所　碩士論文　黃萬華教授指導　2004年4月　頁5—7

243. 解志熙　「情調」風格與「傳奇」形態——20世紀40年代國統區小說的浪漫敘事片論——鹿橋的《未央歌》：「情調」風格的浪漫敘事　新鄉師範高等專科學校學報　第20卷第3期　2006年5月　頁87—89

244. 張夢瑞　《未央歌》・歌未央　人間福報　2008年4月26日　12版

245. 張　青　青春未央，快樂未央——讀鹿橋長篇名著《未央歌》　出版廣角　2008年第4期　2008年4月　頁65—66

246. 彭　建　「美」與「善」：對抗存在的被遺忘——論鹿橋《未央歌》的藺燕梅形象及精神追尋　綿陽師範學院學報　第28卷第7期　2009年7月　頁42—46，69

247. 鄧敏菁　理想人格的塑造——《未央歌》主要人物形象解析　劍南文學　2009年第9期　2009年　頁3

248. 鄧月香　哲理與詩情並立——略論《未央歌》的藝術風格　劍南文學　2009年第9期　2009年　頁90

249. 鄧月香　哲理與詩情並立——略論《未央歌》的藝術風格　安徽文學　2010年第6期　2010年　頁29

250. 汪　楊　歌為誰未央——評鹿橋的《未央歌》　教育研究與評論　2010年第6期　2010年　頁108—112

251. 許　德　現代詩性小說的類型考察——詩性「鄉土」：夢和追憶〔《未央歌》部分〕　中國現代詩性小說研究　中山大學中國古代文學研究所　博士論文　吳定宇教授指導　2010年12月　頁39—40

252. 劉　華　從基督教文化視角解讀《未央歌》的精神世界　山花　2011年第24期　2011年12月　頁137—138

253. 花曼娟　《圍城》與《未央歌》中大學形象的比較　雞西大學學報　第12卷第12期　2012年12月　頁108—109

254. 郭　麗　「無一字不悅目，無一句不賞心」——《未央歌》簡評　青島大學師範學院學報　第27卷第4期　2010年12月　頁51—56

255. 王菲斐　《未央歌》經典下的理想敘事　邢臺學院學報　第28卷第3期　2013年9月　頁78—81

256. 高　和　真切感造就的熱閱讀——閱讀《未央歌》　臺港文學選刊　2013年第2期　2013年　頁128—131

《人子》

257. 王鼎鈞　初讀鹿橋的《人子》——若苦能甘（上、下）　中國時報　1974年11月8—9日　12版

258. 王鼎鈞　若苦能甘——初讀鹿橋先生的《人子》　見仁見智談《人子》　臺北　廣城出版社　1975年10月　頁1—16

259. 陳銘慶　鹿橋《人子》的探討　青年戰士報　1974年11月22日　8版

260. 安大略　人子愛吃糖——評《人子》（鹿橋著）　書評書目　第19期　1974年11月　頁5—6

261. 薛齊嘉　從平凡中見奇偉　書評書目　第19期　1974年11月　頁6—7

262. 蕭毅虹　評鹿橋《人子》[8]　書評書目　第30期　1975年1月　頁88—95

263. 蕭毅虹　評《人子》　蕭毅虹作品選・散文、評論集　臺北　絲路出版社　1994年4月　頁225—235

264. 胡蘭成　評鹿橋著《人子》（上、下）　中國時報　1975年2月6—7日　12版

265. 胡蘭成　評《人子》　見仁見智談《人子》　臺北　廣城出版社　1975年10月　頁17—41

266. 胡蘭成　評鹿橋的《人子》　中國文學史話　臺北　遠流出版公司　1991年3月　頁243—262

267. 王文進　《人子》鹿橋這本書　明日世界　第2期　1975年2月　頁77—79

268. 張克和　《人子》讀後感　明日世界　第2期　1975年2月　頁79

269. 邊疆〔洪醒夫〕　森林與樹——談鹿橋著《人子》　書評書目　第24期　1975年4月　頁107—109

270. 洪醒夫　森林與樹——談《人子》　洪醒夫研究專集　彰化　彰化縣立文化中心　1994年6月　頁126—129

271. 李利國　《人子》透露的信息是什麼？（上、下）[9]　中國時報　1975年8

[8]本文後改篇名為〈評《人子》〉。

月 24—25 日　12 版

272. 李利國　我看《人子》　見仁見智談《人子》　臺北　廣城出版社　1975 年 10 月　頁 91—104

273. 李利國　《人子》透露的訊息是什麼？　瘦馬行　高雄　德馨室出版社　1978 年 5 月　頁 115—128

274. 翁文嫻　一個荒誕、真摯的世界——讀鹿橋作品《人子》　見仁見智談《人子》　臺北　廣城出版社　1975 年 10 月　頁 43—66

275. 靈　修　讀《人子》隨感　見仁見智談《人子》　臺北　廣城出版社　1975 年 10 月　頁 67—71

276. 林　雨　鐵面看《人子》與中國文評　見仁見智談《人子》　臺北　廣城出版社　1975 年 10 月　頁 73—90

277. 周夢蝶講；項青筆錄　談《人子》　見仁見智談《人子》　臺北　廣城出版社　1975 年 10 月　頁 105—146

278. 周夢蝶講；應鳳凰筆錄　周夢蝶談鹿橋的《人子》（1—11）　中華日報　2002 年 8 月 19—29 日　19 版

279. 扶　笠　和阿青談《人子》　見仁見智談《人子》　臺北　廣城出版社　1975 年 10 月　頁 147—154

280. 項　青　編後記　見仁見智談《人子》　臺北　廣城出版社　1975 年 10 月　頁 155—157

281. 何懷碩　鹿橋《人子》　中央日報　1976 年 10 月 8 日　12 版

282. 何懷碩　笑談《人子》　域外郵稿　臺北　大地出版社　1977 年 9 月　頁 173—178

283. 柏　安　深夜讀《人子》　愛書人　第 35 期　1977 年 3 月　頁 3

284. 莊秀珍　《人子》　年青人　第 15 期　1977 年 12 月　頁 126—136

285. 羊子喬　神祕的觸鬚——論《小王子》與《人子》的寓言象徵　書評書目

---

[9]本文後改篇名為〈我看《人子》〉。

第76期　1979年8月　頁90—95

286. 羊子喬　神祕的觸鬚——論《小王子》與《人子》的寓言象徵　神秘的觸鬚——羊子喬文學評論集　臺南　臺南縣立文化中心　1995年6月　頁141—150

287. 羊子喬　神祕的觸鬚——論《小王子》與《人子》的寓言象徵　神祕的觸鬚　臺北　台笠出版社　1996年6月　頁141—150

288. 王文進　南方有佳人・遺世而獨立——談鹿橋及其《人子》（上、下）　中央日報　1990年1月2—3日　16版

289. 王文進　南方有佳人，遺世而獨立——談鹿橋及其《人子》　豐田筆記　臺北　九歌出版社　2000年7月　頁172—185

290. 林燿德　《人子》　文學星空　臺北　國家文藝基金管理委員會　1992年9月　頁92—94

291. 林燿德　《人子》　明道文藝　第199期　1992年10月　頁156—157

292. 周夢蝶　鹿橋《人子》二十年後重讀　臺灣詩學季刊　第14期　1996年3月　頁142—145

293. 黃秋芳　《人子》　翰海觀潮　臺北　行政院文建會　1997年5月　頁47—49

294. 周靜琬　《人子》情意世界探索　高雄師範大學國文學系第七屆所友學術討論會　高雄　高雄師範大學國文學系　1998年5月23日　頁177—196

295. 紫　鵑　《人子》　最愛一百小說　臺北　聯經出版公司　2004年5月　頁46—47

296. 蔡清波　評鹿橋《人子》　海嶽鳴泉　高雄　高雄市文藝協會　2005年2月　頁74—77

多部作品

《未央歌》、《人子》

297. 江漢　鹿橋在彈什麼調子　夏潮　第3卷第1期　1977年7月　頁74—76

298. 戴麗珠　從《未央歌》、《人子》展望中國未來的小說世界　中華文化復興月刊　第114期　1977年9月　頁72—73

299. 周芬伶　未央的童歌　中國時報　2002年4月5日　39版

300. 林淑惠　鹿橋·《人子》·《未央歌》　2002臺灣文學年鑑　臺北　行政院文建會　2003年9月　頁162—164

301. 黃萬華　國統區文學——徐訏、無名氏等的新浪漫（主義）小說〔《未央歌》、《人子》部分〕　中國現當代文學·第1卷（五四—1960年代）　濟南　山東文藝出版社　2006年3月　頁287—289

文集

「鹿橋全集」——《未央歌》、《人子》、《市廛居》、《懺情書》

302. 〔人間福報〕　臺灣商務印書館60年〔「鹿橋全集」部分〕　人間福報　2007年5月16日　11版

單篇作品

303. 陳克環　我讀鹿橋〈邂逅三章〉[10]　書評書目　第25期　1975年5月　頁112—117

304. 陳克環　鹿橋的〈邂逅三章〉　陳克環自選集　臺北　黎明文化公司　1977年7月　頁395—402

305. 魏子雲　關於鹿橋的〈結婚第一年〉　皇冠　第259期　1975年9月　頁75—77

306. 〔鄭明娳，林燿德主編〕　〈永遠〉　有情四卷——愛情　臺北　正中書局　1989年12月　頁180

307. 林曉筠　談鹿橋《人子》中的〈鷂鷹〉　文學人　第6期　2003年5月　頁69

308. 常秀珍　鹿橋〈鷂鷹〉析論（上、下）　國文天地　第247—248期　2005年12月，2006年1月　頁55—58，52—56

309. 孟　樺　〈怎奈終年客途裡！〉——講師的話　人間福報　2004年8月29

---

[10]本文後改篇名為〈鹿橋的〈邂逅三章〉〉。

日　11版

310. 蔡孟樺　〈怎奈終年客途裡〉編者的話　穿越生命長流　臺北　香海文化公司　2006年9月　頁318—319

作品評論目錄、索引

311. 〔封德屏主編〕　鹿橋　臺灣現當代作家評論資料目錄（五）　臺南　國立臺灣文學館　2010年11月　頁3179—3189

國家圖書館出版品預行編目資料

臺灣現當代作家研究資料彙編. 62, 鹿橋 / 張恆豪編選.
-- 初版. -- 臺南市 : 臺灣文學館, 2014.12
面 ; 公分
ISBN 978-986-04-3267-1(平裝)

1.吳訥孫 2.傳記 3.文學評論

863.4 103024276

【臺灣現當代作家研究資料彙編】62

鹿橋

發 行 人 翁誌聰
指導單位 行政院文化部
出版單位 國立臺灣文學館
地 址／70041 臺南市中西區中正路 1 號
電 話／06-2217201 傳 真／06-2218952
網 址／www.nmtl.gov.tw 電子信箱／pba@nmtl.gov.tw

總 策 畫 封德屏
顧 問 林淇瀁 張恆豪 許俊雅 陳信元 陳義芝 須文蔚 應鳳凰
工作小組 汪黛妏 陳欣怡 陳鈺翔 張傳欣 莊雅晴 黃寁婷 詹宇霈 蘇琬鈞
編 選 張恆豪
責任編輯 汪黛妏 陳鈺翔
校 對 杜秀卿 汪黛妏 陳鈺翔 張傳欣 蘇琬鈞
計畫團隊 財團法人台灣文學發展基金會
美術設計 翁國鈞・不倒翁視覺創意
印 刷 松霖彩色印刷事業有限公司

經銷展售 國家書店松江門市（02-25180207）
國立臺灣文學館一雪芙瑞文學咖啡坊（06-2214632）
三民書局（02-23617511） 五南文化廣場（04-22260330）
台灣的店（02-23625799） 府城舊冊店（06-2763093）
南天書局（02-23620190） 唐山出版社（02-23633072）
草祭二手書店（06-2216872）

初版一刷 2014 年 12 月
定 價 新臺幣 340 元整
第一階段 15 冊新臺幣 5500 元整 第二階段 12 冊新臺幣 4500 元整
第三階段 23 冊新臺幣 8500 元整 全套 50 冊新臺幣 18500 元整
全套 50 冊合購特惠新臺幣 16500 元整
第四階段 14 冊新臺幣 5000 元整

GPN 1010303062（單本） ISBN 978-986-04-3267-1（單本）
1010000407（套） 978-986-02-7266-6（套）

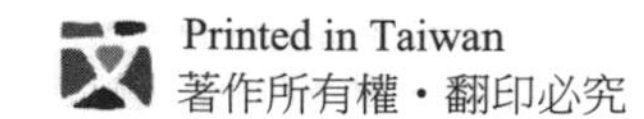